김미선 수필집

런던에서 온 머리핀
A Hairpin from London

문예출판

인사말

뉴욕에 머문 세월은 어느 순간 빠르게 지나갔다. 이런 시간 속에서 작은 글들이 나의 언어와 일상이 되어 오랫동안 힘이 되어 주었다. 비로소 은퇴하며 뉴욕에서 살아온 시간을 돌아보며 명상 속에서 고요한 시간을 가질 수 있었다. 깊은 생각을 우울에서 건지기 위해 글을 쓰고 읽는 내 일상의 삶이 그러했다. 명상의 시간을 가지고 인내하며 내공을 쌓아가며 끈을 붙잡아 살았으니 말이다.

아직 부족한 게 많지만, 바삐 살아오면서 느꼈던 순간들을 글로 남겼다. 남의 이야기 속에서 자신을 반성하고 깨닫는 일들이 많음을 알아가며 더 낮은 자세로 겸손해진다. 살아온 시간을 돌아보니 그래도 "우리 뒤에 있는 것과 앞에 있는 것들은 우리 안에 있는 것들에 비하면 작은 일이라"던 말이 떠오른다. 앞이 깜깜했고 버겁던 순간들을 돌아보니 과거도 미래도 내 마음에 있던 소중하고 진실한 간절함에 비하면 작은 것이었다.

비로소 나를 찾은 것 같다. 일상의 이야기를 쓰다 보니 주변에서 지인들은 글을 응모해 봐라! 조언했다. 뉴욕 문학에서 당선된 "런던에서 온 머리핀"은 아들과 영국 여행 갔을 때 느꼈던 이야기와 자식에게서 배우고 느낀 점을 적어 봤다.

살면서 느꼈던 일상의 이야기들을 적은 글이다. 버거운 삶을 살아가면서도 감성이 메마르지 않았고 하루의 삶에 감사함으로 써둔 글들을 한데 모아본다. 남들에게 나를 드러낸다는데 조심스럽고 두려운 마음이 왜 없으랴만 이제 미국 온 20대 중반으로 돌아간 느낌으로 다시 시작하듯 주어진 시간을 잘 살아야겠다. 혼자의 힘으로 할 수 없는 일들을 백지장도 맞들면 낫다는데 주변에 좋은 충고와 도움과 말씀으로 앞으로 무엇을 할 것인지 지침서를 만들어주신 노려 선생님을 비롯하여 여러 선생님께 감사드린다.

2025년 7월
저자 **김 미 선**

1부 런던에서 온 머리핀

2부 내 이름 줄리아

3부 시간에 흐르는 그리움의 꽃

4부 일상 속 삶의 아름다운 무늬

5부 영혼에 속삭이는 언어

6부 영혼에 울린 삶의 샘

제1부. 런던에서 온 머리핀

런던에서 온 머리핀

　여행하지 않은 사람에겐 세상은 한 페이지만 읽은 책과 같다고 했던가? 몇 년 전 런던에 두 번째 여행할 일이 있었다. 폴란드에서 해마다 갈라쇼가 크게 열려 미국에서 영화음악을 만드는 아들 노만이 갔었다. 그 쇼는 엄마와 여행 가고 싶다는 소망으로 이어졌고 아이는 이번 여행은 자기 뜻에 따라 달라고 말했다.

　이미 유럽 여행은 두 아들과 관광지나 명소를 다녔었기에 큰 욕심은 없었다. "지식을 갖고 돌아오고 싶다면 떠날 때 지식을 몸에 지니고 가야 한다"라는 새뮤얼 존슨의 말을 인용하며 사전 조사를 많이 한 아이와 호기심 가득한 여행을 동반하게 되었다.

트라팔가 근처의 아파트(에어비앤비)를 구했다. 고급스러운 영국풍 그릇이며 커피잔을 식탁에서 만나는 건 취향을 저격한 듯했고 고전적인 집안 분위기는 영국을 그대로 보여주는 듯했다. 화가인 주인이 그린 그림들이 벽에 걸려 또 다른 감성을 자극하니 푸근한 감상에 빠졌다. 고급스러운 침대, 포근한 잠자리는 영국을 방문한 여행자를 배려한 자기만의 자존심 같았다.오믈렛 먹었던 브런치 가게는 조그맣고 허술하게 보였지만 들어서는 순간 짙은 커피 향과 음식이 어찌나 고급스럽고 맛있었던지 그때를 잊을 수 없다. 식탁 위의 꽃들이 펼쳐진 듯 아파트에서 봤던 고급 접시와 커피잔들이 고스란히 있고 벽에도 그릇과 잔들이 진열되어 보는 것만으로도 기분이 고풍스러워졌다. 손님들의 취향에 맞게 보여주기 위한 게 아닌 늘 그래왔던 집 같은 분위기가 영국을 느끼기에 충분했던 조반이었다.

템스강 강가를 거닐며 많은 이야기를 나눌 수 있었던 건 글을 기록하는 모전자전의 취항이나 정서 때문이었을 것이다. 젊은 아이답지 않게 음악과 문학은 동급인 듯 고전적인 취향과 닮은 감성이 나를 놀라게 했다. 좋은 곡을 만들 수 있게 떠난 여행이었지만 문학 속에서 음악적 영감을 찾는 듯했다.

음악가와 작가들이 예술 창작의 배경이 되었던 곳을 찾아다니는 건 가장 흥미로운 여행이었다. 논리와 반박이 많은 자기만의 주장이 강함에도 불구하고 대화가 끊이지 않는 아이는 엄마의 개인 가이드가 되었다. 가는 그곳마다 설명해 주며 문학 속 주인공들을 이야기하며 편안하고 흥미로운 문학탐방이었다.

영국의 실체를 보는 듯한 감동과 셰익스피어 같은 영국 작가들을 만나는 설렘은 명소들만을 구경했던 단체 여행과 확연히 달랐다. 찰스 디킨스가 살던 집은 한국의 시골집처럼 조그맣고 옛 물건들은 그 시대에 들어간 듯 내겐 신선한 충격이었다. 금방이라도 비를 쏟을 듯한 음침한 영국 특유의 날씨와 어두운 회색빛 하늘 아래서 살아 영감을 많이 얻어 유명한 가수도 작가도 많다는 생각이 들었다.

영화에서 만났던 어두운 배경과 미스터리 같은 공포의 분위기는 그들만의 특유한 영국식 영어 (British English)와 환경적인 정서나 고전적인 문화로 이어진다고 생각하며 여행을 즐겼다. 유명한 도서관이나 미술관, 뮤지컬이나 성당, 유명한 찰스 디킨스 등 작가들의 집을 찾아다녔다. 버지니아 울프 형제를 비롯한 블룸즈버리 멤버들이 살았든 고든 공원을 방문했다.

그녀의 동상이 있는 타비스톡 공원을 방문하는 일은 얼마나 흥분이 되었던지 새로운 감동이었다. 책에서 언급된 장소를 찾아 우울한 런던의 하늘 아래 호젓한 공원에 앉았다. 거기 있으니 언젠가 읽었던 "델라웨어 부인"을 만나고 버지니아 울프를 만난 느낌이 들었다. 남편에게 그동안 자신을 사랑해 준 그것에 대해 감사하는 내용의 편지와 자살하기까지 고독과 우울함에 대한 이야기도 나눴다.

런던 필하모니 오케스트라에서 카르멘을 보고 뉴욕에서 보지 못했던 레미제라블이나 미스 사이공도 볼 수 있었다. 신파극 같은 뮤지컬 속 주인공들은 사랑에 울고 웃으며 결국 이루어지지 않는 셰익스

피어의 소설 속처럼 비극으로 끝난다. 런던에서 가장 화려하고 고급스러운 백화점 헤롯이나 셀프리지를 돌며 접해 보지 않았던 특이한 음식을 먹고 아이는 긴 머리를 한 내게 예쁜 분홍색 머리핀을 선물했다. 영화 속에 들어온 듯한 킹스크로스역의 9 & 3/4 승강장에서 영화 속 같은 포즈를 취하며 해리 포터(Harry Potter)를 만나는 일은 또 다른 세계를 경험한 좋은 견학이 되었다.

희생을 멋스럽게 생각하는 신사의 나라, 태양이 지지 않는 나라라고 불릴 만큼 고풍스러운 런던이라는 도시를 걸어 다녔다. 노블레스 오블리주를 잘 실천하는 나라임을 보여주는 고 황태자비 다이애나의 고독한 봉사 정신도 보인다. 극단적인 평화주의와 무사안일주의에 빠진 탁상공론만 할 것 같은 그들의 도덕적 충격도 읽을 수 있었다. 2차 세계 대전 당시 무책임한 타락과 부패한 영국이 히틀러라는 역사적 파괴자를 만난 후 공동체 의지를 보여준 그들의 국민성을 이야기하는 아이의 말에 귀 기울이며 멋스러운 도시를 보고 많은 것을 느꼈다.

해리 왕자와 결혼한 배우 메간 마클은 어머니가 농장에서 일했던 노예였고, 아버지는 런던 윈저궁의 하인이었다. 유색인종 혼혈이라는 점에서 체면을 중시하는 고지식한 영국 왕실도 그녀를 며느리로 받아들이기까지 혼란이 있었을 것이다. 그러나 전통조차 시대의 흐름을 따라 무너지고 왕실의 법도 변화한다. 영국은 많은 것을 품은 여행지 특유 상상의 나라였다.

자유스럽지 않으면서 개인적이지만 남에게 배려도

확실하게 하는 신사적이고 예의를 잘 지키는 왕국을 이룬 나라로 전해 왔다. 불쌍한 사람들을 위해 자신을 희생하다 죽은 마더 테레사가 노벨 평화상을 받기에 충분하다며 세상은 내가 좋아하는 것만 사랑하며 살 수 없다고 말하는 아이에게서도 크게 배우고 느낀다. 아이는 잘 관리한 긴 머리를 암 환자들의 가발로 쓴다고 세 번째 기증한 그것만 봐도 휴머니즘이 강한 아이의 내면을 들여다볼 수 있었던 밀착 여행이었다

.

그 후 유로스타 기차를 세 시간 타고 파리에서 자유와 예술과 낭만을 보았다. 영국에서 규칙과 근엄히 보였던 여행을 마치고 뉴욕에 도착하니 머리핀이 없었다. " 어머! 어떡하니⋯. 머리핀 두고 왔네~"며칠 뒤 분홍색 머리핀을 받을 수 있었다. 어쩌면 그 조그만 머리핀 하나가 뭔데 하고 간과하고 무시할 수도 있었는데 상자를 열어보니 예쁜 종이에 소중하게 싸서 카드와 함께 보낸 머리핀을 보니 큰 감동이었다.

런던에서 온 머리핀은 영국의 문화와 음악 예술 외에 영국인들의 약속과 예의가 숨겨져 있었다. 그 속에서 본 아들의 사고와 감성 그리고 개성을 느낀 문학의 여행이었다. 여행 중 얻은 지식과 경험은 감동으로 이어져 사람의 마음을 전해 받아 잊을 수 없는 에피소드가 되어 기억 속에 머문다.

2 달러 지폐

　지난가을 노모와 형제들이 있는 한국을 방문했다. 서울에 머물 일은 별로 없는데 며칠 있던 도시에서 말 한마디 할 때마다 불쾌하게 했고 많은 사람들이 불친절했는데 티브이에서 보는 잘 사는 사람들의 실상과는 다르게 너무 힘들게 사는 그들 같았다. 서울은 각박한 도시에서 여유롭지 않게 현실을 살아남아야 하는 빈부의 격차가 큰 도시였다. 아침을 먹으러 갔다가 만난 한 아주머니가 줄을 서 있던 내게 말을 걸었다. 순두부, 집은 혼자라는 이유로 자리를 얻기 힘들었는데, 다른 그곳에 가자며 이끌었다. 함께 간 돈가스집은 사람이 너무 많았고 음식도 금세 나왔다. 아침부터 튀긴 음식을 먹기엔 부담스러웠지만, 양배추를 두 번 주문하며 합석했다. 오랜만에 먹은 옛날 돈가스는 경양식 집에서 먹던 그 시절을 떠올리게 하며 맛있었다.

그녀는 40년을 간호사로 있다가 은퇴했지만, 시간 제로 피를 뽑는 일을 한다고 일주일에 두 번씩 근처에 오는데 일할 수 있는 그것에 너무 감사하다고 했다. 친구들은 일하는 걸 모른다며 질투의 대상이 되고 싶지 않다고 현명하고 지혜롭게 말했다. 70살의 그녀는 말하는 게 어찌나 귀여운지 듣고 있노라니 동요가 돼서 마음을 놓았다. 쉽게 다가오니 "눈 깜짝할 사의에 코 베어 먹을 세상"에서 나름의 경계를 왜 하지 않았을까? 어린 시절 동네에서 함께 자란 사람과 늦게 결혼했고 그들은 회계사와 간호사로 만났는데 둘이 너무 잘 어울리는 것은 서로의 일에 간섭하지 않고 나이가 들어도 존중하며 남편은 학구적이라 은퇴하고 책을 많이 읽는다고 했다. 내 아들 부부도 회계사이고 간호사라 어떤 동질감이 느껴져 공감되는 대화를 찾는 듯했다.

우리는 노벨상을 받은 한강 작가의 이야기부터 많은 얘기를 하게 되니 오래 만난 사이 같았다. 처음부터 따라온 건 밥 한 끼 같이 먹는 것이었는데 은근히 재미있었다. 한국의 문화가 밥 먹고 나면 커피 마시는 건 당연한 것처럼 커피숍으로 데리고 갔다. 금방 뽑은 커피가 어찌나 맛있던지 뱃속에 기름을 살살 녹였다.

그런 생각을 한다. 마음의 문을 열지 않고는 인간 관계에서는 그 진실을 볼 수 없다고… 살다 보면 감동하고 배울 게 너무도 많은 사람과의 관계들이 이어지는 삶이다.

처음 보는 내게 느낌이 온 건지 "미국 살아요?" 뉴욕에서 왔다는 이야기부터 큰 아이들이 있다는 내게 큰 반응을 보이며 나이가 어려 보이고 인상이 좋다는 말은 내게 큰 덕담으로 들렸다. 나이만 젊으면 미국 가서 간호사로 일하며 살고 싶지만 시기를 놓쳐버린 듯 미국에 못 온 걸 후회하시는 듯했다. 건강염려증에 걸려 늘 의사를 찾는 중년들에 비해 정신도 몸도 마음도 건강한 게 가장 큰 복이라는 말에는 크게 공감했다.

사회성이 큰 그녀는 생활력도 강하고 친절하고 따뜻했고 야무지고 뚝배기 같은 구수함과 시원시원한 성격으로 내 마음을 편하게 했다.

당신은 일찍부터 일을 마치니 다섯 시간이 자유라며 어디 가고 싶은데, 있냐고 묻는다. 신촌에 가고 싶다는 나를 전철을 태워주며 마치 가이드처럼 많은 이야기를 하셨다. 가고 싶은 곳을 다 말하라며 내일도 시간을 내줄 수 있다는 것이었다.

큰 며느리가 임신을 하니 아기 옷을 사야 한다고 했더니 백화점을 데리고 가서 이것저것 골라줬다. 그녀는 요즘 한국에서는 결혼해도 애를 안 낳는 부부들이 많다며 그녀도 애를 안 낳아도 된다고 했다. 아날로그에 익숙한 우리 세대 같지 않게 MZ 세대처럼 말하니 신세대인 듯 느껴졌다. 한 번뿐인 인생, YOLO (You Only Live Once)와 수입은 두 배고 아이는 없는 신세대 용어 DINK(Double Income No Kids)를 말하기도 했다. 요즘 시대가 그러하니 사는 건 자기만의 인생을 만들며 사는 것이니 젊은이들의 사고방식을 그저 이해할 뿐이었다.

물건들을 양손 가득 들고 쇼핑을 도와주셨는데 마

치 친언니처럼 따뜻한 그녀의 넉넉한 인성이 참 좋
았다. 눈가 주름은 환히 웃는 그녀에게 아름다운
인생을 산 공로의 상처럼 느껴졌다. 야무지고 따뜻
한 말투에 비해 작은 체구에 큰 옷을 걸쳐 입은 모
습은 "죽은 시인의 사회" 존 키팅을 연기한 로빈
윌리엄스 같았다. 큰 재킷은 나이가 들어 사람 많
은 곳을 다니니 스스로 보호하는 듯했다.

"우리 계속 연락합시다" 다음에 올 땐 두 부부
만 있어 집이 비어 있으니, 호텔서 머물지 말고 자
기 집에 있으라며 서로 전화번호를 교환했다. 무언
가 드리고 싶었는데 누구든 행운을 가지길 바라는
마음에 그녀에게 "지갑에 넣고 다니면 행운이 온
대요"라며 건넨 빳빳한 2불에 "어머 이거 귀한
건데…"라며 감동했다. 내게 친절을 베푼 그녀에
게 큰 선물을 해도 아깝지 않았는데 그녀가 너무
기뻐했다. 그녀는 상대를 웃게 하고 마음을 열어
배려하며 밝은 성격과 웃는 모습으로 사람에게 친
절하게 대해 큰 감동이었다. 어찌나 고마운지 "미
국에 오시면 꼭 연락하세요" 했다.

삶을 행복과 긍정으로 바라보시는 분이다. "나무
하나를 보고 숲 전체를 파악 "해 버린 내가 아니었
나! 생각하며 부끄러웠다. 인정이 메마른 불친절함
에 거북한 느낌이 들었고 웃음을 잃어버린 여유 없
는 초래한 사람들의 모습과 말투에 상처를 입었던
나였기에.

그녀는 내게 혹 들어와 청량한 한 잔의 물로 촉촉
하게 목을 축여주셨고 사람의 온기에 목마른 빈 마
음을 기쁘게 가득 채워 주셨다. 서울 사는 사람들

이 그녀처럼 친절했으면 하는 바람과 함께 뉴욕에
돌아와서 그녀에게 문자를 보냈다. 자주 연락하자
는 그녀의 글에 웃음 가득한 얼굴이 오버랩되었다.
인간사 많은 일들이 일어나는 세상에서 우연히 이
어진 인연이지만 사람을 알아보는 서로의 보배 같
은 눈빛을 귀하게 여겼다.

기적을 만든 노만 김(Norman Kim)

"기적이 아닙니다(Not A Miracle)"를 들으면 가슴 한구석이 기쁘고 자랑스럽지만, 때론 쓰리게 아프다. 보스턴에서 버클리 음대를 다니던 아이에게 졸업하면 할리우드에서 같이 일하자고 심슨 가족 만화의 음악을 작곡한 엘프 클라우슨에게서 오퍼(OFFER)가 왔다. 내 나름 만화 영화이니 아이에겐 좋다고 생각했다. 한국, K POP에서도 연락이 왔다. "노만 어머니세요?" 아이를 가수 만든다고 전화다. "어떻게 전화번호는 알았어요?" 묻는 내게 "버클리 졸업한 학생들은 모두 명단을 가지고 있어요. "라고 했다.

아이는 이미 졸업 전에 할리우드에서 일하자고 직업을 가진 상태였다. 몇 번씩 전화 오는 그들에게 거절하고 아이에게도 한국서 보다 미국서 성공하길 바라는 엄마의 마음이 있었다. 한국말도 잘 못하는 아이를 한국에 보내기에는 무리였고 아들도 미국서 일하길 원했다.

　겨우 21살 아이가 보스턴에서 공부를 마치고 LA를 혼자 보내야 하는 엄마 마음으로는 나름 두렵기도 하고 걱정이 먼저 앞섰다. 그런 중에 TV 드라마 음악을 작곡하는 유명 대니얼 릿(Daniel Licht)에게서도 또 제안이 들어와 아이는 심슨보다 그를 택해 같이 일하게 되었다. 사이코패스에 대한 연쇄살인의 내용인 덱스터(Dexter)가 시리즈로 유명하면서 알려진 공포물이었다. 아이가 선택한 자신의 진로를 존중하는 엄마로서 지켜만 볼 수밖엔 없는 일이라 그와 함께 음악을 하는 것을 응원했다.

　세월은 너무 빨라 LA 살아온 지 10년이 넘었다. 그 사이 공연도 자주 하게 되었고 자식을 보기 위해 해마다 4~5번 방문했다. 미국에서 간 아이는 폴란드에서 열리는 큰 갈라 쇼를 두 번 참여하게 되었다. 티브이 쇼나 영화음악과 광고 음악을 하면서 아이는 할리우드에서 자리 잡아가는 듯했다. 댄과 몇 년을 일하다가 프리랜서로 단독으로 일하게 되었고 광고나 드라마에 아이의 음악을 종종 접하게 되었다.

　아이에게는 많은 시간이 우여곡절 있었을 테지만 제 일에 재능만으로는 이룰 수 없는 노력이 컸을 것이다. 그런 중 대니얼 릿은 늦게 결혼해 3년 만에 60살 나이에 갑자기 암으로 죽었다. 누구에게나 이별은 슬픈 일이었고 아이에게도 충격이었다. 갑자기 일어난 이별을 받아들이는 일, 사람에겐 쉽지 않은 시간이 필요한 일이었다. 그런 일이 있었던 후 가끔 아들이 한국 노래 몇몇 중 박효신의 "좋은 사람"을 불러줄 때는 마음을 여러 번 울렸다.

싱어 송 라이터(singer song writer)로 일하는 아이의 여러 곡은 자기만의 색깔이 강했다. 남들은 노래가 대중화해야 인기가 있고 돈을 벌고 쉬워야 사람들이 따라 부르는데 아이의 노래에는 철학이 있고 이야기가 있다. 음악과 문학을 좋아하는 아이는 늘 지성과 감성은 엄마에게서 받았다고 말한다. 아이가 만든 가사에는 성경 이야기도 나오고 유명한 사람들의 이름도 등장하니 엄마의 마음으로 본 아이는 작가가 되면 좋은 글을 남길 것 같다고 생각한다. 더욱이 그림에도 관심을 가지며 그림을 그리러 다니기도 하는 자유인이다. 진정한 음악인은 인기보다 아티스트로 남는 일이 더 값진 일이라고 아이는 말한다.

아이들이 자라는 어린 시절의 과정을 돌아보면 커서도 같은 성품으로 이어진다. 어릴 때부터 주변 약한 아이들을 돌봐주고 어른이 되어도 인간적인 면이 강해 아프고 힘없는 사람들을 위해 많이 애쓴다. 글을 쓰거나 음악을 만드는 일은 마음 자체가 깨끗하고 곧아야 한다. 표현하고 싶은 일들에 같이 물들고 같이 스며들어야 가능한 일이라는 걸 늘 느낀다.

그런 아이가 셀럽(celebrity)으로 그래미 어워즈(Grammy Award)에 초대받아 가야 하고 또 다른 도시에서 살아보고 싶다고 했다. 아이는 그런 시간을 뒤로하고 라스베이거스로 이사한 지 3년이 되었다.

아이를 보러 10년을 들락거리던 할리우드, 산타모니카의 바닷가, 로데오 거리. 베벌리힐스가 그리웠던 건 순전히 아이가 살기 때문이었지 서부가 좋았던 건 아니다. 어디서 살던지 아이가 사는 곳을 방문할 때면 아이가 멋지게 음악인답게 꾸민 스튜디오를 보는 게 좋았다. 그런 엄마를 아는지 방문하면 늘 아이는 그곳에서 만든 노래나 음악들을 들려주곤 한다. 피아노를 쳐 주며 오래된 재즈나 어릴 때 배운 80년에 듣던 올드 팝송을 함께 부른다.

무엇에도 구애받지 않고 당당히 자기만의 영감으로 음악을 만들어 내는 아이다. 스튜디오에는 피아노부터 바이올린 가야금부터 기타 종류도 다양하다. 영감을 얻기 위해 떠난 다른 나라를 여행 갈 때마다 사 온 조그만 악기들이 가득하다. 아이는 악기를 잘 다루고 기본적으로 바이올린이나 피아노 기타는 음악인으로 반드시 해야 할 일이기도 하다. 광고 음악 삽입에는 자기가 직접 연주한 곡들을 넣기도 한다. 차곡차곡 준비한 노래 중 펜데믹 때 일하는 사람들이 나오지 않아 혼자만 일하던 엄마를 위해 어머니날을 기념하며 노래가 나왔는데 내겐 큰 선물이었다. 자신이 이 자리에 서기까지 엄마의 온전한 노력이고 공이지, 기적이 있었던 게 아니라는 들을수록 좋은 노래이고 특히 세상 모든 엄마를 위해 만들어 진심과 감동이 컸다.

누구나 하고 싶은 일을 하며 살아야 후회가 없다. 성인이 되어 둥지를 떠난 아이들을 지켜보며 자기만의 삶을 살아가는 아이에게 박수를 보낸다. 아이들을 키우며 공감과 이해와 사랑으로 지켜보며 아이들이 독립하고 자립할 수 있게 키워야 한다는 생각을 늘 했다. 아이들은 원하는 일을 하고 독립하고 살지만 자식을 향한 엄마의 노심초사는 성인이 되어도 계속 이어진다. 늘 아이들의 선택을 존중하는 나로서는 뒤에서 묵묵히 응원하고 기도하며 지켜볼 뿐이다.

맨해튼 걷는 뉴요커

　봄볕이 아직 겨울을 벗어나지 못한 뉴욕의 3월, 막냇동생의 서른 살 생일에 맞춰 둘째 내외가 뉴욕을 방문했고 막내아들은 엄마와 걷고 싶다고 하니 맨해튼을 함께 갔다. 오래전만 해도 낯설었던 도시가 익숙한 듯 봄날의 햇살 아래서 살짝 시린 공기가 들뜬 기분을 좋게 했다. 몇 년 전 둘째 아들 노만이 뉴욕을 방문했을 때 맨해튼 가는 티켓 사는 것과 팬 스테이션에서 내려서 센트럴 파크 가는 길을 가르쳐 줬다.

　심지어 바둑판 같은 맨해튼 거리를 종이에 그리며 쉽게 가르쳐 주어 미국 산 지 몇십 년 후에 배운 맨해튼 거리를 알아간다는 게 너무 기뻤다. 금요일 오후가 되면 혼자 가는 일에 두려움이 왔지만 일 마치고 무작정 기차역으로 가서 롱아일랜드와 맨해튼을 잇는 LIRR(Long Island Rail Road)를 탔다.
펜 스테이션에서 내리면 가는 곳은 정해졌지만 새
로운 곳을 가는 여유가 나를 벅차고 기쁘게 했다.
엄마 손을 놔버린 미아가 된 듯 당황하며 어리둥절
했고 어느 방향으로 가야 하는지 두리번거릴 때도
있었지만 그땐 낯선 도시를 간다는 게 재미있었다.

수많은 사람들 구경과 빼곡히 높은 건물들이 가득
한 곳을 걷는다는 게 뿌듯했고 특히 좋은 커피숍을
찾아 앉아있으면 비로소 뉴요커가 된 것 같은 느낌
이 참 좋았다. 무엇보다 기쁜 건 도시에서는 혼자
다닐 수 있는 그것만으로도 낯선 도시를 다니는 여
행자가 된다는 것이다.

롱아일랜드 주변에는 나무와 새들이 날아오는 전
원적인 조용한 동네만 살던 내가 도시로 나가면 영
락없는 시골 여자가 되었다. 뉴욕에 몇십 년씩 살
아도 맨해튼을 혼자 나와 본 적이 별로 없는 나로
서는 스스로 기차표를 사고 도시를 걷는다는 것은
너무도 큰 이슈였다. 타임스퀘어 주변을 돌기도 하
고 브라이언트 파크까지 걷는 게 그랬다.

접해 보지 않았던 신기한 것들을 바라보는 것만으
로도 맨해튼 걷기는 성공한 것 같았다. 엠파이어
스테이트 빌딩이며 센트럴 파크를 걷고 다운타운까
지 갈 수 있었으니 말이다. 차이나타운을 걷고 뉴
욕대학 (NYU)과 월가(Wall St)를 가는 일, 주말이
기다려지기 시작했고 맨해튼을 걷는 일은 일 년 동
안 계속되었다. CPA 펌에서 일하는 회계사인 큰아
들 토마스가 일 마치는 시간에 맞춰 높은 고층의
회사를 올려다보고 뿌듯한 마음으로 기다리며 돌아

오는 길은 같이 올 수 있었다. 큰아들은 우물 안 개구리처럼 집과 일터만 다니던 엄마가 전철을 타고 맨해튼에 나온 걸 대단하게 느꼈다고 했다. 맨해튼에 갈 줄 아니 아이들은 돌아가면서 브로드웨이 뮤지컬 티켓이나 매디슨 스퀘어 가든에서 볼 수 있는 유명 가수들의 공연 티켓도 사주기 시작했다. 오페라의 유령을 보며 그 사랑의 눈물을 흘렸고 라이언 킹이며 알라딘이며 브로드웨이에서 하는 뮤지컬을 아이들과 함께 많이 봤지만 혼자 공연 티켓을 사는 엄마가 더 이상 걱정이 안 된다고 했다.

생각해 보면 그런 날들이 있었기에 잘 견디며 살수 있었을 것이고 마음 내려놓기를 할 수 있는 건 크게 욕심이 없었기 때문이다. 사람은 언제나 환경에 적응하게 돼 있고 그런 각박한 환경에서도 생각은 늘 성장한다는 것이다. 나 역시 너무 모르고 살았던 미국을 조금씩 알아가기 시작하니 두려움이 없었다. 무엇이든 닥치면 해낼 수 있을 것 같다는 자신감도 생기고 놔야 할 때는 확실하게 놔야 한다는 미련 감도 없는 자유인이 된 것 같았다. 몇십 년을 일에 얽매여 살다 보니 당연히 그리 살아야하는 것처럼 불평도 없었고 주마다 갈 곳이 있다는게 기뻤다.

그런 반복적인 일상에서 일하며 얻은 건 무릎관절이 약해졌다는 것인데 맨해튼 걷기를 통해서 얻은 건 무릎 통증이 사라졌고 걷기 위해 주말만 기다리는 내가 되었다. 오래 서서 일하는 내겐 노동이 아닌 운동으로 무릎 건강을 찾았고 자신감과 기쁨이왔다. 걸어야 산다는 게 맞다. 지금도 가끔 맨해튼을 걷고 싶은 생각이 간절하다.

맨해튼에 나와서 코리아타운을 걸으며 두 아이는 내게 "엄마 무릎 괜찮아요.?"을 자주 번갈아 가며 묻는다. "응 괜찮아" 맑은 하늘 아래 두 아들과 걸어 다니며 인파 속에서 뉴요커의 행복을 느낀다.

다른 도시를 꿈꾸며

사막인 네바다에 세워진 목초지라는 뜻을 가진 도시 라스베이거스 하면 무엇이 떠오를까? 루스벨트 대통령이 후버 댐을 만들어 미국의 경제공황을 이겨낸 도시? 철도회사가 땅을 사 만들어 낸 도시, 마피아들이 호텔을 지어 도박을 합법화시킨 도시? 알고 있는 기본의 상식을 뛰어넘어 대단한 도시임에는 분명하다. 무엇보다 도박과 환락의 도시라고 말하지만, 사람들이 여행지로 찾는 또 다른 매력이 있다.

부를 창출하고 많은 관광객들이 찾아오는 건 진정 거대하고 대단한 도시임을 증명한다. 세금과 도박을 합법화하여 만들어진 도시인만큼 공연 관광 엔터테인먼트 휴식 등 볼거리가 많아 그 느낌이 좋다. 무엇보다 걷다 보면 몇 시간이 훌쩍 지나 운동 삼아 걷기에도 좋은 곳이 되었다. 사막이었던 척박한 땅을 후버 댐에서 물을 끌어 올려 도시가 형성되었기 때문에 물을 자주 마셔야 할 만큼 건조한 도시다.

훌레밍고 호텔에는 벅시 존 시의 일생을 그린 영화에 등장한 마피아로 살아온 모습이 벽에 걸려있다. 운영자로 바뀐 삶을 살며 플레밍고를 만들 당시 큰 예산이 채워지지 않아 믿고 있던 그를 마피아 조직에 의해 살해당한 영화가 떠오른다. 벨라지오 호텔 안에는 컨서버토리 (conservatory)를 만들어 온실 속에서 자라는 붉은 버섯을 표현했다. 아름다움이 가득한 작품은 볼거리가 많아 감동하게 했다. 환상으로 들어가 사람들을 흥분시키고 아름다운 정원은 호텔이라기보다 성을 이루어 가는 곳마다 화려함 그 자체다.

더욱이 화려하게 이어지는 분수 쇼는 장관을 이루고 스트립 거리 어디서 보던지 각도에 따라 느낌이 다르니 웅장함과 화려함 앞에서 감동하지 않을 수 없다. 화려한 불빛을 뿜어내며 솟아오르는 물의 속도가 매번 다르고 높이가 어찌나 큰지 이십 분마다 요술을 부리며 발걸음을 멈추게 하는 벨라지오 분수에 눈을 멈추게 된다. 특히 세라 브라이트만이나 프랭크 시내트라, 안드레아 보첼리의 노래가 흘러 마음을 고요하고 숙연하게 하고 혹은 벅차고 황홀하게 한다.

베네치아 호텔 안에는 연한 하늘색을 그려 그 아래서 살아가는 조그만 도시를 만들었다. 무더운 도시 안에서 밤을 연출하여 관광하고 쇼핑하게 만드는 건 대단한 발상이다. 관광 명소를 만든 그랜드 채널, 쇼핑몰이 만들어진 건 참 의외의 볼거리이기도 하다. 곤돌라를 타고 수로를 따라 물 위에서 노를 젓는 사람은 중세 시대의 옷차림으로 산타 루치아와 볼레로를 멋지게 부르며 사람의 마음을 더 깊고 잔잔하게 만든다.

진정 낭만적인 노래로 손님들을 이탈리아, 베네치아에 온 듯한 착각과 환상에 빠지게 한다. 호텔을 연결하는 무료의 트램(tram)인 모노레일은 쉽게 갈 수 있는 대단한 이동 수단이 되어 더운 여름에도 호텔 안에서도 구경할게 많았다.

지구가 도는 모습을 보듯 초록빛이 둥글게 돌아가는 스피어 라스베이거스 (Spear Las Vegas)가 세워졌다. 세상은 아는 것만큼 보이는 것이고 가볼 만한 곳이 많아지고 가보고 싶은 곳도 늘어간다. 넓은 세상에 비해 자리만 지키고 살아간다면 인간의 삶은 한정된 조그만 테두리 안에서 우물 안 개구리가 되고 만다. 뉴욕에 매디슨 스퀘어 가든에 공연장이 있다면 라스베이거스에는 MGM에서 유명한 공연을 하고 그래미상을 받는 가수들의 시상식을 하는 장소가 있다.

몇 해 전 MGM에서 에로 스미스(Aerosmith)의 공연을 보러 갔다. 드림 온(Dream On) 이 울려 퍼지자, 관객들은 하나가 되어 열광했꼬 내 친구와 나도 그들과 함께 크레이지(Crazy)를 따라 불렀다. 온몸으로 느꼈던 그 열정이 아직도 우리 안에서 살아있음에 지금도 그 노래가 FM에서 흘러나오면 그때의 순간을 잊을 수 없다.

최근에 스피어가 세워져 대단한 공연장이 탄생했으니 기대가 크다. 환락과 도박 오락만을 연상하는 도시가 아닌 가족들이 함께 즐길 수 있는 그곳이 되었다. 스트립에서 본 화려함에 감동했다면 프리몬트 거리는 음악과 춤이 관광객들을 흥분시키지만, 홈리스와 관광객들이 같이 보이니 즐거운 세상만 있는 건 아니다. 니콜 케이즈가 나오는 라스베이거스를 떠나며 (Leaving Las Vegas)에서 알코올 중독자와 도박중독자가 홈리스로 살아가는 회환을 잘 표현해 아카데미상을 받기도 했다.

화려한 밤의 도시 뒤에는 아침 햇살 아래서도 벅찬 기운을 느끼지 못하는 삭막함이 숨겨져있다. 어쩌면 그곳에 사는 사람들은 화려함 뒤에 오는 허망함과 절망과 후회가 있는 약한 인간의 자아와 이중성을 더 느낄 것이다. 사계절이 뚜렷해 자연을 느끼며 사는 뉴욕과 달리 나무도 없고 하늘과 구름만 보인다. 화려한 스트립 거리를 벗어나면 멀리 산이 낮게 자리한다. 산을 볼 때마다 자연 앞에 인간은 한없이 작다며 욕심부리지 말고 살아야 한다며 세상 일에 해탈한 듯한 서른 중반의 아들의 말에 너무 놀랐다. 어쩌면 살아 낼 인생을 생각하면 우주 안에서 나의 존재는 작게 느낄 수 있는 나이이기도 하다.

사막에 만들어진 거대한 도시라지만 사막이 아름다운 건 오아시스가 있어 그렇다더니 잔잔한 호수는 주택 근처에 숨겨진 보물이기도 했다. 목마름의 도시와 화려한 불야성의 도시만 보다가 고요하고 깊은 호수를 보니 또 다른 세상에 내가 서 있는 느낌이었다. 빠르게 움직이며 볼거리만을 쫓아다니던 나로서는 또 다른 도시의 전원스러운 자연을 접해 소박한 느낌이 온다.

　10년을 LA에서 살다가 삼 년 전 라스베이거스로 이사 간 아이의 말이 귓전에 울린다. "엄마 여기 와서 살아요" 어디든 사람이 살아가니 마음과 정을 붙이면 못 살 것도 없다. 습한 뉴욕과 달리 건조한 서부 지역에서는 물을 자주 마시며 기후의 변화에 적응하며 살면 되고 변화라는 건 언제나 시도해 볼만하다. 라스베이거스 방문은 작년처럼 좋은 느낌으로 다가오니 매력의 도시임에는 분명하다. 사람 냄새도 함께 오면 살 수 있다는 긍정적인 생각으로 다시 오리라 기약하며 이곳을 떠난다.

독새기 한 다즌 (dozen)

그녀들은 눈이 참 맑고 깨끗하다. 나에겐 어머니 같은 나이에도 굳이 언니라고 불러주길 바라는 친구가 두 분 계신다. 가끔 롱아일랜드에 사시는 고향 분이 집에 놀러 오신다. 멀리서 운전하고 집에 오시는 일이 은근히 불안하지만 언제나 내 생각은 기우가 되고 만다. 사실 거동이 불편하신 어머니 생각에 비교가 될 수밖에 없는 나로선 롤 모델이라고 말해 두 분의 얼굴에 환한 미소를 만들어주곤 한다.

주변엔 연로하신 나이에도 건강하셔서 사회활동을 하시는 분이 있는데 그들도 그랬다. 두 분은 지식을 나누고 불의에 분노하고 정의에 손뼉 칠 줄 알고 소녀 같은 수줍음도 있다. 생각이 반듯하니 배울것도 많고 서로 소통하며 나누는 건강한 이야기에 시간이 금세 간다. 미국서 간호사로 오랫동안 일하신 두 분의 이야기는 재미있다.

사회 문제점이나 정치 이야기에 목소리가 커지고 세상살이에 무언가 힘을 보탤듯한 에너지가 넘치시는 두 분이다. 어찌나 영특하고 총명한지 들을수록 대단하다. 내 어머니와 동갑이시며 90살을 바라보는 "대왕 언니"도 정정하신다. 대왕 언니의 동생이신 "왕 언니"라 불러주길 바라는 언니도 80살이 넘어도 운전하신다. 두 자매는 같이 나이 들어가며 동생이 늘 운전하시고 언니랑 집에 오시곤 한다.

시를 쓰는 남편의 세 번째 시집을 건네며 웃으시는 하얀 얼굴에 볼은 늘 상기되신다. 쌍둥이 유기견을 한국서부터 데리고 와 키우는데 지극정성으로 돌보신다. 그중 한 마리가 세상을 떠나 대왕 언니는 어찌나 아파하던지 한 달을 앓아누우셨다. 간호사로 한국을 떠나 60년을 넘게 일을 하신 두 분이시다. 60년대 한국 근로자를 채용하여 광부와 간호사들이 파독으로 건너갈 때 두 언니도 70년에 독일로 가 몇 년을 일하시다 뉴욕에 와서 일을 한 지 까마득한 세월이라고 하신다. 그때 나라에 큰 경제적인 보탬을 했다고 늘 자부심이 강하다.

아주 오래된 집안 족보 같은 국어책에서 볼만한 사진을 갖고 다니시며 대대로 내려온 가문을 자랑하기도 하신다. 교장 선생님이셨던 두 언니의 아버지를 말하다 보니 초등학교를 같은 학교를 나왔다는 걸 알았으니 내겐 대선배다. 대왕 언니는 코비드 19가 터지기 전까지 일을 하셨다니 대단한 열정이다.

70살까지 일한다고 하는 사람은 많지만 팔십 세 넘어도 일하고 싶어 하는 노인들이 많다는 걸 그들을 통해 알게 되었다. 독일서 일할 땐 미니스커트를 입고 일했던 시절이지만 한국에 가니 짧은 미니스커트와 장발에 단속하더라는 말을 듣고 우리는 한참을 웃었다. 이십 대였을 텐데 그 시절을 반추하고 회상하며 까마득한 일화들을 풀어내시곤 한다. 집에 가면 늘 서울대를 나오신 대왕 언니는 모교에서 받는 신문을 읽는 안경 안의 초롱 한 눈빛이 어찌 90세를 바라보는 노인이신지 놀랜다. 타임지를 읽으시던 두 언니의 지성은 나이가 들어도 몸과 정신에 박힌 습관이 되신 것이다. 아련한 고향의 순박함보다 분주하게 살아왔을 미국이 이젠 당신의 고향이 되어버린 것이다.

나이가 들어도 늘 고요하고 순수하고 소박한 두 언니가 참 좋다. 어느 여름날, "위대한 개츠비"에 나오는 "이스트 햄턴"에 사시는 두 분 집을 두어 시간 운전해 간 적이 있는데 몬탁으로 이어져 진정 가볼 만한 여행지를 찾는 듯했다. 넓은 뒤뜰에는 손바닥만 짙은 녹색의 깻잎이 무성하게 자랐다. 상추며 기다란 먹음직스러운 오이며 방울토마토가 주렁주렁 열려 따먹기엔 제법 컸다. 가끔 사슴이 나타나 콩을 먹어버린다고 한다. 도시와 떨어진 곳을 가는 일, 마음도 생각도 풍족했다.

각박한 도시를 살아가면서도 잃지 않은 고향의 후덕한 인심은 자연도 인간의 정도 모두 나눠야 하는 듯했다. 두 언니는 농사지으며 소일거리로 심은 야채들을 수확하고 고기를 구워주시기도 한다. 마치

친정집에 온 딸이 맛있게 먹는 모습을 지켜보는 어머니같이 맑은 눈빛은 온통 나를 향해 있었다. 음식을 먹을 때 비로소 한자리에 모여 같은 식구가 되는 듯 푸근한 순간이었다. 자연스러운 고향 음식을 좋아하는 우리의 입맛이 살아있다.

얼마 전 고향 방문 후에 안타까운 일들을 늘어놓으셨다. 고향 특유의 잘 쌓아진 돌담과 시골의 소박한 초가삼간을 덮은 지붕이 사라졌고 중국인들이 많이 들어와 붉은 건물이 미관을 해친다고 하셨다. 빨리 도시화되는 안타까움과 인심조차 고향의 추억이 남아있지 않다고 안타까워하셨다. 세월이 십 년이면 강산이 변한다는데 몇십 년이 지나 본 고향이니 안타까울 만도 하다. 나 역시 그리 느꼈고 요즘은 더 빨리 변하는 시대가 왔으니 아쉬움과 여운이 남는 이야기다.

키우는 닭들이 알을 낳아 귀한 유기농 달걀을 한 다즌(Dozen)을 선뜻 내주시며 "독새기 깊고 기라"고 하셨다. '닭의 알'이라는 뜻인 달걀이 독새기로 변해 입 밖에서 고향 말을 내뱉는다. 고향 떠나온 지 60년이 되셨는데 구수하고 정감 어린 왕언니의 입담과 구수한 사투리에 웃음이 인다. 알을 다시 낳으려면 꽤 시간이 오래 걸릴 테고 내가 갖고 오면 다시 계란을 사러 나와야 할지도 모를 일이라 거절하면 기우라고 하신다. 고향 인심은 늘 나눠 먹는 풍습을 보고 자랐기에 감사하게 받아왔다. 시중에서 사다 먹는 유기농 달걀보다 훨씬 크니 오리 알로 착각할 정도였다. 왠지 방목하여 키운 닭에서 나온 독새기가 더 쫀득거리며 맛이 있다. 그 후로도 내 집에 오실 때마다 늘 갖고 오시는 귀한 독새기가 내겐 큰 선물이 되었다.

　달걀값이 금값이라며 내게 조그만 보탬이 되고 싶으신 엄마 같은 마음이리라. 순수한 언니들의 인정은 고향의 푸근한 마음이고 늘 익숙한 일이라 진정 고향 그리움이 올 땐 어머니에게 안부를 묻듯 고향을 향하듯 그들을 만나고 싶어진다. 정월 대보름 달은 인자한 두 언니의 마음 닮아 넉넉한 모습으로 밤하늘을 환히 비춘다.

독일에서 잃어버린 신용카드

　　몇몇 벗들과 북부 유럽 여행을 떠났다. 9시간 동안 비행기를 타고 도착한 덴마크 코펜하겐을 시작으로 우리들의 여행은 반복되는 일상을 벗어나 큰 기대와 흥분은 우리를 즐겁게 만들기에 충분했다. 전철과 버스를 타고 출발하는 새로운 나라에 대한 동경이 컸고 새벽에 도착한 우리는 유명 베이커리에서 커피와 그 나라 고유의 빵을 사 먹으며 새로운 여행을 시작하고 있었다. 인구는 6백만 정도의 작은 나라지만 역사적 문화적 경제적으로 큰 영향력이 있는 이유인지 높은 복지 수준과 삶의 질로 행복지수 조사에서 항상 높은 덴마크였다.

　　그 후 우리 일행은 독일을 거치고 폴란드에 갔는데 삼 일이 지나서야 신용카드가 없어진 걸 알았다. 외국에서의 카드 분실은 크게 당황했고 불안했다. 지나간 시간을 유추해 보니 독일에서 신용카드를 쓰려고 했었는데 그때 아마 흘리지 않았나 싶었다. 비로소 거기서 잃어버린 걸 알게 되었고 신용카드 회사에 연락하니 아무도 쓰지 않았다는 걸 알아냈다. 신용카드가 누군가의 손에 들어가 악용했을 것 같은 두려움이 컸고 걱정된 나로서는 안도의 숨을 쉬기에 당연한 일이었다. 단순히 운이 좋았다기보다 그 나라의 문화와 국민성이 반영된 결과라는 것을 알게 되었다. 남의 것에 손대지 않는 건 당연한 일이라는 인식이 강하게 존재하니 말이다.

그들은 계획적이고 질서 있는 합리주의자이고 체계적으로 규칙과 신뢰를 바탕으로 인간관계가 개개인이 쌓아가는 국민성을 지닌 그들이었다. 타인의 소유에 대한 높은 존중을 보이니 남의 물건을 함부로 건드리지 않는 것을 교육받아 도덕적 기본 인성이 당연한 일로 자리 잡혀 있었다는 걸 알게 되었다. 내 것이 아닌 건 남의 사적인 소유물로 인식하는 문화적 기초가 깔려 있었다.

누군가를 신뢰한다는 건 신용이 있다는 것이고 그 믿음이란 보여주기 위한 것이 아니라 쌓이는 것이다. 신용이란 상대방이 없는 자리에서도 지켜지는 약속이기에 더욱 그들의 몸에 밴 습성이나 국민성이 크게 보인다. 보이지 않는 곳에서도 지켜지는 가장 강한 자산이 신용인 것처럼 말이다.

돈보다 오래가고 말보다 무겁고 관계보다 깊기에 신용을 지킨다는 건 결국 스스로와 한 약속을 지키는 일이다. 신뢰란 한 번에 얻어지는 것이 아니라 시간을 깎아 쌓아 올리는 층 같은 것이니 한순간 무너지는 건 믿음을 깼을 때 오는 허전함만 남는다. 정직했던 말들을 나눴을 때 상대방의 이야기에 끝까지 책임졌던 행동들이 세상이 나를 어떻게 대할지를 결정하는 것이니 말이다. 요즘처럼 사기 치는 사람(Scammer)이 난무하고 문자에서도 e z pass나 교통국에서 온 가짜 페널티(penalty)들을 보면 가짜인지 모르고 놀라서 속는 일도 있는데 요즘은 더욱 정신 차리고 살아야 하고 깨어 있어야 함을 느낀다.

이탈리아나 파리 심지어 런던에서도 소매치기가 많다고 조심하라는 글귀가 많이 붙어 있었는데 이번 여행 간 8개 나라는 그런 글이 붙어 있지도 않았고 가방이 위험하게 노출되지도 않았다. 이 주간의 긴 여행으로 긴장하고 지쳤을 만 도한데 구경 잘하고 좋은 시간을 가질 수 있었던 건 아마 소매치기에서 자유스러웠던 게 이유가 아니었을까? 뉴욕으로 오자마자 신용카드를 새로 받을 수 있었다.

베로나의 카푸치노 향기

비에 젖은 장미의 향기는 어둠 속에서 울려 퍼지는 파가니니의 바이올린 선율과 어우러져 은은히 퍼진다. 커피를 마시기보다 집 안 가득히 퍼지는 커피 향이 간절하여 커피를 내린다. 창밖으로 보이는 빗줄기가 거세게 창문을 두드리지만, 향기로운 자극은 더욱 짙어져 집안 곳곳에 클래식 음악처럼 퍼진다. 이탈리아를 여행했던 순간이 커피 향기에 묻어 따라온다.

이탈리아는 로마나 피렌체 베네치아 밀라노 등 볼만한 곳이 많은 곳이다. 아름다운 도시들을 여행하던 중 베로나에 들어가는 첫 관문으로 알려진 포르타 누오바가 보인다. 벽돌로 만들어진 이태리 북부에 위치한 성벽으로 둘러싸였다. 중세 유럽의 분위기를 작은 콜로세움같이 고스란히 간직한 이탈리아

베로나를 방문했던 그날도 비가 많이 내렸다.

비 때문인지 여행 중 가장 불편함에도 불구하고 베로나는 다른 곳보다 더 낭만적으로 다가왔다. 쇼핑 하는 마찌니 거리를 다니며 꽃으로 장식된 건물마다 비에 젖었음에도 고급스러운 분위기는 그 도시의 아름다움을 한층 더해졌다. 로마 시대에 지어진 원형 경기장인 아레나를 다니며 중세 시대에 내가 서 있는 듯한 느낌을 잊을 수 없다.

무엇보다도 줄리엣이 살았던 베로나를 이태리 마지막 여행 코스로 가던 날, 빗속에 서 있던 나는 영화 속 로미오가 사랑의 세레나데를 부르며 발코니에서 달콤한 사랑의 진실한 언어 앞에서 줄리엣의 가슴 뛰던 장면이 눈에 선하다. 당연히 사랑이 머물던 그곳에서 사진을 찍고 운명적인 사랑을 믿는 사람들은 여전히 많다. 줄리엣 동상의 왼쪽 가슴을 만지면 사랑이 이루어진다고 믿는 여행객들은 민망함에도 아랑곳하지 않고 수많은 여행객이 만졌을 것이고 나도 예외는 아니었다.

오랜 세월에 걸쳐 서로 다투어 온 캐퓰릿트가와 몬테규가의 자식들이 이루지 못할 사랑에 빠졌다. 가슴속에 진짜 사랑을 품은 청춘이 아니더라도 소설 속 만들어진 이야기에 빠질 수밖에 없다. 그건 영화 속 두 남녀의 젊고 아름다운 모습과 이루지 못하고 죽음으로 끝나 비극이 돼버린 안타까운 사랑 때문일 것이다.

셰익스피어의 4대 비극이 아니어도 충분히 비극적인 엔딩은 로미오와 줄리엣을 만나려 베로나에 온 여행객들의 마음에 잔잔하게 여운을 남긴 안타까운 마음에 눈물을 흘린다. 결국 어린 남녀 간의 사랑이 비극으로 끝나는 이야기는 애절한 마음이 들게 한 영화로 우리들 기억 속에 남아있다.

줄리엣이 살던 정열의 도시 베로나가 배경이 되어 누구나 영화에 빠져 청순가련한 올리비아 핫세의 매력과 네오나드 위팅의 아름다운 요정 같은 미소년의 모습이 잊히지 않을 것이다. 유치한 사랑의 구애는 모차르트의 존 도비니의 "사랑하는 이여 창가에 와 달라"는 애절한 세레나데부터 카사노바가 사랑을 구하는 바람둥이들이 할 만한 구애지만 "창문을 열어다오 내 사랑 줄리엣" 하던 어린 두 주인공의 모습이 겹치던 한 장면을 기억한다.

로미오가 구애하는 외침을 들어보고 글을 읽어보면 진짜 유치하기 그지없으니 말이다. 콩깍지가 쓰이면 유치한 것이 아름다운 사랑이라는 이름이니 그리움과 애타는 마음이 되어 앞이 안 보일 만큼 간절해진다.

많은 오페라는 언제나 남녀의 사랑을 노래하고 여자의 비극과 남자의 바람둥이로 묘사되는데 로미오와 줄리엣은 이루지 못한 애절한 사랑을 노래했다. 우리에겐 작품 속의 두 배우의 모습이 아직도 심장이 심하게 뛸 만큼 아름다운 장면들로 아련히 기억된다. 그곳 베로나를 걷던 여행객들은 영화 속 아름다운 사랑에 빠진 질풍노도의 사춘기 소년 소녀의 16살만 기억하지 지금 70대가 된 그들을 기억하지 않는다.

지난겨울 74세로 세상을 떠난 올리비아 핫세가 미

성년자를 침실에서 나체의 장면을 찍게 했다고 소송한 기사를 읽었다. 나이 든다는 건 때에 따라 혹은 사람에 따라 생각에 따라 추한 것이라는 생각을 지울 수 없다. 아름답게 나이 먹어가는 일 우리는 가장 지켜야 할 필수인 것같이 느껴졌다.

예술이 아름다운 건 그 작품 속 이야기에 울고 웃는 관객들에게 살아있는 추억이 되고 감동과 가슴에 새길 그 시절에 겪었던 가장 아름다운 이야기가 된다는 것이다. 그저 영화나 예술은 아름다운 작품으로만 보자. 무엇이든 인간의 욕심이 되고 마는 원초적 본능이나 구차한 삶이 지나간 자아인지 모르겠다. 영화는 영화로 남고 예술이 되어 영원히 우리들에게 남은 순간이 된다. 내용 또한 셰익스피어가 만들어 낸 허구의 소설일 뿐이다.

감동적인 영화를 역사에 남기고 세계적으로 알려진 로미오와 줄리엣의 비극적 이야기는 중년의 된 모든 이들의 가슴속에 영원한 아름다운 사랑으로 남아있다. 시간이 지나며 처음과 같은 마음이 변하는 건 인간이기에 그러하다고 느끼며 그런 영화를 통해 순수했던 그 시절을 회상하는 것이니 사랑이 변하는 게 아니라 사람이 변하는 게 맞다.

아름다움 뒤에 변하는 사람의 마음이 숨겨져 있던 베로나의 추억은 오늘같이 비 오던 날, 커피 향기마저 비에 젖어 추적추적한 거리에 묻혀버린다. 낭만의 베로나를 여행하며 카푸치노의 쓰디쓴 5유로의 커피를 마시던 시간으로 나를 이끈다.

봄날의 아름다움을 모르던 미국 생활

　고향을 떠나오며 뉴욕에 도착했을 때 부푼 가슴을 안고 미국이라는 나라에 대한 동경이 왜 없었을까? 지금 돌아보니 현실에 급급한 나날을 살아왔던 나는 젊은 날을 기억 속에서 지워버렸다. 그리 긴 시간이 아니었다. 미국에서 살아온 설레던 나의 젊은 날은 깨달음 속에서 살아온 뉴욕 생활은 눈 깜짝할 새 지나 중년이 되었으니 말이다. 어느 순간 망각의 강을 건너야 할 때 과감히 버리고 건너고 말았다. 망각의 강을 건너면 사랑했고 그리워했던 좋은 기억까지 나쁜 기억과 함께 묻어 사라지고 만다.

　뉴욕의 삶은 현실 속에서 악착같이 살아야 가능했던 시간들이다. 어찌 보면 소녀 같은 감성을 가진 조그만 여자가 세 아이를 낳고 적응하며 살아가야 하는 건 너무 두렵고 무섭던 시간들이었다. 힘겹게 살아온 하루하루의 과정들을 한시도 잊을 수 없이 생생한 삶을 어찌 아니라 부정하랴!

부모님 슬하에서만 자라 고향을 떠나 부모 형제를 못 볼 거란 생각에 많이 힘들었다. 설렘 반, 슬픔 반으로 김포공항에서 비행기에 올라타 뉴욕 케네디 공항에 도착했을 땐 이미 16시간이란 시간이 지났다. 비행기 안에서 갑자기 어둡던 밤이 아침으로 변한 신세계를 느낀 건 처음이었다.

도착한 뉴욕의 겨울은 참 추웠고 눈이 군데군데 쌓여 있어 눈이 많이 오지 않고 평온한 작은 도시에서 자란 나에겐 낯선 풍경이었다. 브루클린의 플렛 버쉬에는 운동화들이 마치 빨래를 걸어둔 것처럼 전깃줄에 걸려있었고 벽에 낙서를 한 낯선 도시의 일상이 시작되었다. 36년 전만 해도 흑인들이 많은 브루클린의 거리, 영화에서만 보던 모습이었지만 지금은 그 형태가 남아 있을 뿐 젊은이들이 많이 거주하는 대도시가 되었다. 생각해 보면 그때만 해도 미국은 늘 빵과 피자에 햄버거만 먹는 줄 알았으니 몇 달 동안 많이 힘들었던 시절이었다.

이문세, 김현식. 이승철. 들국화, 김광석을 좋아했던 그 시절을 생각하면 잊고 살았던 정서가 스멀스멀 깊은 감성을 자극하니 회상에 젖어본다. 같은 세대에 같은 시기에 이민 온 사람들은 주로 노래 듣는 취향도 닮았다. 뉴욕 생활은 고향을 잊어야 할 만큼 닥친 현실에 버겁게 적응했고 잊은 듯 모르는 듯 정신없이 흘러간 시간들이었다. 이제 와서 어인 일로 점점 고향의 부모형제가 그립고 아련하게 눈앞에 아른거리는 고향 바다가 그리워지는지..

잊어버린 시간과 사는 동안의 두려웠고 무섭던 일들이 왜 이리 생각날까?

긴 시간 편지하고 결혼하고 미국에서 만나기까지 그리움의 열병을 앓았던 긴 시간이었다. 가끔 젊은 날의 열병 같은 그리움 하나쯤 가슴에 심어 두고 살아도 좋을 아련한 감정을 꺼낸다. 진정 사랑한다면 10년 20년을 아니 내 생을 다할 때까지라도 한 사람을 향한 사랑에 온 마음과 정성을 다해도 모자랄 시간이라 믿었다. 지금 돌아보니 가버린 사랑 앞에서 막연한 그리움에 가슴앓이만 하다 세월이 지나 안타깝다.

내게 일어날 일들도 모른 체 미국행에 설레던 기억뿐이니 말이다. 젊어서 그리움에 아파하던 마음이 아닐지언정 중년에도 마음 안에는 20대 감성이 남아있다. 사랑의 감정이 사치라 한들 진정한 아름다운 그림을 그려가는 시간을 채워가고 싶다.
봄날에 수줍게 피어나는 작은 생명을 피우는 꽃망울도 그리 시간이 많지 않다는 것을 안다. 여름날에 밀리고 다시 겨울 속에서 긴 잠을 자듯 숨어버리는 이치를 누구나 알 것이다.

사는 동안 나에게 봄날이 오는지 하늘은 눈물 나도록 시리고 푸른지 오리들이 노니는 호수가 저리 맑고 고요한 지 모르고 살았다. 봄마다 아름다움을 뽐내는 꽃들의 자태가 이토록 마음을 설레게 하는지 밤하늘에 별이 반짝이는지 사라지면 심장이 더 허전해 살 수 없는지조차 모르고 살아왔다. 감성이 풍부하고 한국식 정서도 많고 설레는 일에 공감이나 감동을 잘하는 내가 무엇에 목메어 고달픈 나날을 보내며 봄날을 몰랐는지 안타깝다. 무엇이 나를 그토록 목마르고 메마르게 앞만 보며 살게 했을까? 현실 앞에서 나의 감성은 모두 눈 감고 모른 척 안 본 척 은둔하며 살아야 가능했던 긴 시간들이었다.

　서둘러야 했던 일상을 벗어나 시야에 들어온 눈부시게 환한 어느 봄날에 눈물이 왈칵 쏟아 내렸던 기억을 잊을 수 없다. 눈부신 찬란한 봄날이 비로소 빈 마음 안에서 눈부시고 화려한 모습으로 지금이라도 나를 찾아왔으니 봄, 너를 기꺼이 반갑게 맞이하련다. 봄이 오면 마음에 잠재하던 잊었던 감성들을 하나씩 꺼내보며 다시 찾아야겠다. 지나버린 현실에 아웅다웅하던 젊은 날을 회상 속에 접어두고 고운 빛으로 다가올 봄을 맞으리. 당신과 나 단둘이 봄맞이 가야지 봄이 오면~~ 노랫말이 참 곱다. 고운 가삿말에 흥얼거려 보는 아침!

　봄이 오면 하얗게 핀 꽃 들녘으로 당신과 나 단둘이 봄 맞으러 가야지 봄이 오면 연둣빛 고운 숲속으로 어리고 단비 마시러 봄 맞으러 가야지 풀 무덤에 새까만 앙금 모두 묶고 마음엔 한껏 꽃피워 봄 맞으러 가야지 봄바람 부는 흰 꽃 들녘에 시름을 벗고 다정한 당신을 가만히 안으면 마음엔 온통 봄이 봄이 흐트러지고 들녘은 활짝 피어나네~ 봄이 오면 봄바람 부는 연못으로 당신과 나 단둘이 노 저으러 가야지 나룻배에 가는 겨울 오는 봄 싣고 노래하는 당신과 나 봄 맞으러 가야지 봄이 오면 봄이 오면 봄이 오면... 나도 그러고 싶다. 흘러가버린 설레던 시절은 다시 안 오겠지만 이제 찬란한 아름다움을 알아버린 봄날은 늘 내게 올 것이다.

영화 속 같은 뉴욕의 가을

  사계절이 뚜렷한 이곳, 뉴욕에도 가을이 왔다. 가
장 아름다움을 품어내며 곱게 물들어가는 색 바랜
나뭇잎들을 하나씩 센다. 우리 일상을 겸허한 말로
채우고 풍요로운 계절을 만끽하는 가을의 수확에
감사한다. 점점 그 빛을 잃어가는 잎에게서 갈 때
를 잘 아는 겸손함을 배우고 떨어지는 낙엽만 봐도
사색의 심연을 피우며 글을 쓰고 싶어진다.가을엔
편지를 쓰고 사랑을 하겠다는 가사들이 마음에 스
며들고 비발디의 사계 중 가을을 들으며 심오한 클
래식에 빠져도 좋은 계절이다.

  가버린 계절에 느끼지 못했던 날을 돌아보기에
좋은 사색의 계절이기도 하다. 사계절의 미묘한 다
른 매력 속에서 단연코 가을은 계절 중 낮은 곳에
서 나를 보게 되니 더 숙연해지고 고요해진다. 살

아감에 겸허하고 소박하며 내면이 아름다워지고 싶으니 더욱 자신을 돌아보며 명상하고 자꾸 자아를 내려놓게 된다.

가을을 중년의 계절이라고 표현하는 데는 그만한 이유가 있다. 떨어지는 낙엽이나 빛바랜 나뭇잎들로도 인생 닮은 초연함에 비유하며 중년의 감성을 자극하기에 충분한 계절이기 때문이다. 여름이 젊은 계절을 상징한다면 가을은 중년의 익은 감성을 자극하니 그 속에 물들어도 좋을 나이다. 가을 햇살은 봄볕보다 더 따갑지만 공활한 하늘 아래서 걸으며 낮게 핀 가을꽃을 보는 것도 좋다. 나태주 님은 "자세히 보아야 예쁘고 오래 봐야 사랑스럽다"라며 눈에 띄지 않은 낮은 들꽃을 곱다고 표현했는데 그 의미를 알 듯하다.

다른 계절에게 양보하고 다시 피어날 꽃을 기다리며 화사한 뉴욕의 가을 들꽃들에서 소박한 아름다움을 본다. 봉오리를 터트려 피어날 보라색 국화의 고혹적인 향기가 고귀하게 우아함을 뽐내고 바람에 살랑대며 피어나는 붉은 꽃잎들이 가을 속에 물들어간다. 계절마다 달리 보이는 호숫가 공원을 찾는 것도 가을을 느끼게할 만하다. 오리들은 무리 지어 떠다니며 한가롭게 노닐며 유유자적한 호수의 풍경은 참 여유롭다.

뭉게구름이 몽실몽실 하늘에 피어있어 노래가 절로 흥얼거리게 되니 마음도 20대에 머문다. "이 땅이 끝나는 곳에서 뭉게구름이 되어 저 푸른 하늘 벗 삼아 날아다니리라 ~~

뉴욕의 가을은 아름답다. 서부 쪽 캘리포니아만 가도 이토록 아름다운 풍경을 볼 수 없다. 따뜻한 곳에서만 자라는 꽃들을 보면 다른 아름다움이 있지만 뉴욕의 가을만큼 고혹적이지는 않다. 무엇 하나 놓치고 싶지 않은 계절이 왔으니, 가을이 익어가면 미네아스카에 단풍 구경을 가야겠다. 가을을 남기고 떠난 사람을 노래하는 쓸쓸함도 있지만 가을을 회상할 수 있는 영화도 많다. 리처드 기어가 나오던 "뉴욕의 가을"이 그렇고 어디 그뿐이랴! 브래드 피트가 나오는 북서부에 위치한 몬태나 주가 배경인 "가을의 전설(Legend of the Fall)" 명작도 생각난다. 특히 OST, The Ludlow는 귀에 생생하게 기억하는 좋은 곡 중 하나다. 퇴역 장교 출신인 아버지와 아들 삼 형제가 살아가는 인생 이야기다.

전쟁을 맞으며 생각지 않게 많은 일을 겪게 되며 삼 형제들은 불행으로 이어진다. 삼 형제와 한 여자 사이에서 벌어지는 내일을 알 수 없는 비극적인 운명인 내용이고 사랑하는 사람들은 함께 있어야 불행이 없다는 것을 영화를 보며 느낀다. 그 영화 하나만으로도 가을의 분위기에 맞는 배경과 감동이 오는 전설적인 영화가 아니었을까? 가을에 빛바랜 추억을 상기시키는 좋은 영화를 찾아보며 가을 속으로 들어가 보는 일도 좋겠다. 길에서 명상하는 일도 재미있다. 가을 색을 입은 나무들에게 속삭이며 따가운 햇살을 받으며 익숙한 감성으로 걷는 길에는 우리의 삶이 있고 여유와 사색도 있다. 나무들이 가을 색으로 변하는 그것을 보며 겸허해져야 하는 건 스치는 바람과 말없이 흘러가는 강물처럼 우리네 인생살이도 결국은 늙고 병드는 이치 때문이다.

살짝 시린 공기를 느끼니 가을 영화의 주인공처럼 깊어지는 가을 속 걷는 일도 즐겁다. 높은 하늘은 가을 햇살을 숨긴 채 가장 뜨거운 빛으로 얼굴을 가을 색으로 물들인다. 아직 떠나지 못한 풀벌레의 처연한 소리가 시름이 되어 잠들지 못하는 가을밤을 즐겨도 좋다. 자연이 주는 소리에 귀 기울이며 뉴욕의 가을 속으로 들어간다.

제2부 내 이름 줄리아

내 이름 줄리아

　주변 지인들은 그랬다. ” 줄리아 씨 “라고 부르면서 “미국 이름이에요?” 라고 묻는다. 사실 나를 부르는 이름은 많다. 써니라고 불리기도 하고 줄리아, 명품님이나 공주님으로 불리기도 한다. 나는 가톨릭 여학교를 들어가 고등학교 때 담임 수녀님이 영어를 가르치셨고 수녀님이 권하는 대로 교리 공부를 받고 영세를 받았다. "율리아" 라고 본명을 하면 좋겠다고 하셨던 수녀님의 말씀에 “네~ “했을 뿐인데 내 이름은 줄리아(Julia)가 되었다.

　사실 한국 살 땐 내 이름이 있었고 영세명은 그리 불리지 않았는데 미국에서는 그렇게 자주 입에서 불린 이름이 되었다. 언젠가 산부인과 의사인 여고 동창 주영이 손에 이끌려 초등학교 동창 모임을 갔는데 중년이 된 아이들이 떼창을 하며 이용복의

"줄리아" 노래를 불러주며 나를 반겼다. 특히 이 부분 "줄리아~~~ 나의 모든 것을 앗아가 버린 여인아~~"는 어찌나 크게 부르든지 많이 웃었던 기억 속에 들어가니 새삼 그리워지며 이 노래를 듣는다. 지금은 고향 방문에도 동창 모임에 안 가고 그냥 돌아오곤 하지만 그 시절 그들은 내가 키가 얼마나 큰지 내기했다.

170cm인지 175cm인지. 초등학교 땐 키가 커서 아이들이 기억하는 나는 하얀 얼굴에 눈이 크고 키가 큰 아이로만 기억하며 50년 만에 만났으니 조그만 내 체구를 보고 놀라는 게 당연했다. 그들은 중년이 되어 전형적인 아저씨와 아줌마가 돼 있었다. 미국에서 간 내가 젊어 보인다며 "이 나이에 청바지를 어떻게 입니?" "이 나이에 생 머리를 어떻게 기르니? "라며 신기한 듯 바라보았다.

고향에서는 소문난 부잣집 둘째 며느리가 무엇을 하며 미국 사는지가 가장 궁금해했다. "샌드위치를 팔고 커피를 팔아" "설마~진짜? 너처럼 약한 애가 그런 걸 어찌해?"하며 의아해했다. 그랬다. 미국이란 곳은 직업에 귀천이 없고 주어진 일에는 최선을 다하면 좋은 결과도 주었고 더욱이 난 일을 좋아했다. 아니 건강하고 젊은 데 시간을 낭비하고 싶지 않기에 지금도 무슨 일이든 하고 싶다.

내 이름은 "줄리아"이지만 손님들은 그들이 만들어 낸 이름으로 "써니'라고 불렀다. 흐리거나 비가 오는 날이면 "써니 썬샤인(Sunny Sunshine)은 어디 갔냐?"라고 농담을 하곤 했다. 더욱이 명품님이라 불리는 날은 내면을 고귀하고 아름답게 열심히 살아야겠다고 다짐하고 공주님이라고 불릴 땐 자신을 위해 아름답고 품위 있게 살아야겠다는 생각도 한다.

난 "줄리아"라는 이름이 좋다. 이름을 생각하면 수녀님 생각이 나고 "줄리아"라고 내 이름을 불러주는 사람들이 기억된다. 그들도 미국서 만난 인연이고 고향의 동창들도 어린 시절 만났던 인연으로 엮어진 벗들이다. 동창들이 말하는 사투리가 그렇게 정답게 들린 적이 있었을까 싶다. 이 노래가 우연이라도 들리면 아련한 기억으로 들어가 그 시간을 기억해 본다. "줄리아~~~"라고 노래 불러주던 …

대나무의 인내

    몇 년 전 지인이 이사 간다고 죽어가는 대나무를 버리려는데 가져와 밑동을 자르고 썩으면 또 자르고 계속 잘라 몽낭언필민큼 작아졌다. 조그맣게 잘린 대나무를 낮은 컵에 담가두며 물만 조금씩 줬더니 긴 시간이 지나 살아남을 생명은 끝까지 살아남는지 더 이상 썩지 않았다.기다리며 사랑으로 지켜봐 준 덕인지 햇살이 잘 드는 환경인지 물을 잘 빨아들이며 녹색 이파리가 나고 안정적으로 자라며 기적적으로 살았다. 손가락만 한 죽순이 돋아나 세월이 지나기까지 숨죽여 뿌리만을 길게 뻗어 자리를 잡아가며 당당하게 세상에 나올 때까지 내실을 튼튼하게 만든 것이다. 본 모습과 형상을 갖추며 꾸준히 기초를 다져온 끈기에 놀랍다. 자연 속 식물들은 가만히 보고 자세히 봐야 더 신기한 게 많은데 대나무도 그러했다.

대나무 중에 최고로 치는 모죽毛竹은 씨를 뿌린 후 5년 동안 아무리 물을 주어도 싹이 나지 않는다. 땅 밑에서 탄실하게 뿌리를 내려 자리를 잡아가며 갑자기 자란다는 이야기가 있다. 대나무를 잘라보면 텅 비었지만, 어찌나 단단한지 빨리 크고 높게 자리하기 위해 속을 비움으로써 더 강해지는 이치를 배운다. 긴 인내 끝에 자란 대나무는 한 번의 꽃을 피우며 죽고 뿌리 깊은 대나무는 곧게 뻗은 자태가 바람에 흔들리지 않아 피신할 땐 대나무 숲을 찾는다. 오월, 비 온 후 빼곡히 숲을 이룬 대나무들에서 죽순이 많이 자라는데 "우후죽순" 이 여기서 나왔다.

대나무는 지조와 강직함을 비유하고 사군자 중 하나로 수묵화에 자주 그린다. 중국의 소동파는 "고기가 없는 식사는 할 수 있지만 대나무 없는 생활은 할 수 없으며, 고기를 안 먹으면 몸이 수척하지만, 대나무가 없으면 사람이 저속해진다"라고 했다. 그만큼 대나무는 맑고 절개가 굳으며 마음을 비우고 살아가는 군자가 본받을 품성을 모두 지녔다. 우리 민족은 대나무를 좋아해 대나무로 만든 물건이 많으니, 쓰임새만 봐도 알 수 있다.

늘 생각하지만 느림과 비움은 살아가는데 미학이 맞다. 모든 생명이 그러하듯 식물들이 뿌리에서 바로 꽃을 피우지 않기에 싹이 나고 줄기가 되고 꽃을 피워 열매를 맺는다. 모죽 毛竹의 길고 긴 인내와 끈기를 생각하면 사람들은 튼튼한 내면을 키우지 않고 자기의 노력에 대한 성과만을 급하게 얻고자 빨리 인정을 받으려고 결과에만 급급해한다.

성급하고 자만심 가득한 인간의 전형적인 모습이다. 늘 반성하는 부분이고 우리에게 반드시 해내야 할 과제 같은 삶은 없다. 조급한 마음도 내려놓고 하루하루 주어진 시간에 충실하다 보면 언젠가는 노력에 대한 결과를 얻는다. 진인사대천명이 그렇듯 최선을 다하고 하늘의 명을 기다리는 게 우리들의 몫이다. 시간은 언제나 말없이 흘러간 듯해도 긴 세월 하나하나에 최선을 다하며 살아온 의미를 흘려보내진 않을 것이다. 자연에서 삶의 지혜와 대나무의 긴 인내를 배우는 자세, 그게 인생살이다.

마음먹게 달린 인생

　일상의 평범한 삶에서 작은 의미를 갖고 살다 보면 시나브로 바뀌는 계절의 속도가 빨라진다. 봄인가 싶으면 어느새 감색 옷을 갈아입은 나뭇잎이 하나둘씩 오리들도 모습을 감춘 빈 호숫가로 떨어지는 가을이 왔다. 중년의 나이로 계절을 느끼기에 봄이 있어 희망적인 겨울보다 가을은 더 쓸쓸해진다는 것이다. 가는 세월 아쉽다고 계절적인 쓸쓸함에 도취되어 센티멘털에 빠지기보다 생각에 따라 얼마든지 아름다운 시간들로 바꿀 수 있다.

　어느 가을 이맘때쯤 한국 방문을 하고 몇십 년 만에 여고 동창들을 만났는데 교직 생활을 하다 이미 은퇴를 한 동창들은 다달이 삼백만 원 받는다고 했다. 나로서는 놀라운 일이었는데 미국에서는 56세에 은퇴한다는 건 상상이 가지 않았기 때문이다.

한국은 정식으로 그 나이가 되면 은퇴를 하지만 미국에서는 딱히 은퇴 나이가 정해지지 않았고 여전히 일하는 게 약간의 긴장과 활력소를 가져도 될 나이라 생각되었다.

경제적 여유와 이른 나이에 은퇴가 더 이상 설레던 청춘이 없는 듯 학창 시절의 벗들은 앳된 모습은 없고 어느새 중년이 되어 현실 이야기를 하고 있었다. 사실 중년이 되어도 고된 일도 당연한 듯 바쁘게 살아왔고 70세 까지는 여전히 계속 일을 해야 한다고 생각하는 삶이었기에 이른 은퇴에 놀라기도 했다. 익숙한 언어가 아니고 살아오던 내 땅이 아니니 모든 게 긴장하며 살았을지 모를 내 젊음을 돌이켜 본다. 20대 중반은 여전히 나의 진로를 위해 공부를 더 하던지 직장을 다닐 나이인데 결혼을 하고 미국에 와서 바쁘게 살아야 했던 순간 순간들이었다. 동창들은 내가 나이에 비해 젊어 보이니 고생을 안 한 것처럼 얘기했지만 사고무친 아무도 없는 이곳 뉴욕의 삶은 버겁고 심적으로도 정신적 육체적으로 긴장하며 살아야 가능한 삶을 그들은 몰랐다.

언제나 웃는 모습으로 살아야 한다는 생각과 자식들을 키워내야 하는 강한 의지가 습관처럼 긍정적인 마인드가 되었을 것이다. 힘들 때마다 자신과의 약속을 지키며 책임감을 가지고 싶었다. 한 발만 나가면 낭떠러지가 눈앞에 있는데 낙오될 것 같아 앞만 보며 살아온 세월 앞에서 순탄하게 살아갈 수 있음에 안도하니 무엇을 더 원하랴! 사람마다 타고난 성품이 있고 환경에 의해 형성된 상황이 다르고 인성과 생각이 다르다.

강한 인내와 끈기가 있는 사람이 있는가 하면 게으르고 약하여 남에게 의존하는 사람이 있다. 정신적으로 강한 사람도 있고 의지가 약함에 쌓아 올린 공든 탑을 무너뜨리는 사람들도 있다. 자아를 내려놓아야 편하고 귀가 순해지는 나이임을 알게 되어 남들의 거슬린 말에도 이해하게 되고 세상일에도 타협이 필요하다고 느낀다. 살다 보면 연륜이 쌓여 진정 무엇을 하고 싶은지 무엇을 해야 하는지 뭔가에 미쳐 본 사람만이 진짜 열정이 있고 삶을 진실로 대하는 사람이라는 걸 비로소 알게 된다.

"벙어리 삼 년 눈 가리고 삼 년 귀 막고 살아온 세월"이 있었기에 가능한 내공일 것이고 험하고 긴 세월을 숨죽이며 앞만 보며 살아왔기에 지금, 이 순간이 있는 것이다. 주어진 시간과 일에 최선을 다하며 자신에게 인정을 받고 싶어 목표를 이루고 노력한 끝에 오는 안도감으로 자신과의 약속을 지키며 살았다. 장성한 아이들을 공부시켰고 독립시켰으며 정신없이 살아온 시간은 마음의 여유를 주었다. 비로소 감사할 여백이 있지만 청춘을 돌린다고 한들 다시 험한 환경에 발을 들이고 싶지 않다.

높은 빈 하늘은 구름이 노니는 대로 자리만 내주며 여유와 겸허함을 준다. 마음도 자꾸 빈 듯한 공허한 마음도 품어 안을 만큼 풍요로운 가을을 느끼고 싶다. 우울한 감정이 나대며 가슴 깊이 후비며 아플 때도 있지만 세상은 마음먹게 달린 삶의 연속이다. 자기 연민 같은 안타까운 마음을 내보내고 자신을 도닥거리며 자유로운 마음으로 살아간다. 어쩌면 자유라는 건 어떤 속박 속에서 더 고독해야 하고 더 외로워야 얻어지는 절제 같은 것, 그래서 강해질 수 있는 자유에 맞서 다시 살아내야 하는 남은 삶을 이어가는 것이다. 누구나 영화 속 주인공이 된 삶이 있고 인간으로서 살아가는 존재 이유를 생각한다. 앞으로의 삶은 살아온 만큼의 무게보다는 가벼울 테지만 주어진 시간은 여전히 소홀할 수 없다. 좋은 습관이 좋은 마음과 함께하고 그 운명이 험할지언정 앞만 보며 사는 삶은 여전히 계속될 것이다. 살아있는 동안은 마음먹게 달린 삶 앞에서 낙오되지 않게 굳건히 맞서며 살아갈 인생이 있다. 누구에게나 겹겹이 쌓인 자신만의 이야기가 있는 삶의 잔재가 왜 없었으랴! 돌아보니 주어진 삶이 그랬고 또 인간이 살아가는 인생이 그런 것이었다. 육십이 넘을 때까지 아니 넘어서도 현실을 직시하며 살아야 하는 이곳 뉴욕 생활에서 말이다. 삶이란 힘들다고 생각하기 전에 현실을 받아들이며 힘듦을 승화시키는 자신의 강한 의지가 있어야 하고 탄탄한 내공이 있으면 세상살이 험해도 잘 살아가는 게 가능하다.

지금은 웃으며 말할 수 있다. 돌이켜 보면 힘든 상황에서도 강한 인내가 있었기에 해낼 수 있었고 고진감래라더니 지금껏 건강하게 살아갈 수 있지 않았을까? 힘든 상황과 두려웠던 하루하루를 살아남기 위해 주어진 환경을 수긍하고 고달픈 삶을 이겨내며 고통을 초월했을 때 비로소 웃는 모습이 되어본다. 햇볕에 그을린 얼굴은 주름이 가득했지만, 오히려 힘든 상황에서 겪어야 하는 고통 속에서도 웃으며 아이러니한 표정이 나왔던" 게오르그의 25시" 영화에서 본 요한 모리츠로 분한 앤서니 퀸의 모습처럼.

마음의 온도

비는 소리 없이 내려 바이올린의 섬세한 소리와 어우러지며 예민해질 만한 새벽인데 듣기에 편하고 고요해서 좋다. 이른 아침 오페라 아리아 클래식에 빠지면 마음은 따뜻해지니 삶의 에너지를 충전 받은 듯 하루 시작이 즐겁다. 여고생 시절에 많은 학생들이 대학에 대한 부담감과 사춘기 시절에 허무와 고독이 있었다. 살아가야 하는 나날이 무엇인가에 모자람이 오던 그 나이 겨우 사춘기 때 우리는 부모님의 관심과 사랑을 받고 형제간의 우애를 당연한 걸로 알았기 때문에 항상 그 마음은 곁에 있는 줄 알고 살면서도 진정한 마음의 온도를 생각할 겨를 없이 너무 정신적인 긴장을 참으며 한 가지에 몰두했다. 그런 성숙한 정신세계가 우리를 깊은 내면을 들여다보며 생각에 빠지게 했을지도 모른다.

얼마 전 산골에 사는 14살 아이가 몇천 명 응모한 글 중 당선되었다는 내용을 듣고 어찌나 궁금하던지 그 아이가 마음 온도를 썼다는데 읽어보고 싶었다. 산골에서 살아가는 아이의 감성으로 그런 제목으로 글을 썼다는데 믿어지지 않았다. 나 역시 사람의 마음은 상대방의 온도와 비슷하거나 적당하면 좋겠다는 내용의 글을 쓴 적이 있기 때문이었다. 너무 뜨거우면 감당이 되지 않아 벗어나고 싶을지도 모를 온도, 너무 냉정하면 돌아서고 싶을 만큼의 차가움이 있을 것이다. 니체가 루 살로메를 사랑해도 마음의 온도가 맞지 않아 실연과 배신으로 비탄한 마음은 좋은 글을 탄생하게도 한다. 사람을 행복하게도 아프게도 만드는 적당한 온도가 무엇일까? 사소한 것에도 배려하는 넉넉함과 수용하고 받아들이는 너그러움과 이해가 아닐까? 뜨거우면 식을 때까지 두고 식으면 뜨거워지게 만드는 비법이 있다면 얼마나 좋을까만 사람 마음의 온도는 언제나 변하게 마련이다.

　인간관계는 상대방의 입장에 서지 않고는 들여다볼 수 없는 마음의 온도가 다르기 때문이다. 사람 간의 온도가 맞는다면 모자라지도, 넘치지도 않는 적당한 마음을 나누는 일로 시작할 것이다. 열정이 많은 나이가 아니더라도 불같은 사랑으로 그 사람이 아니면 안 되는 강렬한 유혹에 자신을 가두며 한번 낳고 죽는 인생에 무엇이 두려울까? 이 세상 모든 사랑은 마음을 빼앗기니 서로를 향한 마음으로는 늘 같이하고 싶은 목숨을 불사르는 간절함이 있다. 백 년 전 윤심덕과 김우진의 사랑이 그랬고 15세기의 로미오와 줄리엣의 사랑이 그랬다.

그 외 수많은 사랑을 얼마나 많이 읽고 봐왔던가! 사랑은 이룰 수 없는 사랑이 더 간절하고 마음이 다한다면 확인할 필요가 없는 게 진정한 사랑이다. 사람 마음도 나눌 수 있는 서로의 온도에 맞춰가며 차츰차츰 물들듯 스며들며 따라간다. 정호승 시인은 물을 떠나지 못하는 꽃처럼 그게 사랑이라 말한다. 진정한 사랑은 떠나고 싶어도 떠나지 못하는 것이라고 정의한다.

슬픈 이야기를 들으면 아프고 좋은 이야기에는 따뜻해지니 마음은 언제나 온도에 따라간다. 마음이 따뜻한 사람은 남에게도 적당한 관심과 배려로 사람을 편안하게 대할 것이고. 마음이 너무 뜨거워 집착하고 질투하고 과잉으로 다가온다면 상대는 부담스러울 것이다. 사람 관계가 불가근불가원이란 말처럼 적정한 거리를 유지하고 멋스러운 삶을 스스로 만들어야 한다. 따뜻한 마음의 온도가 내려가지 않게 두 손으로 자신을 안아본다.

벼리 찾기

28년 전 이사 갈 때만 해도 뉴욕의 롱아일랜드는 비바람이 치면 자주 정전이 되었다. 그 후에도 가끔 그런 기후 조건이나 동네 습성상 정전이 되며 불편한 일이 잦았다.

어느 날 어둠 속에서 촛불에 반사되어 비친 물건들은 큰 괴물이 되어 나를 위협하고 벽에 비친 그림자가 실제 모습보다 거대하게 보이니 물욕이 많게 보였다. 어둠 속에서 둘러보니 방마다 큰 침대들이며 그릇들과 장식품들, 갖고 있는 많은 물건이 불필요했다. 살아오면서 아이들을 키우며 살아온 흔적이라 버리지 못한 것이었는데 많은 물건을 어찌해야 할지 돌아보는 계기가 되었다. 다다익선이 좋다고 쌀이며 휴지며 설탕 세숫비누 빨랫비누들이 가득했던 곡간에 쌓아두며 살아온 어머니의 삶의 방식에 익숙했고 대가족이 북적대며 살아야 했던 어린 시절은 자연스럽게 많은 살림과 물건들이 함께 했다. 모아두는 건 절약이라는 일반적인 개념을 이제 와서 불필요함이라 말하고 싶지는 않다. 전기 없이 살아온 선조들이나 산속 자연인들은 매일 반복되는 불편함을 어찌 견디며 살아왔을까? 늘 환한 불빛을 보는 눈은 언제나 편해 어려움이 닥치면 이겨낼 힘을 잃어버리게 되는데 어렵고 힘든 시련 속에서 내면은 강해지고 성숙해지는 걸 고요한 어둠 속에서 배운다.

요즘은 오래전 세대와 다르게 간소화를 실천한다. 부유하게 산다는 건 경제적인 뒷받침이고 잘 사는 건 건강하고 주어진 삶에 만족하며 행복하게 사는 것이다. 많이 가진 것이 아니고 필요한 게 뭔지 깨닫는 마음의 부자는 역시 얽매이지 않고 살아가는 자유스러운 영혼의 소유자일 것이다.

소중하게 여기는 많은 것들로 인해 진짜 소중한 일에 집중할 수 없게 만드는 일에서 벗어나 미니멀리즘을 실천하는 일이 생활화해야 한다는 글에 공감한다. 간소한 삶의 질이 함께 한다면 남은 시간은 더 편하고 자기에게 집중할 수 있는 멋진 노후가 될 것이다. 버리는 그것 자체가 간소화에 목적이 아니고 간단한 생활에서 작은 행복으로 이어져 편안함과 안정감을 주고 만족한다는 의미니 말이다. 간소한 삶이 어디 불필요한 물건뿐이랴! 인연이라고 이어지는 인간관계도 너무 많아 과연 붙잡고 가야 할지 멈춰 서서 주변을 돌아봐야 할 일이다. 세상살이는 기본적인 것에 충실하고 소박한 삶을 이어간다면 풍족한 마음으로 넉넉해진다는 이치를 배우게 된다. 밤새 풀벌레 소리가 끊기지 않던 어둠을 밀어내며 온 햇살은 아침 숨결이 되어 창가에 머물게 한다. 연한 녹차를 넣고 차를 끓여 한 잔을 마실 수 있는 여유로 나뭇잎들은 점점 색이 바래고 마음은 초연해지고 더 겸허해진다. 비워서 편하고 자연을 즐기며 마음의 휴식을 누릴 줄 아는 평온함과 안락함이 온다. 하루를 고요함으로 시작하며 계절적인 변화에 자신을 돌아볼 때 마음 한구석이 풍요롭다.

비로소 살아가며 무엇이 중요 한가 어둠 속에서 벼리 찾기를 했다. 가득한 물건들이 서 있지만 정전으로 인해 간소하게 살아야 하는 삶을 깨우친 것이다. 아침이 밝아오면 물건을 줄이기 위해 대형 폐기물 업체에 연락해서 사람을 불러야겠다. 밤새 무거운 마음을 말없이 아침 햇살로 가볍게 비우는 일, 나쁘지 않다.

사춘기 때 만난 허무주의

　LA에서 불타오르는 산불과 저택들을 보니 피신하
려면 얼마나 두렵고 무서울까? 아들이 할리우드 근
처에 사는 걸 아는 미국인들은 "아들은 괜찮냐?"라
고 인사가 많다. "아니 아들은 3년 전 라스베이거
스로 이사 갔어요" 하며 그들의 관심이 고맙다.

　순식간에 번지는 산불을 보며 물이 들어와 피신했
던 어린 시절이 생각난다. 육십 년대만 해도 전쟁
이 해가 지났어도 살기는 넉넉하지 않은 부모님 시
대가 있었다. 더욱이 제주에선 1947년부터 1954년
까지 7년에 이어진 4.3 사건이 있었으니 살기는 더
욱 힘들었을 것이다. 큰 사건이지만 6.25만 기억하
지, 제주에서 일어났던 사건은 거의 묻어둔 일이기
도 했다.

그런 시대적 배경으로 힘들었을 당시 올망졸망한 어린아이들을 데리고 살아가기가 쉽지 않아 젊은 부모님은 허리띠를 졸라매며 악착같이 살아남아야 했을 것이다.

학교만 가도 머리에 헌데가 난 아이들이 많았고 머리에도 옷에도 이가 들끓어 옆 아이들에게까지 옮기는 일이 다반사였다. 옆자리에 앉은 갑순이는 이가 들끓어 내게까지 침범하는 일은 깔끔했던 내게는 가장 무섭고 싫었던 기억 중 하나다. 내 나이가 7살쯤이었다고 기억하기도 까마득한 시절이다.

물이 들은 내천에는 물 바다가 되어 피신했고 그때 이층으로 연결된 집이었지만 계단을 올라가야 했고 피신하기에는 열악한 환경이었다. 6남매를 둔 어머니 시대는 다산이 당연했고 살기는 그리 넉넉하지 않았다.

물이 들면 개천에서는 떠내려가는 게 많아 살림살이 하나라도 붙잡아야 했을 것이다. 이장아장 걷던 막내아들이 눈 오는 바깥을 나가다 미끄러지면서 연탄불 위에 앉아 엉덩이를 불에 데었다니 얼마나 불편한 환경이었을까? 그때 그 아이는 대학에서 학생들을 가르치는 중년이 되었고 어머니를 끔찍이 아끼고 보살피는 효자가 되었으니 고맙고 기특한 일이다.

동네에서 국수를 뽑던 공장이 있었는데 그 이층집으로 피신시키느라 부모님은 어린 자식들을 붙잡아 살아남기 위한 수고를 아끼지 않았을 것이다. 한 번씩 장마철이 지나고 태풍이 몰아치면 언제나 물난리로 이어졌고 개천에서 물이 파도처럼 넘치면 어린 눈에는 무서움이 심하게 오곤 했다. 뉴욕에 살면서 가장 충격이었던 2001년 9월 11일 미국 뉴욕의 상징이기도 했던 세계무역센터(World Trade Center) 쌍둥이 빌딩이 이슬람 테러인 오사마 빈 라덴에 의해 붕괴를 보았던 그때처럼. 아비규환이 되어 많은 사람들이 죽고 또는 극적으로 살아남아야 했던 순간을 기억한다. 맨해튼의 상황을 중계로 텔레비전에서만 봤지만, 아수라장이 된 건물 붕괴는 아직도 그 두려운 그때의 상황이 생생하다.

비바람이 불고 태풍이 덮치고 불이 나서 많은 것들을 앗아갈 땐 그 시절이 기억난다. 우리는 부모님 고생 덕분에 풍족하게 먹고살았지만, 동네가 시장 동네라는 이유가 집 밖을 나가지 못 하게 했다. 맹자의 어머니도 자식의 교육을 위해 이사를 세 번 갔다는데 결국 학교 근처로 이사를 가게 되었던 시절이 있었다.

더욱이 자식들을 옆에 끼고만 살아야 하는 아버지 생각을 따라야 하는 우리들의 어린 시절은 아버지의 말은 법이었던 엄한 가정교육에서 자란 육 남매였다. 내 어린 시절은 조용했고 마음으로는 이미 사춘기가 아니었는지 늘 생각이 많은 내성적인 아이라 감성적이고 자신을 표현하는 일은 서툴렀다. 일기를 쓰며 글로나 적어두며 학교와 성당 외엔 나가지 않고 은둔하며 자라왔다.

일본어를 은둔형으로 알려진 둥지라는 "히키코모리"라는 말도 요즘은 자기 계발에 좋은 말로 써진다고 어느 노 교수가 말씀해 주셨다. 오히려 그런 시간이 나를 찾는 시간이었다는 생각을 이제 와서 한다. 조용하고 내성적인 딸이 하얀 칼라와 허리띠를 졸라맨 교복을 입고 학교를 갈 때면 묵주를 챙겨주시며 어머니는 늘 자랑스러워하셨다. 아버지는 승차권을 사주셨고 용돈을 주셨으니 어릴 때부터 경제관념을 키워 주신 건지 책 한 권씩 사서 읽는 재미를 키웠다. 다달이 구독해 주신 "리더스 다이제스트"로 모르는 단어를 찾아가며 영어 공부를 재미있게 했던 시절 그 책 속 이야기들에 감동도 컸다. 지금 생각하면 미국 와서 아이들이 자라며 함께 읽었던" 치킨 숲(chicken soup)"이라는 책에서 느꼈던 따뜻한 감동을 기억하며 아이들을 바른 인성으로 키워내지 않았을까?

때로는 사춘기 때 만난 전혜린의 "그리고 아무 말도 하지 않았다"를 읽으며 고독을 배우고 성숙한 아픈 영혼을 알아갔다. 연상인 루 살로메를 릴케는 사랑했지만 헤어지고 간절하게 그녀를 그리워하다 좋아하던 장미 가시에 찔린 릴케의 죽음을 알았다.

그 후로는 그녀에게 빠져 "아무것도 존재하지 않는다"라는 삶의 허무주의(Nihilism)를 알았다. 허무주의에 가까운 그녀의 글을 고등학교 시절에 좋아했고 지금 중년이 되어 어찌 기억하는지 궁금하다. 기억 속에 자살한 그녀가 쓴 책 내용이 궁금하고 지금 내 어머니보다 훨씬 나이가 많았을 그녀의 아픈 청춘이 무엇으로 인한 죽음이었는지 온통 허무주의가 보였다. 난 왜 그리 빠졌는지 섬에서 자란 내가 왜 그런 책을 좋아했는지 나도 모른다. 그저 육십이 넘은 이 나이에 꼭 다시 읽어보고 싶다는 것이다.

전혜린의 글 중에 "자기의 내면에서 외치는 필연의 목소리에 따라서 사는 데까지, 짧더라도 긴장된 생을 사는 수밖에 없는 것 같다"라던 글만 기억할 뿐이다. 어쩌면 내게 주어진 삶이 그녀의 글처럼 내면에 나의 목소리에 따라 긴장된 삶을 사춘기 어린 시절에 읽었던 글대로 살아왔다고 늘 생각한다.

십자가를 짊어지고 살아야 하는 여자의 운명 같은 삶 말이다. 그녀의 책을 뉴욕 오면서 고향 집에 두고 왔는데 벌써 긴 세월이 지난 지금 너무도 읽고 싶다. "그리고 아무 말도 하지 않았다. "떠난다는 건 빈 마음이니 모든 걸 내려놓고 가야 하는 허무감이 있다.

어느새 뉴욕 산 지 36년의 세월이 흘러 중년 나이가 되니 그 시절로 돌아가는 듯하다. 돈을 벌어 생계를 유지하는 것보다 공부가 하고 싶고, 집중하며 글도 쓰고 싶다. 자아실현을 위한 나의 시간을 현실적인 삶에 얽매여 살아야 하는 일, 결국 무로 돌아갈 삶인 니힐리즘을 믿는 나는 늘 반복되는 노동의 톱니바퀴를 달리는 삶에서 벗어나고 싶어 한다.

인간으로 어른이 되어 노동하고 살아야 하는 게 맞지만 나이 들어도 젊을 때처럼 뛰고 서둘러 하는 일에는 늘 한계가 온다. 현실 앞에선 선택이 없고 필수의 삶만이 있으니 너무 지침이 오면 허무해진다. 어느 날 깨어보니 이불 속에서 꿈틀거리는 흉측한 벌레가 되었다는 카프카의 변신 이야기에 빠지기도 하고 삶이 무료하게 한가하면 좋겠다는 생각에도 마주한다.

미국 온 80년대 말만 해도 뉴욕은 지금처럼 편리한 삶이 아니었다. 특히 한인들이 밀집한 플러싱을 알지도 못했을 만큼 브루클린 유대인 동네에서 미국에서의 삶이 시작되었으니 한국 음식인들 쉽게 먹을 수가 있었을까?

가끔 그런 생각을 한다. 지난 시간은 많은 변화를 불러온 길고 긴 시간이라고 나에게도 같이 힘들었을 내 아이들에게도. 그 어렵던 시절은 지나고 지금은 시대가 변한 만큼 어디든 장족의 발전을 했다. 그러나 가끔 반추해 보는 구닥다리 같은 옛이야기가 그립기도 하다.

매일 TV를 통해 보도되는 불의 피해는 어마어마하다. LA에 번진 불을 빨리 꺼서 수습하고 정상적으로 돌아왔으면 좋겠다. 주변을 둘러보면 비행기 사고로부터 화재에 이르기까지 온통 허무한 일이 많은 요즘이다.

신세계로 가는 은퇴의 두려움

드보르자크의" 신세계로부터"를 들으니, 무언가 내 마음과 같은 미지의 세계로 떠나는 설렘이 있는 1악장 첫 소절에 빠졌다. 드보르자크는 "미국에 오지 않았더라면 이런 음악을 만들지 못했을 것이다"라고 했다. 나 역시 미국에 오지 않았더라면 내 삶이 180도로 바뀌었을지 모르고 이 순간 갈 수도 머물 수도 없는 그리운 고향 생각을 하지 않았을 것이라고. 몇십 년 만에 홀가분한 자유스러운 시간이 주어지는데 무엇인가 조바심 난다. 웅장하면서도 호기심 가득한 음악 속, 신대륙을 발견한 콜럼버스가 이런 마음이었을까? 은퇴하고 세상 밖으로 나가는 일에 다소 두려움이 오는데 한국을 떠나올 때처럼 낯선 세상을 향해 자유를 찾은 듯 홀가분한 마음 뒤에 복잡하고 두렵고 깊은 생각이 내 마음을 지배한다.

미국 와서 남들과 어울리며 조직 생활이든 사회생활을 해 본 적이 있을까? 세상 밖을 나가야 하는 일에 두려움은 무엇 때문에 생기는 것인지 다시 시작해야 하는 사람들과 이어지는 사회생활이 두렵다. 더 이상 젊은 나이가 아니고 건강도 약해지고 생각도 허접해지고 무모하게 달려들 열정이 많은 나이도 아니다. 오자마자 긴 세월을 한 곳만 보며 살아온 미국이란 그곳은 익숙해지면 받아들이기 쉽지만 그렇지 못하면 힘든 곳이 뉴욕의 삶이다. 지금은 많이 좋아졌지만, 오래전만 해도 한인들이 살기에는 너무 낙후한 생활로 이어지는 환경이었다. 새벽부터 움직여야 먹고사는 일을 하며 살아온 이민자들의 애환을 어찌 말로 다 할까?

미국에 처음 왔을 때 누가 공항에 픽업 오는가에 따라 직업이 결정된다는 말이 맞았다. 나에게도 그 말이 적용되었고 그때 이후로 자영업을 하게 되었다. 고향에서 손꼽히는 부잣집 며느리라며 미국서 놀고먹는 줄 아는 동창들도 있더라만. 정신 차리지 않으면 자칫 한순간에 물거품이 되어버리는 이곳이다. 미국에서 쉰다는 것과 자기 연민에 빠진다는 건 사치에 불과해 허리띠 졸라매 악착같이 살아야 가능한 시간이었다. 살아가야 하는 삶은 선택이 아니고 주변을 돌아볼 여유 없이 현실에 집중하며 살아야 했다.

남편은 초등학교 때부터 형과 누나와 함께 서울에 보내져 한참 부모님 사랑을 받아야 할 나이에 떨어져 살았다. 시부모님은 "사람은 서울서 살고 말은 제주에서 산다"라는 식의 사고방식이 있었기에. 아들을 서울에 보냈고 중학교 졸업하니 다시 미국에 유학을 보냈다. 요즘 오은영 선생님이 아이들을 상담하는 걸 보면 그런 생각을 한다. 관심과 사랑을 받아야 할 아이들의 감정선에도 애정결핍 같은 상처가 있을 나이었다고.

방학이면 자기 집인 양 들락거리니 아들 친구를 진정 또 다른 자식으로 생각하셨는지 밥을 해 주시던 내 어머니의 기억은 아직도 생생하다. 어린 나이에 미국 가며 내 부모님께 큰절하고 갔으니 지금은 911로 무너진 쌍둥이 빌딩 앞에서 찍은 사진이며 기숙사에서 잘 지내노라고 오빠에게 편지를 보내곤 했었다.

10년이 지나 나는 대학을 졸업하고 서울서 직장을 다니게 됐는데 고향 집 주소며 전화번호를 잊지 않고 나의 안부를 묻는 편지를 오빠에게 보냈다. 매일 하루도 빠지지 않고 전화를 하는 오빠 친구와 편지를 하며 서울서 살지 말고 고향 가서 살라는 말에 "이건 무슨 감정이지? "하며 직장을 그만두었고 일 년 지나 대학원을 가라는 아버지와의 약속을 지킬 수 없었다. 그의 말은 서울서 자취하며 살아가던 나의 삶을 송두리째 바꿔 놓았으니 말이다.

눈을 굴려 눈사람을 만들듯 그리움은 점점 쌓이게 되어 만나는 날이 다가왔고 오빠의 친구는 미국 간 지 13년 만에 서울로 왔다. 김포공항에서 처음 본 기억은 긴 코트를 입은 이십 대 중반의 키다리 청년이 되어 어릴 때 우량아 같은 모습은 찾아볼 수 없었다. 사랑이란 감정은 콩깍지가 단단히 쓰여 다른 것은 안 보이며 무대에 올려진 사람에게만 조명이 비치며 집중하게 된다는 것이다. 남녀가 사랑에 빠진다는 건 참 아름다운 감정이고 그때의 설렘을 다시 가질 수 없기에 예쁜 감성과 열정을 나이가 들어서 많이 그리워한다. 어떤 용기로 낯선 가족들 틈에 내가 있었는지 다시 돌아가 같은 시간이 주어진다면 절대 못 할 것 같다. 그땐 몰랐는데 사랑에 빠지는 일은 때론 용감해지기도 한다는 생각을 비로소 한다.

시 부모님과 여섯 형제자매는 오랫동안 헤어진 그를 마중 나와 공항을 가득 메웠다. 생각해 보면 그 나이가 서른 살 막내아들의 나이보다 더 어린 나이였기에 어린 자식을 홀로 떼어 놓고 가슴앓이하셨을 시어머니의 마음을 이제 와서 알 수 있을 듯하다. 반갑기도 하고 어색할 만도 한 형제들의 상봉, 남북이 갈라져 부모 형제를 그리다 만난 이산가족이 되어 그들은 오랫동안 서로 손도 잡아보고 부둥켜안고 있는 것을 지켜봤다.

서울의 변함은 86년만 해도 그리 발전이 없으니 73년에 뉴욕으로 떠난 사람에겐 서울이 특별할 게 없었다. 방배동 형님 집에 온 가족이 모여 아들을 먹이기 위해 제주에서 갖고 오신 해물들이며 해삼 전복 옥돔 등등이 산해진미가 식탁에 가득 올려졌다. 가족들과 긴 회포를 풀었지만 어릴 때 헤어진 형제자매는 서로 어색한 느낌이 많았다. 긴 세월을 어찌 한 번도 한국을 나오지 않았는지 제주로 유배보낸 추사도 아니고 버려지듯 보내진 유학길인 뉴욕이었다는 게 가장 궁금한 일이었다.

초고속 결혼을 하고 다시 미국으로 떠나야 하는 그를 기다리는 일은 길고 길었다. 미국 들어올 때 비행기 안에서 본 바깥 하늘이 갑자기 변해 하늘이 어둠 속에서 밝은 빛이 올 때 처음으로 신세계를 느꼈는데 지금 듣는 이 곡이 그렇다. 드보르자크도 미국에 신대륙을 본 흥분과 고향에 대한 그리움으로 만든 신세계가 있다. 뉴욕의 새로운 세상에 떨어져 고독하고 힘들고 두려움의 연속인 일상에서 다시 희망을 찾아보고 도전하는 내 마음 같다.

36년을 한결같이 반복적으로 살아온 하루하루가 생생하고 세 아들을 키우며 삶의 터전을 마련하기 위해 뛰어다녔던 시간이 기억에 머문다. 자식들은 장성하고 지금은 현실적으로 자신을 돌아봐야 할 때라는 걸 알아가지만 습관처럼 살아온 삶을 마무리하며 은퇴하는 이 순간에 두려움이 인다. 세상 밖을 나가야 하는 어린아이처럼… 사랑하는 사람을 만나기 위해 설렘과 두려움이 컸던 미국에 첫 발을 디딜 때처럼… 이제야 비로소 일을 내려놓고 자유스럽게 진정한 자신으로 거듭 새롭게 시작하는 인생 제4막이 있는데 말이다.

일상 속 우울증

얼마 전 에스터 하 파운데이션에 교육을 받으러 갔다. 정신적인 문제를 가진 사람들에게 도움을 주고 싶은 내면의 소리에 집중하고 싶어서이다. 우울증으로 딸을 잃은 아버지로서 이런 문제들을 방지하기 위해 재단를 만든 것이다. 요즘은 우울증을 앓고 생을 포기하는 젊은이들이 늘어간다, 자신의 감정을 조절할 수 없는 사람들은 우울증이 깊어지면 산다는 것에 희망이 없다고 생각한다.

누구나 사는 동안 그런 생각이 있겠지만 고비를 넘길 수 있는 건 아무래도 강한 정신력이다. 나 역시 정신력으로 버티지만 남들보다 긍정적인데 자꾸 우울해지고 남들과도 말을 많이 섞지 않는 나로서는 문제가 될 게 없는데 사람 만남에 조심스러워지는 게 사실이다. 외로우면 누군가를 간절하게 의지하고 싶지만 쉽게 다가가지 않는 건 두려움이 커서 그럴 거다. 충족하지 못하는데서 오는 텅 빈 마음은 일상이 버겁고 힘겨워 무거운 짐을 진 당나귀같이 많은 일을 안고 살아가면 앞날도 미래도 없이 느껴진다.

어쩌면 엄마란 세상에서 제 할 일만 하고 끝나면 사라져도 될 듯한 존재가 아닌가 생각하며 살아남기 위해 육체적 불편에도 일을 하며 살아야 하는 것에 하염없이 서글퍼지고 때론 비관적이고 염세적이 된다.

엄마의 인생은 자식을 독립시키면 그동안의 삶에서 벗어나 자신에 행복을 찾아야 하는 것이라고 혹자는 말한다. 행복은 고사하고 너무 버겁고 지치면 긴 휴식 속에서 일어나고 싶지 않아 주저앉고 싶다. 미래가 없다는 건 감정이 막혀있는 듯 긴 터널에서 헤어 나오지 못하는 것이라는 걸 느끼며 산다. 함께 사는 이유가 힘들고 버거울 때 서로를 보듬어주며 위로하라고 곁에 존재해야 하는 것이다. 이유야 어찌 됐던 무늬뿐인 부부들도 기본만 되면 함께 곁을 지키며 살고 있으니 한 방향을 보며 사는 것과 다를 게 없다.

"우리는 길을 잃은 후에야 자신을 찾는다. "라던 어느 철학자의 말이 떠오른다. 나 역시도 지금 망망대해를 항해하는 배처럼 두려움이 오고 이 나이 되도록 아는 건 없고 안타까운 생각만 늘어간다. 사방에 벽으로 막혀 빠져나갈 수 없는 답답하고 막막함에 숨이 막혀 오는 듯한 기분이 온다. 살아오면서 성인이 되고 함께 하는 부모도 형제도 아닌 오롯이 나의 삶을 살아가는 무대 위에서 얼마나 많은 두려움과 공포가 오고 슬픔과 아픔이 올까?

수많은 감동과 보람 뒤엔 사랑에 아파하고 슬퍼하며 자신의 감정을 속여야만 이어지는 일이 온다. 인간들 틈에서 느끼는 배신과 속임을 모른 척 연기하며 살아왔을지 모를 일이다. 무대 위에 올려진 삶의 버거움을 매일매일 다른 날, 같은 모습으로 살아오며 젊은 날부터 지금까지 살아남으려 전진뿐인 군인 같은 씩씩한 엄마로 말이다.

영화 중 마지막 장면이 있듯 마지막까지 잘 살아야 할 여백의 시간이 가끔 주어지는 3막 혹은 4막으로 마무리가 되는 중년이다. 미진한 삶에 후회가 왜 없을까? 연기는 각본에 짜인 대로 작가의 글과 감독의 각색 때문에 이루어진다. 앞날을 알 수 없이 불현듯 찾아온 인생은 영화 속 무대에서 연기하듯 숙명을 바꿀 수 없이 살아온 건 아니었는지 회고하고 싶어진다. 소설처럼 픽션으로 만들어도 될 만큼 진짜 살아왔던 이야기들을 글로 남기고 싶다.

누구나 어린 시절 동심의 세계가 더 아름답다고 생각하며 그리워한다. 내 삶에 전부인 양 의지했던 부모와 형제가 곁에서 사라지고 각자의 삶이 힘들고 인생의 무거운 짐을 짊어지고 의지할 것 없이 늙어간다는 것, 참 고달픈 것이다. 나이가 들어가면 건강도 여유도 시간이 좀 더 필요할 뿐 아무것도 해결할 수 있는 게 없다. 생각해 보면 일상은 누구에게나 주어지는 것이고 얼마나 그 순간순간들을 잘 살아가는지 시시각각 변하는 감정도 내 것이기에 늘 함께하는 것이다. 자기만의 감정이 때론 즐겁기도 하고 아프거나 슬프기도 한 삶의 연속이다. 우울증이 오고 삶에 희망이 없다고 생각하면 한없이 무너지고 만다. 약하게 살아도 강하게 살아도 누구도 대신해 줄 수 없는 자신의 고귀한 인생일 뿐이다. 건강한 마음을 유지하고 강한 정신력으로 버티며 살아야 한다.

깊은 우울증은 누군가에게 내 이야기를 들어달라고 간절히 대화를 원하는 것일 수도 있고 자기 안에 가두어 살아가길 원하는 것일지 모른다. 그래도 살아보니 자신이 택한 일에도 시행착오가 있지만 그 속에서 배움이 있고 살아온 삶의 연륜이 되어 쌓이는 것이더라. 우울해도 그 감정은 내 것이고 결국 자기가 조절하며 살아야 함을 알아간다.

일상에서 순간순간 오는 우울증도 즐거움도 모두 내 삶의 일부가 되어 나와 함께 살아간다. 그 순간을 잘 보내면 그래도 살아보니 잘 살아왔다고 회상할 수 있는 게 인생살이다. 누구나 흘러가는 시간 속에서 고독한 삶이 오지만 늘 힘내고 버티며 살아보는 거다.

인간의 완성

텃밭에 호박꽃이 노랗게 피어 지지대를 타고 올라가는 줄기가 하늘 향해 계속 자란다. 주변을 벌들이 날아다니고 간간이 장미꽃 주변은 나비도 날아다닌다. 말 못 하는 식물도 자기와 다른 종과도 어우러져 햇살 아래서 다른 사랑을 나누고 꽃피우며 자연도 이치에 따라 정상적인 사랑을 갈구한다. 어우러지며 사람이 사람에게 스며든다는 건 가장 아름다운 인간관계를 유지할 수 있다.

모든 인간관계는 어머니의 탯줄을 자른 이후부터 다른 인격체가 된다는 걸 인정하면 온전히 잘 살 수 있다. 밀레니엄 시대 자식들의 사고와 아날로그 우리들 세대가 접목한다는 건 희망 사항이지만 말이다. 젊은이들의 사고를 따라가지 못하니 답답하고 특히 미국서 태어난 아이들과의 소통은 쉽지 않다. 내 자식이니 소유해야 하고 부모와 형제인 핏줄은 희생하고 감수하고 참아야 한다고 생각한다.

부부도 성격이 같고 취미가 같아야 잘 사는 것은 아니고 적어도 기본만 된다면 늙어서도 좋은 관계를 유지하며 살아간다. 다른 인격을 인정하지 못하니 힘든 관계가 되고 자기를 더 드러내며 불협화음을 만들기도 한다. 아내 혹은 남편이니 온전히 남의 편이 아닌 오로지 내 편이 되어야 한다고 믿는다. 가장 불행한 게 한 집에서 대화 없이 사는 부부라 생각이 드니 각자의 행복을 찾는 게 더 인간적이다. 그리워도 헤어져 사는 견우와 직녀처럼 아픈 "애별리고"가 있다. 무관심하고 서로의 소중함을 모르면서도 한집에서 살아야 하는 "원증회고"도 있다. 심지어 이혼도 아니고 별거도 아닌 부부들도 많아졌으니, 그들은 서로 자유스러운 삶을 "졸혼"이란 글자를 만들어 여전히 부부라고 합리화한다,

쇼펜하우어는 " 행복은 고통이 없는 것을 말한다"라고 했는데 함께 해서 고통이라면 행복을 찾는 일은 쉽지 않을까?. 금슬은 "거문고와 비파"라는 뜻으로 부부간에도 다른 악기를 연주해도 잘 어우러져 좋은 소리를 내듯 살아간다면 서로 사랑하는 마음과 사랑받는 느낌은 언제나 깊어질 것이다. 행복이란 사랑하고 사랑받는 안정된 마음인데 한집 다른 가족으로 살아가는 사람들이 많아졌다. 인격 완성이 무언지 모르고 상대방을 함부로 평가하고 판단하는 사람들도 많다. 우리는 온 데로 돌아갈 때까진 늘 배우고 겸손한 자세로 마음을 다하며 살아야 함을 깨닫는다. 하고 싶은 말도 가슴안에 담아

두고 고요하게 살아갈 때 내가 보이고 진정한 나를 찾게 된다. 누구나 같은 입장이라면 사람을 대함에도 존중해야 하는 게 진정한 내공이다.

인간은 힘든 시간을 버티며 일어섰을 때 완성된 인격체가 되고 고진감래를 알게 된다. 점점 YOLO(You Live Only Once) 족이 늘어가지만 한 번뿐인 인생을 자신만을 위하며 산다고 이기적으로 보이겠지만 결코 불행하거나 불편한 건 없다. 누구의 삶이 더 행복하고 완성된 삶인지를 논할 수는 없기 때문이다. 산다는 게 고통이라고 젊은이들 사이에서도 이미 고달픈 삶을 아는 듯하지만, 무엇으로 힘내며 살아야 하는지 가끔은 혼돈이 올 때도 많다.

주식으로 유명한 워런 버핏이나 빌 게이츠도 돈이 많아도 인간이 인간답게 살아가는 건 역시 사랑을 하는 마음이 먼저라고 했다. 사랑하고 사랑받는 완성된 삶은 서로 손뼉을 쳤을 때 소리가 나야 하고 대답 없는 메아리에는 공허함과 허무함만 느끼게 된다. 사랑에 있어서 이기적이거나 독단적인 건 없고 주고받아야 온전한 것이다. 상대의 입장에 서서 생각하면 한 사람만을 위한 희생은 없기 때문이다. 서로 진실한 마음을 주고받아야 가장 이상적인 사람의 모습으로 온전한 사랑에 접근할 수 있다. 사람인(人)은 서로 기대어 살아가는 모습을 그린 글자이니 말이다.

외롭게 살아가는 인간의 굴레는 스스로 가둬두고 살아서 얻어진 열등감일지 모른다. 서머스 모옴의 "인간의 굴레"에도 장애를 겪는 주인공이 열등감으로 가득해 책을 가까이한다. 인간 성장에 있어 성인이 되는 과정에서 평범한 여자와 결혼하며 사랑을 주고받으며 차츰 행복하게 살아간다. 시골에서 의사로 살면서 비로소 자신을 괴롭혔던 장애와 열등감에서 벗어나 자유를 얻은 것이다. 자유는 때론 고통이 따르는 외롭고 고독해도 좋다고 선언하는 자신만이 누릴 수 있는 자신감이 아닐까! 사랑의 힘으로 얻어진 자유란 모든 일을 결정하고 많은 일을 해내는 자신과 당당한 싸움일지 모른다.

자신과의 극기가 있어야 온전한 자유를 얻는 것이고 그 뒤에는 사랑의 힘이 지배하는 것이다. 그런 자유 속에서도 누구나 사랑을 하고 사랑을 받으며 불안정한 인격체가 완성이 되어간다. 인간의 모습으로 살아가는데 가장 소중한 사랑이라는 감정은 주고받을 때 더욱 진실이 되고 완성되며 삶의 가치가 커진다. 사랑은 진정 그렇다.

자신과의 대화로 들여다보는 삶

이탈리아의 어느 여배우가 자신의 주름을 얻기 위해 평생이 걸렸다고 사진을 수정하거나 포토샵 처리를 하지 않도록 부탁했다는 이야기를 읽었다. 이 글을 읽으니 자연스럽게 늙어가는 건 살아온 삶이 묻어난 나의 인생이라는 것이다. 흔적이 없다면 살아온 삶이 사라지는 느낌일 테니 주름이란 살아온 자서전 같은 기록이기에 노인의 얼굴에 깊은 주름이 사진작가들에겐 큰 영감을 주기도 한다. 나이 든다는 것에 따라오는 주름은 살아온 삶의 훈장 같은 아름다운 것이다.

나이 먹듯 함께 살아온 얼굴도 손도 나이 들어가는 게 당연한 일, 살아온 세월의 흔적과 함께 신체적인 노화와 주름이 깊어지는 연륜의 나이가 됐다. 살아온 인생을 말해주는 얼굴의 주름 흰머리 노안 나이와 함께 노화되고 퇴행하여 살아온 흔적이 나타난다.

　그 자연스러운 현상을 인위적으로 고치지 않고 그대로 받아들인다는 게 얼마나 아름다운 마음인가! 살아온 세월이 험하더라도 인생의 굴곡이라기보다 살아온 세월의 흔적을 아름답게 승화시킬 수 있는 긍정적인 마인드가 있다고 생각한다. 주름을 없애기 위해 많은 사람들이 시술한다. 젊어지려는 욕망이 끝도 없는 요즘, 왠지 안 하면 뒤처지는 나약한 마음조차 통쾌하게 날려 보낸 듯한 이야깃거리다. 이 이야기는 나의 마음에 위안을 주고 감동을 주었다. 세태에 따라 물들어 가는 것도 현대 문명의 장점을 받아들이는 일이고 자기만족이나 자기애일 것이니 예뻐 보이기 위해 관리하려는 여성들을 나무라는 건 아니다.

　나 역시 피부도 반짝이게 하고 싶고 관리란 걸 하고 싶다는 생각을 늘 하니 말이다. 심지어 남자들도 쳐진 눈꺼풀을 올리고 젊어 보이려고 관리를 하니 생동감 있어 보인다. 노래만 잘하면 될 것 같은 가수들도 얼굴이 잘나야 인기가 있고 자존감도 올라가니 그래야 하는 세상에서 살다 보니 잘생기고 예쁘면 보는 사람도 좋다. 흐름에 물들지 않아도 앞만 보며 살아온 미국이란 이곳의 삶이 다행인지도 모르겠다. 얼마인지도 어찌 관리를 하는지 관심을 두지 않았으니 말이다. 외모에 더 신경 쓰기보다 지금은 건강을 위한 관리와 좋아하는 일에 더 열정을 갖고 싶다.

　진정 좋아하는 취미생활을 하고 운동으로 건강미

를 지키는 사람이 더 아름답게 보이는 건 외모보다 자신을 잘 지키는 일이라 생각하기 때문이다. 심한 다이어트로 살을 빼면 뭔가 채워지지 않은 공허감이 보이듯 빈약해 보이는 것만 봐도 나이 들어갈수록 넉넉한 풍채는 마음도 여유롭게 보이긴 한다.

얼굴과 몸에 변화를 인위적으로 고치기보다 살아온 자서전 같은 영혼의 소리를 들으며 자연스럽게 나이 먹는 그것이 자신에게 더 진실해지는 것이다. 자연스러운 주름으로 살아온 날이 보이니 중년에 하고 싶은 일을 하는 건 큰 의미가 있다. 늘 남과 비교되면 뒤처진 듯한 느낌이 들겠지만, 다른 것으로 자신을 찾아보는 거다. 나이에 맞게 늙어간다면 인간적인 진솔함과 함께 사는 이야기를 나눌 수 있을 듯하다.

비를 만나야 무지개를 볼 수 있는 희망이 있고 꿈을 가져야 이룰 수 있는 기회는 준비된 자에게만 주어진 것이지만 조금은 여유를 부리며 살아가자. 시련과 절망이 오지 않는 사람은 없고 희망을 꿈꾸지 않는 사람도 없을 테지만 내려놓으며 흘러가다 보면 언젠가 희망이란 꽃동산에 다다를 것이다. 현실 속에서 살아남기 위해 노력을 하고 살아온 삶이 굴곡이 있어도 시행착오마저 밑거름이 되어 다시 일어서야 한다. 10년 20년이 지나면 열정을 갖던 이 순간이 그립고 소중한 시간으로 기억할 것이다. 젊은 날의 기억만 "화양연화"가 있는 게 아니라 중년의 나이에도 그런 날이 있는 것이다.

주어진 운명이 내 삶이 된 것이니 주름이 생기고 흰머리가 난다고 뼈마디가 아프고 고독해도 두려워

할 일은 아니다. 순응하며 받아들이는 삶이 위안을 주고 편안함을 주니 마음 하나 고쳐먹기가 힘들 뿐이다. 미래의 꿈은 나이에 상관없이 꿈꾸며 사는 것이라고 잠시 내 삶을 돌아본다. 시간상으로 여백이 있을 때 글을 읽으며 위안을 받는 일도 나름으로 의미가 있을 것이다. 하루하루의 삶을 기록했던 글들이 바로 나의 인생이고 꿈이고 자서전이다.

젊어서는 사람들과의 만남이 소중하였다면 지금은 고요한 자신과의 대화가 더 절실하다. 자신과의 대화는 혼자의 시간 속에서 행해지니 고요한 순간을 자주 만들어야 한다. 사람을 만남에도 인간의 고독을 느끼니 자신과의 만남을 갖는 대화가 진정 아름다운 순간일 것이다.

제3부. 시간에 흐르는 그리움의 꽃

가을 속 낭만

뒤뜰에서 고혹의 향기를 뿜어내며 담벼락을 화려하게 덮었던 여름밤의 하얀 찔레꽃이나 치자 향이 서서히 사라졌다. 장미의 화려함에 밀려난 조그맣고 소박한 여름꽃들도, 길가에 하늘 향해 피었던 노란 해바라기도 자취를 감췄다. 한들한들 가녀린 코스모스도 늦여름 피어나며 가을을 알리더니 높고 푸르른 하늘을 따라 사라졌다. 낮게 피어난 소박한 국화가 익어가며 가을을 노랗게 물들인다.

붉게 타듯 가을 색으로 변해가는 단풍을 보며 계절마다 느끼는 우리들 정서도 다르다. 여전히 인디언 서머가 작렬하듯 뜨거운 여름의 잔해가 있는데 하늘이 저리 높고 푸르니 구월의 끝은 여름을 보내며 가을이 슬금슬금 우리에게 오는 계절이다.

미국에 살아도 우리들 정서에 익숙한 노래를 들으면 마음이 차분 해진다. 머물러 있는 줄 알았던 청춘도 사랑도 점점 사라져간다. "매일 이별하며 살고 있구나.~~ 김광석의 '서른 즈음' 은 그런 마음이 들게 한다. 이별을 반복하며 산다. 어찌나 가슴 아픈 가사인지 몇 번을 읊어댄다. 이 가을 속에 자연도 자신도 이별하며 살아가는 평범한 일상에 무엇을 붙잡을까? 무엇에 연연하고 무엇에 집착할까?

돌 틈 사이 이름 없는 들꽃 같은 마음으로 삶에 순응하며 살아가는 소박한 인생이다. "내가 가진 게 너무 없다 할지라도 그대여 가을 저녁 한때 낙엽이 지거든 물어보십시오. 사랑이 왜 낮은 곳에 있는지를 " 어느 시인의 시가 떠오르는 겸손한 여유가 묻어나는 날이다. 사랑은 높은 곳에 있지 않고 마음은 겸허하게 낮은 곳에 있고 교만하지 않아야 하는 사랑의 송가, 노랫말처럼 그런 것일 거다.

고요하고 조용한 있는 듯 없는 듯 그저 마음으로 다가가는 진정한 사랑은 고귀하고 값지고 아름답고 숭고하다.

사람과 사람 사이에 사랑하는 마음이 일 때 자아를 내려놓으며 진심을 보여주게 되고 진심을 가지고 고귀한 사랑에 물들 때 진정한 마음이 된다. 진정한 사랑이란 준비가 된 자만이 행할 수 있는 상대를 향한 따뜻한 배려인 것이다. 불꽃 튀듯 콩깍지가 씌어 한눈에 빠지는 사랑도 있겠지만 사랑을 받아들이는 자세는 역시 배려와 관심과 진심으로 처음과 같은 마음으로 기다려주는 일이다. 오만과 편견에 나오는 거만하게 보였던 다아시가 리즈의 편견에도 기다리며 사랑을 이루는 것처럼.

내 안에 내가 너무 많은 가시나무 새, 일생에 단한 번 우는 전설의 새, 평생 뾰족한 가시가 박힌 나무를 찾아다니다 가시에 찔려 죽어가면서 가장 아름다운 노래를 부른다는 가시나무 새의 전설을 생각한다. 가장 훌륭한 것은 위대한 고통을 치러야만 얻을 수 있다는 인내가 숨겨져 있는 교훈 같은 것이다. 그러나 가지 말아야 하고 하지 않아야 할 사랑 뒤에는 가시나무에 찔려 죽는 대가만이 있을 뿐이다. 인간으로서 원죄의 업을 피해 갈 수 없이 가장 고통스러운 벌로 온다. 가시나무에 찔리더라도 두려움 없이 아름다운 노래를 부르며 죽어갈 수 있는 사랑의 절대적 의미가 무엇인가! 어쩌면 너무 열정적이라 내려놓을 수 없는 나이이기에 그 이름 부르다 가슴앓이로 흔들려도 좋을 용기 있는 젊음 이라는 이름 때문일 것이다.

흔히들 무모함이라 하지만 그 순간은 가장 절실한 사랑의 노래이고 간절함일 테니. 누구나 가을 닮은 나이가 되어 사랑에 빠진다면 마음 안에 숨겨두고 그리워하며 그 열정을 사랑이라 말하며 간직해도 좋다.

사랑에는 맹목적 사랑을 보여주는 사람도 있다. 플라토닉 사랑이나 소나기에 물든 옷을 간직할 수 있는 순수한 사랑도 있고 군림하듯 이기적인 마음 으로 진실한 사랑이라고 거짓된 간절함을 속이는 사람도 있다. 진정한 사랑의 순수함이나 애틋한 아름다움을 모르고 욕망에 집착하는 사람도 있고 눈으로만 보며 마음으로 상대를 알 거로 생각하는 표현 없는 무심한 사랑도 있듯이 누구나 삶의 모토가 무엇인지 생각해 보면 사랑에도 다른 표현의 방식은 있는 것이다. 사랑의 본질이 다를지라도 인간의 기본적인 본능은 사랑을 그리워하고 갈구하는 인간의 본초적 욕망 같은 것이다. 가을은 마음을 내려놓기에 익숙하고 더 설레고 겸허해지는 계절이고 점점 숙연해진다. 특히 가을이라는 계절이 가져다주는 다른 감성이 마음을 쥐락펴락한다.

"가을엔 편지를 하겠어요" 하던 아날로그적 노래가 그리워지고 이런 날 훌쩍 뉴욕을 떠나 여행길에 오르고 잠시 쉬어가는 마음으로 가을에 명상하고 싶다. 가을은 사랑이 간절해지고 막연한 그리움에 명상 속으로 이끄는 계절이 된다. 떨어진 낙엽을 밟으며 호젓한 공원 벤치에 앉아 있어도 누구나 영화 속 가을의 주인공이 된다. 누구나 시인이 되어 시를 쓰고 그리움을 사랑이라 말하며 가을의 사랑을 꿈꾸며 그린다.

가을은 누구에게나 진심이 되고 싶은 간절한 사랑이 숨어있다. 현실적인 삶으로 자칫 메말라 가는 감성을 잃지 않도록 자꾸자꾸 꺼내 본다. 지친 마음 한구석에 잠재해 있을 사랑이라는 예쁜 감성을 언젠가 펼칠 수 있게 가을에 물들며 곱게 간직하고 싶다.

겨울은 이별과 기다림의 계절

  달력이 덜렁 한 장 남아 빠른 것에 대한 조바심으로 마음도 급해지고 긴장된다. 시간이 빨리 흘러간다 해도 지금처럼 빠르게 느껴진 적이 없으니 말이다. 한국서 올가을을 가장 많이 만끽하고 뉴욕으로 돌아왔다. 고풍스럽고 영화 같은 가을과 벌겋게 단풍이 물든 가을 속에 묻힌 고요한 산자락의 기운을 담은 산사를 다녔다. 청 물감을 부은 듯 맑고 푸른 하늘을 보며 사색하고 국화꽃 향기를 가득 맡고 소담한 가을을 눈에 담았다. 마음에 간직하며 가는 계절을 보내고 다른 계절을 불러오는 소슬바람을 따라 돌아왔다.

  어느 절을 돌며 걷다 보니 "오유지족"이란 말이 크게 붙어있다. 오고 가는 사람들이 읽을 수 있게 입 "구(口)"가 가운데 있어 단어마다 글이 모여 큰

뜻을 이룬다. 남과 비교하지 않고 자신에 만족하라는 글이 새삼 산에 와서 크게 깨달아 새겨둬야 할 글 같다. 오유지족 吾唯知足. 나를 안다. 일체유심조切唯心造 본래 즐거움과 괴로움은 없고 자기 자신이 만드는 것이라는 글이 보이니 뉴욕에 돌아가면 한국의 산사를 거닐며 읽었던 글이 생각날 듯했다.

겨울은 아직 아니지만 가을이 스치고 간 비릿한 바다 냄새도 한없이 좋았다. 바닷바람은 큰 파도를 일으키며 내게로 달려오고 흰 포말은 바위에 부딪혀 부서지는데 뚫어지게 그 광경을 바라보니 살아 있음에 심장이 빨리 뛰며 가슴이 벅찼다. 그동안의 반복적인 시간에서 벗어난 휴가는 마음의 여백에 고운 그림을 그리게 했고 사각사각 모래 위를 밟는 내 발가락을 잔지럽히던 여유는 바닷바람에 머물고 싶게 했다. 뉴욕과 달리 포근한 고향의 가을 바다는 11월에도 불구하고 많은 사람들이 여름옷을 입고 바다를 즐기고 있었고 삼면이 바다로 둘러싸인 중문의 올레길을 걸으며 자연의 신비스러운 변화에 감탄하며 산을 바다로 많이 즐기고 온 고향 방문이었다.

푸르른 높은 가을 하늘을 본다. 중후한 가을은 차분한 색을 입고 다시 태어났고 생명을 다해 피어나는 봄만큼 화려했다. 봄날은 꽃들이 예쁘게 피어나고 싱그러운 짙은 색을 다해 무더운 여름날을 이겨내고, 가을날엔 곱게 물든 겸허의 익어가는 색을 보며 이별할 자신이 없다. 진정 이별은 생명이 죽어가고 숨어버린 겨울날이 맞다.

추워진 겨울이 우리를 기다린다. 춥고 스산한 계절을 받아들이면 또 한겨울 희망 같은 나름의 한 줄기 빛을 기다리며 산다. 어느새 낙엽이 되어 땅바닥에 뒹구는 생명을 다해 만지면 부스러지는 낙엽이 반복되는 우리들 삶의 잔해 같다. 겨울은 싱그럽고 통통 튀는 아름다운 것들과도 이별하고 슬픈 이야기들도 간직하지 말라는 계절이다. 아름답던 가을 무리의 색 바랜 나뭇잎들은 가을 노래를 부르며 사라진 생명이 없는 나무처럼 겨울로 숨어들어갔다.

더 짙게 어둠이 오는 새벽녘, 아침 해를 품은 회색빛 하늘도 어둠이 길게 늘어져 이별하듯 느리게 아침을 독촉한다. 겨울은 그래야 한다고 말하는 듯하다. 그래서 춥고 차가운 하얀 겨울에 떠나라는 노랫말이 있나 보다. 여전히 가을의 흔적은 남아있고 노랗게 변한 나뭇잎이 떨어지고 계절을 보내기가 싫은 듯 버티고 서 가을을 겸허하게 보내고 겨울을 따뜻하게 맞이한다.

해마다 보내며 안타깝고 미진한 해였음을 늘 반성하고 늘 새롭게 다짐해 본다. 반복되는 일상 앞에서 우리가 선택할 수 있는 건 무엇이고 무엇이 내것일까? 아마 공으로 얻어지는 자연의 아름다움을 많이 즐기고 많이 감사하며 주어진 일을 쉬엄쉬엄할 수 있는 여유는 내 것이 될까?

사람들의 등은 삶의 무게에 지쳐 구부러진 노인처럼 움츠러들고 휘어져 떨어진 낙엽 같다. 겨울이 시작되어 새벽바람은 어깨를 움츠리게 하고 옷차림도 껴입어야 추운 계절을 이기기에 가능하다. 겨울은 모든 것들을 은둔하게 하고 변하게 만든다.

　사계가 주는 나름의 아름다움을 품어낸 자연의 기운들을 간직하고 해마다 계절의 바뀜으로 성숙하며 익어가는 아름다움은 더 해진다. 숙연해지니 명상하며 겸허하게 때론 고요하고 소박하게 살아야 하는 중년의 삶은 스스로 책임을 느끼며 아름다움으로 간직하며 살겠다고 마음으로 기도한다.

　겨울이 주는 또 다른 외로움과 고독은 짊어져야 하는 인간의 숙명 같은 삶을 자극하고 아프게 건드린다.

　외롭다는 건 누군가와 말을 나누고 싶은 간절한 마음을 함께하고 싶은 쓸쓸함이라는 말이다. 고독이란 명상 속에서도 자신을 찾아 혼자도 잘 지낼 수 있다는 긍정적인 감정이다. 고요함을 즐길 줄 아는 시간의 흐름을 소중하게 누리고 싶고 계절 따라 고독해도 될 시간이 왔다. 고독을 일상에서 자신과 함께 사는 숨어있는 잠재적인, 또 다른 감정이라 생각하고 외롭지 않고 잘 지낼 수 있는 자신만이 갖는 시간 속에서 명상하는 일이다.

　새롭게 피어날 생명을 기다리는 봄의 만남으로 희망을 보는 겨울의 이별도 좋다. 만남과 이별은 함께 오는 자연스러운 이치다. 미진한 한 해의 끝마무리를 보내야 하는 마음도 바쁘고 아쉽고 들뜬다. 가는 한 해 잘 마무리하며 이별과 만남을 기대하는 겨울의 흔적을 멋지게 만들어 봐야겠다.

그리운 만남

어둠 속을 환히 밝히듯 사락사락 내리는 눈이 반짝거린다. 눈이 많이 쌓여 그 속에서 녹아 흘러내리던 눈석임이 있는 따뜻한 겨울 그리움도 눈처럼 왔던 하얀 세상에서의 포근한 회상이 그리워진다. 겨울 사랑이 더 간절하듯 첫눈이 오면 괜스레 사람 그리움이 생기며 막연한 그리움인지 계절적인 감성에 젖은 것인지 난 모른다.

어둠 속에서 하얀 눈은 천지를 밝히고 오래전에 듣던 "가시리 가시리이까 " 하는 노래가 구슬프게 밤을 지키고 곁에 있어도 그대가 그립다던 어느 시인의 절절한 시가 떠오르는 밤이다. 그렇다. 물속에는 물만 있는 게 아니고 하늘에는 하늘만 있는 게 아님을 시인의 시를 읽고 나서야 보인다. 사랑은 늘 함께해야 그 사랑이 이어지고 시처럼 내 마

음에도 나만 있는 게 아니었음을 몇 번씩 깨닫는
다.

"진정 만날 사람은 그리운 사람이라야 한다" 라
던 말에 공감하며 아름다운 표현력에 절로 고개가
숙여진다. 그립지 않고 설레지 않은 만남을 사랑이
라 하고 그리움이라 할 수 있을까? 그리운 사람이
란 간절하게 만나고 싶은 사람이고 우주가 함께 하
라고 보낸 마음에 가득 간직해도 좋을 사람이다.

막연하지만 가슴에 담아두고 드러내지 못함에 가
슴앓이해도 좋을 그리움 하나 간직해도 좋은 밤이
다. 설렘이 없고 그리움 없이 만난다는 건 사랑이
아니라 막연한 외로움이라 감상에 젖은 자기 연민
이다.

어린 왕자에서 여우는 "네가 오후 4시에 온다면
난 3시가 가까워져 올수록 점점 행복해지겠지! 4시
가 되면 나는 너무 흥분되이 안절부절 못할 기야
"라고 말한다. 그리워야 하고 설레어야 하는 만남
이 진정한 사랑이다. 세상에서 하나뿐인 존재로 간
절함이 서로에게 길든다면 우리는 여우가 한 말을
새기며 살아갈 수 있다.

한 번씩 특유의 적막감이 오고 짙은 고독이 밀려
오면 멍하니 고요한 시간으로 들어가 전에 읽던 책
들을 골라 읽어보기도 하고 글을 쓰기도 한다. 인
간관계는 진정 함께 오래 이어가고 싶어 연락해 오
는 사람도 있고 그 반대일 수도 있다. 나뭇가지를
치면 더 잘 자라듯 우리 인간관계에도 사소한 만남
까지 인연이라고 끌고 가지 않고 적당히 내려놓아

야 한다. 요즘 개인적인 삶을 지향하는 세상에서 얽매이거나 삶을 방해하고 사람 만남에 피곤을 느낀다면 멀리해야 할 인간관계일지 모른다.

무엇으로 이어지는 어떤 관계가 살면서 기쁨이 오고 정서적으로 풍요롭고 안정감이 들며 살아있음에 행복할까? 떠나게 하고 싶지 않고 곁에 머물게 하고 싶은 만남이 가장 이상적이고 인간적인 관계다. 스치는 많은 사람들을 알고 그 관계를 인연이라고 말한다면 삶은 너무 복잡한 자기 덫에 걸릴지도 모를 일이라 불필요한 것에서 자유스러워야 할 세상이다. 주변을 미니멀하게 살아가야 하듯 인간관계도 한두 명의 진실함에 손을 잡아야 한다. 사람의 성향이 달라 고요한 것을 즐기는 사람들에겐 주변 사람들이 많지 않으니 스스로 자아를 내려놓고 명상하듯 살아야 한다.

한 사람의 일생이 오고 과거와 현재 미래가 함께 할 사람이란 그 사람의 모든 걸 알게 된 일기 같은 삶을 공유한 관계일 테니 더 소중한 관계가 된다. 내가 좋아야 사람과의 관계가 좋은 것이고 짙은 사람의 향기가 풍겨야 하는데 오래 봐도 그 속을 모르면서 그리움이 올 수 있을까? 그리운 사람을 만난다는 건 하늘 위로 올라 구름을 타는 기분처럼 설레고 세상을 물들이며 아름답게 핀 눈꽃을 바라보는 일이다.

반짝이는 별로 가득한 밤하늘처럼 빛나고 분홍빛 사랑이 가슴안에 숨겨져 있는 설렘이 그렇듯 마음의 울림이 없는 그리움은 없다. 지나간 시간을 거슬러 올라 닫아 두었던 자신의 마음 한 조각을 찾는 일이기 때문이다.

하늘이 시리고 나무마다 시를 품어 안고 가지마다 음악을 담아 하얀 겨울 소나타가 시작되었다. 사각거리는 눈을 밟으며 스며들듯 마음에 물들였던 막연한 기억들이 진정 그리움에서 시작된 것이라고 회상하는 순간이다. 퇴색되어 아쉬움으로 남을지언정 그리움은 언제나 사랑이라고 감히 말해본다.

사람이 하는 아름다운 사랑의 감정이 사라지려 하는 날, 발걸음 고이고이 온대로 돌리며 잊지 않게 자꾸자꾸 그 감성을 끄집어낸다. 사람 그리움에 젖어보는 밤이다.

내 동생

터울이 세 살 어린 여동생은 어릴 때 연약하고 내성적이고 수줍던 나와 비교해 용감하고 덩치가 컸다. 어릴 때 나는 늘 동화책을 보며 조용히 놀아도 동생은 두 오빠가 갖고 놀던 장난감 물총을 갖고 놀았다. 기억이 나를 어린 시절로 데려가 보니 내동생은 나에게는 친구이자 언니 같았고 동네에서 괴롭히는 짓궂은 아이들은 동생이 나타나면 도망을 가곤 했으니 말이다.

그녀는 조용한 나와 비교해 쾌활하고 친밀감이 좋아 언제나 선생님에게도 동네 어른들에게도 귀여움을 받았고 학교에서 급장을 맡아 어린 나이에도 통솔력이 강해 친구들이 많았다. 지금도 여고 동창회장직을 맡아 통솔을 잘해 동창회 합창으로 외국을 다니기도 하고 리더십이 강하다. 내가 정적인 일을 좋아했다면 동생은 동적인 일에 더 신이 나곤 했다.

언니로서 크림 숲을 만들고 돈가스를 튀겨주고 김밥을 만들어 주는 일, 과자와 초코파이와 칠성 사이다로 동생 친구들을 불러 생일을 축하해 주곤 했다. 그 후에도 동생들의 야식을 만들어 주는 일도 나의 몫이었다. 달걀을 삶아 무 넣고 어묵국을 만들어 주거나 김밥을 만들어 세 동생을 보살피기도 했다. 아버지는 동생을 주산 학원에 보내는 대신 큰 딸에겐 리더스 다이제스트를 구독해 주셨고 영어 강습을 받게 하셨다. 타이프를 사서 타자를 배우게 하신 건 지금으로 말하면 컴퓨터를 사신 일이나 다름없었다.

사춘기 들어가서 동생은 약국을 갈 수 없었던 내 부탁을 뭔지도 모르고 적어준 대로 사 왔고 과자조차도 살 수 없었던 나의 심부름으로 짱구, 새우깡을 사다 주기도 했었다. 지금 생각하면 너무 내성적이라 학교와 성당 외엔 밖을 나가는 일에 너무 두려움이 컸다. 그런 큰딸을 아버지는 늘 걱정이었고 멀리 보낼 수 없어 끼고 살아야 한다고 생각하셨을 거다.

세월이 지나 어른이 되어 서울서 직장을 다니던 나를 방문한 동생과 김치 만들 재료를 사다 만들기도 했던 기억이 떠오른다. 남산에 데리고 가 구경시켜 주며 동생과의 추억한 그때의 순간들을 꺼내 본다. 그때도 나보다 한 뼘은 키가 크고 몸집이 커서 늘 언니 같은 느낌이 있었다. 미국을 떠나오며 동생들과 헤어지고 간간이 소식을 듣곤 했다.

7년 만에 어렵게 시험관을 통해 낳은 아들과 뉴욕을 방문해 내 모습을 보고 경악을 했다. 여리고 약했던 언니의 모습은 없고 모자를 눌러쓰고 손님들에게 상냥하게도 하고 무례한 손님들에게는 황황거리는 모습에 놀라 입을 다물지 못해 했다. 배달 온 속이는 사람을 잡아 호통을 치기도 하는 모습을 봤으니, 동생의 놀라움은 당연하였다. "언니 늘 책만 보고 책상 앞에만 앉아 있던 수줍던 언니가 주어진 현실의 생활이 이렇게 변하게 했구나."라고 했다.

"언니는 교편을 잡던지 책상 앞에 앉아서 일할 줄 알았고 자신은 장사를 할 줄 알았는데 어찌 삶이 이리 바뀌었냐?"라며. "미국에서 살아남아야 하는 건 장사하는 일이라 그런 한인들이 대부분이야."라고 말했다. 자식들이 연년생으로 대학에 동시에 들어갈 땐 어찌나 바쁘던지 억척스럽게 살아야 세 아이를 키울 수 있었는데 감성에 젖거나 자기 연민에 빠져 여린 모습으론 살아갈 수 없었다.

아버지가 늘 말씀하셨던 어릴 적 거실에 걸린 나무에 새겨진 "삶이 그대를 속일지라도 슬퍼하거나 노여워하거나 말라"던 푸시킨의 글을 늘 마음에 새기며 살아왔다. 인생은 우여곡절 속에 본의 아니게 삶의 방향이 뒤틀릴 수도 있는데 그때마다 좌절한다면 너무 가혹한 형벌처럼 생각되지 않겠나? 나는 그런 처지를 고통이나 아픔이라고 말하지 않고 운명이라고 생각하지 않는다. 단지 미국인들이 말하는 럭키가 아닐 뿐이었다. 행운을 얻는 건 일하지 않아도 살 수 있는 편안한 삶이 아니다.

상대를 잘 만나 문제없이 살아가면 좋겠지만 그것 또한 아니라면 행운이라고 생각되는 일은 개인마다 다를 것이다. 반듯하게 자란 아이들을 만난 것도 일을 할 수 있는 터전이 있고 건강을 허락한 것도 행운이다. 바른 습관이나 마인드셋이 긍정적이고 사람의 마음을 이해하고 잘 받아들이는 일로도 감히 그렇다고 말할 수 있다. 그녀와 오랫동안 이메일을 주고받으며 서로의 상황이나 다른 환경에서 중년이 된 일상을 공유했다. 미국 와서 사는 동안 긴 세월이 지났고 고향 방문 때 동생을 보곤 했다.

점점 몸이 불어 가는 동생은 운동을 못했고 책상에만 앉아 일을 해야 했다. 허리도 무릎도 발목도 아프더니 급기야 허리 무릎 발목까지 수술해야 하는 지경에 이르렀다. 그런 이유로 큰 키는 나보다 작아졌고 이젠 유방암까지 왔다는 것이다. 항암 치료를 하고 머리카락 없이도 슬퍼하지 않았고 "일상에 달라진 건 없고 그저 치료하는 것뿐"이라며 두건을 쓰고 웃는 그녀의 모습이 선하다. 둘째 아들은 머리카락을 길러 암 환자에게 세 번을 기증했는데 이모에게도 보내준다고 했지만, 어찌 가발을 만들 건지 망설였다.

사람에게는 강하고 때론 여린 모습으로 두 가지의 성격이 공존하니 자신의 슬픔도 아픔도 조절할 수 있는 것이다. 어릴 적 귀엽고 용감한 동생의 모습은 없지만 피할 수 없는 아픈 사람으로만 보이지만 그녀는 여전히 씩씩한 마음으로 일하는 자랑스러운 동생이다. 그녀는 자신의 건강을 돌보지 않았음을 반성하며 그것 또한 운명이라 이야기했다. 건강을 잃어 평탄하지 않은 것도 노력으로 되는 게 아니라

진짜 숙명인지 모른다. 자신을 아끼지 않고 운동하지 않은 습관이나 버거운 스트레스인 환경에서 온 것일지 모른다.

그녀는 주어진 삶을 받아들이며 지금 상황을 비관하기보다 힘내며 살아야 하는 걸 아는 중년이 되었다. 점점 건강을 잃어 삶의 질은 떨어지고 귀도 눈도 몸도 다리도 이도 점점 약할 날만 올 것이다. 늘 받아들이며 살아온 날을 돌아보고 반성도 해야 하고 스스로 대단하다 칭찬도 해야 한다. 그래야 조금 더 자존감이 커지고 자신감이 생길 것 같다.

아프다는 건 삶에 낙오가 된 듯 마음도 생각도 얼마나 힘들까만 내색하지 않는 동생이다. 그래~~ 내 동생아 ~ 아무쪼록 빨리 건강 찾는 그날을 기도하고 언제나 응원한다. 남이 나를 알아주길 바라지 말고 우리 스스로 아끼며 잘했다고 인정하며 살자.

눈물의 미사포

독립해 나가 사는 막내아들이 늦은 밤에 방문했다. 사촌 형을 맨해튼에서 만나 이야기도 길어지고 사촌끼리의 트라우마도 나누었다고 했다. 조카는 유학 와서 공부 마치고 한국서 군대까지 다녀왔고 다시 뉴욕 와서 직장 다녔지만 서로 연락할 만큼 왕래가 있었던 건 아니었다. 아마 두 아이가 만난 건 서로에게 당기는 끈끈한 핏줄이었을 것이다. 시댁 조카는 고향 갔다가 엄마가 보냈다는 가방을 열어보니 그 안에 미사포가 있었다. 서로에게 다른 큰 아픔이 있었는데 그 당시 내게 주려고 했는데 이제야 전해주게 되었다는 깨알 같은 손 편지로 쓴 엽서를 몇 번씩 읽어봤다. 머리에 써보니 모든 복잡한 감정이 미사포 안에서 16년의 세월을 방망이질했다. 마치 고해성사를 받은 듯 마음이 매우 아프고 슬펐듯 그녀도 그랬을 것이다.

두 아이가 나눈 대화는 16년 전, 일어났던 다른 트라우마를 이야기했다고 한다. 조카는 갑자기 닥친 형의 죽음, 막내아들에겐 어린 나이에 사라진 아빠의 존재를 서로 말하며 그들도 우리 어른처럼 아픔을 가슴에 품은 채 살아온 것이다. 늘 생각한다. 가족끼리의 아픔은 따로 생각할 수 없을 만큼 늘 가족 병으로 이어지는 것이라고. 잊고 살아야 세 자식을 공부시킬 수 있었던 무촌의 관계와 가슴에 묻고 살아도 절대 잊히지 않은 일 촌의 자식.

서로의 아픔은 다르지만 같은 마음이었던 아련한 그 시절을 기억해 본다. 자식을 미국으로 유학 보내 명문대 합격하고 한국 갔다가 사스 바이러스로 미국 돌아오자마자 목숨을 잃었다. 시동생과 동서는 급하게 미국으로 왔지만, 큰아들의 웃는 모습을 다시는 볼 수 없었다. 그때는 나도 매우 힘들었는데 같은 시기에 서로 다른 불행을 겪어야 했다.

사람 사이에서는 오해와 갈등이 있게 마련이고 긴 세월 속에서는 더욱 부풀고 커진다. 풀리지 않는 실타래는 복잡한 매듭으로 꼬여 진심을 인정하지 않는 시대 식구에게 섭섭한 마음이 컸던 이유로 풀 생각을 하지 않는다. 수많은 세월이 지난 지금도 껄끄러울 수밖엔 없는 관계라 서로의 자리에서 잊고 살아야 했다. 귀 막고 앞만 보며 살아야 내 현실 앞에 놓인 연년생 두 아이를 보스턴에서 공부시켜야 했고 어린 아들을 돌보며 장사하며 살아온 절박함은 주변을 돌아볼 여유 없이 이 악물어 살아야 가능한 삶이었다. 내 삶이 버겁고 힘듦이 오기에 아무런 생각도 하지 못했을 것이고 미국서 살아내야 하는 건 너무 두렵고 무서웠던 일이었다. 내가 힘들었듯 그녀도 간절하게 자식을 가슴에 묻고 그리움을 삭이며 견디며 살아왔을 동서의 슬픔과 아픔을 모르는 건 아니었다. 우리는 잊지 못하는 일도 잊은 듯 세월에 묻으며 그냥 그렇게 산다. 같이 있다가 사람이 사라지는 일, 곁에 없다는 상실감이 서로에게 있었지만 위로가 돼 줄 수 없었던 건 한 집안에 며느리로 이어진 인연이기 때문이었다.

연락할 수 없을 만큼 정신없이 보내야 했던 긴 세월을 누구도 예측하지 못한다. 앞만 보며 버겁게 살아야 노력의 열매를 맺을 수 있었던 긴 세월의 아픔을 누가 알까? 겪어보지 못한 사람들은 절대 이해할 수 없는 절망감과 슬픔만이 당사자에게 있고 깊은 상처와 아픔은 절망으로 이어진다는 사실을 아무도 모른다. 아이들도 가장 친했던 형제가 사라진다는 것에 큰 상처로 남았을 일이었다. 15년이란 긴 세월이 지나 다시 재회한 건 큰아들이 신혼여행을 한국으로 같이 가서 아련한 기억 속에 있던 작은 아빠 엄마를 만나자는 것이었다.

연세대 한국어 학당에 갔을 때 분당 살던 시동생이 큰 아이를 주말이면 집에 데려갔던 따뜻한 배려였을 것이다. 남편 형제들이 젊어서는 서울 살다가 나이 들어 고향 살지만 시간상으로 쫓기는 스케줄로 아들 부부는 다른 식구들을 외면할 수밖에 없는 일이었다. 초대받아 간 집은 분당의 집에 비해 소담한 돌담으로 둘러싸인 아담한 앤티크(antique) 같은 고향의 냄새가 물씬 풍기던 곳이었다.

어쩌면 대도시만 살아왔어도 고향이란 나이 들어가면 자아도 내려놓고 살 수 있는 곳, 흰머리가 보이는 나이에 어울리는 곳이 고향이 아닌가 하는 편안함이 보이기도 했다. 현실에 급급하게 살다 보니 긴 세월이 지났지만 서로 어찌 지냈는지 묻지 않았다. 그 묵언 안에서 가버린 긴 세월의 아픔을 서로의 그늘진 얼굴을 보며 충분히 읽고 있었다. 누군가는 그랬다. 아픈 상실감은 극복한 게 아니라 그냥 견디며 사는 거라고. 나도 그녀도 그랬다. 갑자기 닥친 충격을 잊지 못하면서도 잊은 듯 아무 일 없었던 듯 견디며 살아왔다. 기운 없어 보이는 동서를 보니 매우 반갑지만, 긴 세월의 아픔이 보여 눈물이 핑 돌았다.

미소년 같았던 시동생도 눈이 침침하여 노화를 이야기할 만큼 가버린 안타까운 세월만 있었다. 아들 부부가 만난 작은 아빠라는 핏줄은 어쩌면 처자식에 대한 책임감 없이 사라진 아버지에 대한 분노와 일면의 그리움의 대변인일지 모른다. 아들 부부는 두어 시간 그들을 만나 일본행 비행기에 올라야 했기에 잠시나마 막연한 아버지 대신 핏줄에 대한 그리움을 해갈한 듯했다. 아이들이 신혼여행을 마치고 떠났듯이 나도 뉴욕행 비행기를 타야 했다.

고향을 찾았던 예전과 달리 이번엔 먹먹함이 쉽게 가시지 않았다. 집으로 돌아오니 동서의 모습이 아른거려 그리움이 번졌다. 정신없이 살다 아이들 독립시키고 나니, 비로소 막막한 내 인생과 주변을 돌아보게 되었다. 한 집안의 며느리로 만나 수십 년을 함께했지만, 다시 마주한 지금 우리를 잇는 끈은 흐릿했다. 그래서 우리는 그냥 '언니' '동생'이라 부르기로 했다. 미사포 안에 감춘 눈물, 말없이 서로를 알아보며.

마술사 데니스 김(Dennis Kim)

조금 전 막내 아이의 문자는 " 유즈(Yuzu)라는 쇼
셜 미디어에서 자신에게 영감을 준 여성에 대해 글
을 써 달라고 했는데 엄마에 대해 썼는데 당선됐어
요"!라고 했다. "와~~ 축하해 대단하네~!"라고
보내며 아이가 보낸 글을 읽어본다, 잠시 생각으로
들어간다. 주변에서는 나를 그렇게 부르듯 언젠가
부터 내 아이들의 이름을 많이 알려야 하는 나는
"연예인 엄마"가 되었다. 막내아들 "데니스 김"
이라고 제목으로 정확하게 적어본다.

생각해 보면 음악을 하고 마술을 하는 일이 내 아
이들에겐 절대 없을 것 같았다. 그러나 아이들의
선택을 말릴 수 없는 엄마로서 그들을 응원하며 살
았다. 둘째가 음악을 한다고 버클리 음대로 가면서
많은 생각을 하게 하더니 영양학(Nutrition)을 공

부한 막내 아이가 병원에 인턴을 나갔는데 아픈 사람들만 있고 죽는 사람들, 늘 아파서 얼굴 찡그리는 모습이 너무 우울했던 아이는 진로를 바꾸게 되었다.

엄마는 대학원을 가서 박사학위를 받길 바랐지만, 열심히 공부하던 아이는 엄마의 수고로 벌어 자식을 서포트(support) 하는 게 여러 가지로 부담스러운 듯했다. 졸업한 후 빨리 돈을 벌어 엄마에게 보답한다는 생각이 컸으니 말이다. 아이들이 그런 마음으로 대학 졸업하자마자 직장을 갖는 건 아이들의 노력 덕분일 것이다. 보험회사를 일 년 다니다 적성에 맞지 않아 미래에 대한 확실한 정체성을 찾지 못했던 아이다.

취미로 마술을 유튜브에 올리기 시작하며 맨해튼에 있는 마술 박물관(Illusion Museum)에서 일해 달라고 연락이 왔다. 맨해튼을 찾는 관광객들에게 마술을 보여주고 즐거움을 주며 일을 시작했고 뉴욕에서 5개의 보로 (borough)를 다니며 발목이 아프면서도 많은 시간을 행인들에게 마술을 보여주기 시작했다. 삶의 희망이 필요한 환자나 젊은 아이들에게 웃음을 주며 행복을 전하고 싶다고 했다.

그런 중 유명한 코미디언이자 배우이면서 텔레비전의 호스트인 지미 펠런 쇼에 나오던 유명 마술사인 댄 화이트(Dan White)의 눈에 띄어 같이 일하게 되었다. 지미 펠런 쇼에는 한국을 알리던 BTS도 부르노 마스와 아파트를 부르던 로제도 나왔던 쇼다. 두 형들도 대학원에서 공부해도 2년을 하는데 유명한 마술사 밑에서 더 많은 걸 배우게 된 건 큰 행운이라고 말했다. 젊은 아이들은 역시 우리 세대와 다른 마인드가 있다. 그와 계약을 하게 되어 컨설팅이라는 위치로 창조적인 마술도 짜야 하고 6년째 같이 일하며 자기 위치에서 바쁘게 살아가고 있다.

코비드 19로 공연을 하지 못하게 되었을 땐 댄 화이트의 저택이 있는 미국 북동부에 위치한 코네티컷에 살며 일을 했고 그때는 온라인을 통해 볼 수 있었는데 그 속에서 많은 사람들을 줌에서 만나기도 했다. 키가 큰 댄 화이트는 유명 모델인 아내가 있는데 두 부부는 내 아들과 잘 맞는 마음이 넉넉한 사람들이었다. 엄마로서는 믿을 수 있는 사람과 일을 하니 참 다행한 일이었다.

아이는 자기만의 공연을 온라인에서 줌(Zoom)으로 여러 차례 했고 맨해튼에서 공연하는 댄 화이트의 마술도 여러 번 보게 되었는데 일반적인 우리가 아는 마술과는 차원이 달랐다. 볼수록 인간의 영역을 벗어난 느낌이 컸으니 놀라는 기막힌 공연이라고 혀를 차곤 했다. 방송국에서 아이에게 인터뷰가 들어오기 시작했고 밀레니얼 마니 (Millennial Money)라는 티브이 쇼에도 나오게 되었다.

거기에는 자신의 마술을 하며 독립하여 살아가는 이야기와 가족, 엄마의 이야기도 나온다. 포브(Forbes)에 마술사로서 하고자 하는 이야기가 쓰이기도 했다. 아이가 조금씩 마술사로 알려지고 어느 드라마 마지막 에피소드에도 아픈 아이를 즐겁게 해 주기 위해 마술하는 장면을 연출하며 막을 내리게 되었다.

댄 화잇은 개인 경비행기로 아이를 데리고 여기저기 다니며 마술하기 때문에 아이가 돌아올 때 까지는 며칠씩 내 마음도 함께 졸이기도 한다. 유명 가수인 아리아나 그란데 (Ariana Grande)부터 긍정적인 강의를 하는 토니 로빈스(Tony Robbins)를 위해 플로리다로 가서 개인 마술을 한다. 버락 오바마 (Barack Obama) 전 대통령 등등 마술을 해 달라고 요청하면 간다.

더욱이 아메리칸 갓 탤런트(American Got Talent)에서 일등 한 신 림 (Shin Lim)을 만나 라스베이거스에서 한국에서 온 마술사들과 같이 공연을 했다. 세아이가 뉴욕에 모이면 댄 화이트의 공연을 초대 받아 맨해튼으로 보러 간다.

지난달 세계 마술 경연대회(World Magic Competition)가 LA에서 열렸는데 미국에서는 데니스가 참가하게 되었고 그 결과, 독일과 이탈리아에 이어 3등을 미국에서 받게 되었다. 아들은 실망했지만, 그 무대에 오르기까지 흔들리지 않은 마음으로 얼마나 노력하고 최선을 다했다고 생각하면 등수가 중요한 게 아니라 3등으로 미국을 빛내줘서 엄마는 자랑스럽다고 말했다. 며칠 후 아들은 "엄마 말이 맞아요. 그 말이 마법처럼 내 마음을 바꿨어요" 라고 했다.

가끔 생각하면 나도 참 멋진 인생을 살아가는 엄마다. 아이들이 서로 응원하고 존중하며 우애 있는 것도 고맙다. 언젠가 나무젓가락을 하나씩 쥐여주며 꺾어보라고 했더니 아이들이 쉽게 꺾지만 여러 개를 쥐여주며 꺾어보라는 것은 쉽지 않았다. 사고

무 친한 이곳 삶을 말하며 똘똘 뭉쳐 우애 좋게 양보하고 존중하며 행복하게 살 것을 강조했던 나의 교육법을 가르쳤을 뿐이다.

아이는 요즘 방송국에도 자주 나가 사진 촬영도 하고 자기만의 미래를 꿈꾼다. 생각해 보면 아이가 마술하고자 했을 때 내가 반대하고 나의 목표만을 고집하며 아이의 기를 꺾었더라면 지금 주어진 시간에 자기 일에 노력하고 집중할 수 있었을까 생각해 본다. 공자는 "알고 있는 것은 좋아하는 그것만 못하고 좋아하는 것은 즐기는 것만 못하다"라고 했다.

부모가 정해준 길이 아니라, 아이 스스로 선택한 직업. 나는 그저 원하던 삶의 길이 순탄하길 바라며 존중할 뿐이다. 어떤 이는 "직장이나 다니지…"라 말했지만, 나는 말없이 웃을 수밖에 없다. 즐기며 노력하는 일을 하며 살아간다면, 그 선택을 지켜보고 응원해 주는 것, 그게 엄마라는 자리이기 때문이다. 아이는 스스로 인생을 헤쳐가며, 마술로 사람들을 행복하게 해 주면 된다고 믿는다.

따뜻한 심성을 가진 아이는 비행기 사고가 잦을 때 엄마의 한국 방문에서 무사히 뉴욕 도착하라고 성당에서 기도했다니 감사하다. 내 아이에게 언제나 사랑한다고 파이팅! 을 외쳐본다. 데니스 만세!!

사랑과 이별

누구나 사랑할 때는 감성에 젖어 아름다운 사랑만을 꿈꾸고 헤어진다는 생각은 하지 않는다. 처음처럼 영원할 것 같은 사랑 앞에서 아파하고 상처투성이가 되어 무릎을 꿇는다. 사랑과 집착은 무엇이 차일까? 루 살로메를 사랑한 니체는 어쩌면 사랑보다 집착에 가까웠고 그녀에게 거절당한 니체는 고향으로 가 상처 깊은 고독한 마음을 글에 몰두하며 "자라투스트라는 이렇게 말했다"를 집필했다. 니체는 루 살로메를 사상과 사고방식이 너무 자신과 닮았다고 생각했다. 그녀를 단순히 성적인 매력을 가진 여자로 생각하기보다 영혼을 함께 나눌 수 있는 진정한 삶의 동반자라고 생각했다. 그런 그녀에게서 거절당했으니 평생 분노를 하며 살았지만 결국은 대작을 만들어 세상에 남겼으니, 이별이 아픈 것만은 아니다.

사랑에 빠진 청춘들은 사랑에 거절을 당하면 칩거하고 자기만의 세상에서 나오지 않는다. 실연의 아픔을 무엇인가로 이겨내고 아픔을 성숙한 것으로 승화시키려 하지 않고 목숨을 끊기도 한다. 때로는 그런 사람들은 자기 안에서 나오지 못하면 정신적인 문제로 이어지고 은둔하며 나오지 않아 "히키코모리"라는 말이 생겼다. 보통 은둔하며 지내는 사람들은 사회성이 떨어지고 사람들과의 만남을 피한다.

　사랑이 무엇일까? 그 사람이 아니면 안 될 것 같고 죽을 것 같은 간절함이고 설렘과 그리움이다. 괴테는 로테를 사랑했던 베르테르를 만들어 "젊은 베르테르의 슬픔"이 탄생되었다. 사랑하는 순간은 행복하기도 하고 이루지 못함에 번민하며 실연에 대한 자살도 한다. 사랑이라는 이름은 기쁨 뒤에 상처가 오고 이별이 오니 죽을 각오로 해야 하는 것이다. 죽을 만큼 사랑한다는 그 감정이 아름답도록 절절한 것일 테니 그러하다. 사랑한 순간이 있었으니, 누구나 성숙한 지금의 자리가 더 빛나는 것일 거다.

　매디슨 카운트의 다리(The Bridge of Madison County)에서 평범한 주부 프란체스카와 사진작가 로버트는 순간적으로 사랑을 하지만 그냥 떠나보내고 만다. 확실한 사랑의 감정은 일생에 한 번 오는 것이라고 같이 떠날 것을 말하지만 현실은 그렇지 않다. 만약 이 영화가 불륜의 남자를 따라갔더라면 명작이 되지 못했을 것이다. 그러나 이별함으로써 가슴안에 그리움을 품어 사는 일도 아름다운 일이라고 관객들 마음에 잔잔한 여운을 남긴다.

빠른 사랑과 이별에 비해 아름답게 그리워하며 가슴앓이하는 촌스러운 감정이 사랑이다. 드러내지 않고 간직하는 사랑이야말로 진정한 그리움이라 최선을 다해도 그 사랑을 구하지 못하면 아픔이 올지언정 그만 놔버리는 게 낫다. 번개가 때리고 간 자리처럼 더 큰 아픔이 올지라도 가버린 사랑은 구걸하는 건 아니다. 현실적인 삶 앞에서 살아내야 하는 인간은 약하기 때문에 감성이 때론 이성을 지배하기도 한다.

사랑의 아픔을 겪고 나면 성숙해지고 그 후에 오는 사랑은 조금 더 신중해진다. 열렬히 사랑했던 순간들을 품어 살아도 이별이 오는 걸 막을 수 없으니, 콩깍지가 씌었다고 합리화하며 당당히 이별에 맞서고 세상에 나서야 한다. 사람 마음이 변한 것이지, 사랑이 변하고 사라지는 건 아니니 다시 사랑할 준비를 해야 한다. 사랑은 언제나 이별이 오는 것이고 또 다른 사랑을 해도 괜찮다. 다시 이별이 올지언정….

세 잎 클로버

행복을 추구하는 사람들은 웬만하면 자기만족에 포커스를 맞추고 감성이 비슷한 사람과 소통하고 나눌 때 더 값진 마음이 된다. 서로 통해야 하고 자기 행복이 먼저여야 공유하며 나누고 싶고 전파하고 싶은 인간은 생각하는 갈대 같은 존재이기에 더욱 그러하다. 데카르트는 "나는 생각한다고 고로 존재한다"(I Think Therefore I Am)라고 말했다. 나만의 철학이 있어야 사는 것에 대한 자기만의 자부심과 자긍심이 생기니 인간은 자신을 지탱하게 만드는 생각하는 존재일 수밖에 없다.

언제 가장 행복한 마음이 될까? 나눔으로 편안해지고 공감하고 감동할 때 좋은 호르몬인 세라 토닉이 생기니 만족하는 마음이 행복으로 이어진다. 만족이란 조그만 행복을 느끼는 일이라는 의미가 숨겨져 일상을 편안하게 해 주고 하루의 삶을 값지게 한다. 만족 滿足은 발을 편하게 하는 일이라 족욕을 하고 나면 기분이 편해지는 게 그런 이치일 것이다. 세계 공통으로 행복을 추구하고 만족하는 삶을 갈망하는 사람의 심리는 모두 같고 그 행복은 행운이라는 말이 숨겨져 있다.

행복(Happiness)에 happ는 happen이라는 말이고 갑자기 일어난 일을 행복이라 말하며 스페인 말에도 felis라는 말이 있는데 즐거움이라는 만족감이니 나누고 공유할 때 더 커진다. 벨기에 극작가 모리스 마테를링크의 「파랑새」에서 미틸과 틸틸은 행복을 주는 파랑새를 찾아 떠나지만 끝내 손에 넣지 못한다. 결국 집에서 기르던 회색빛 새가 아침 햇살에 파란빛으로 변한 그것을 보고, 행복은 가까이에 있었다는 사실을 깨닫는다. 이 동화는 행복이 멀리 있지 않고, 일상 속 작은 만족에서 찾아야 함을 말해준다.

60~70대 은퇴자들은 어떻게 긴 하루의 시간을 보낼 것인지 골프와 운동을 하고 사교댄스를 배우고 그림을 그리고 악기를 배우기도 하고 다른 나라의 언어를 습득하는 중년들도 늘어간다. 노년의 즐거움으로 이어질 자신들의 시간을 더 체계적으로 만들며 바쁘게 살아온 만큼의 시간을 은퇴하고 남은 삶을 잘 지내기 위해 자신에게 투자하는 것이다. 그래서 무엇에든 열정에 빠진 중년들은 아름답고 그 노력의 인내는 빛나고 젊다.

104살의 김형석 교수도 60대를 이제 인생을 조금 알아가는 걸음마 수준이라고 표현할 만큼 값진 나이고 무언가 해 볼 수 있는 나이이기도 하다. 동적인 아침의 움직임 후, 오후는 다소곳하게 명상을 주며 정적으로 이끈다. 바빴던 아침은 사라지고 자연 속에서 망중한을 느끼기에 가장 좋은 건 역시 집이다. 숲속에 파묻혀 동화 속 공주도 되어보기도 하고 고독한 산장의 여인도 되어보며 주어진 시간을 자기만의 행복한 순간으로 채운다.

행복은 자주 오진 않지만, 햇살 아래 서 있는 짧은 순간에도 느껴지는 편안함으로 힘을 얻기도 하고 그런 시간은 내게 오는 아름다운 일이기도 하다. 네잎클로버의 행운만 쫓아가는 사람보다 세잎클로버의 행복을 추구하는 소소한 일상에서 평범하고 값지게 하루하루를 살아가는 소박한 내가 되고 싶다. 먼 곳을 바라보지 않고 만족하며 살아갈 때 행복한 순간순간이 올 것이다. 행복은 멀리 있지 않다는 말이 큰 힘이 된다.

수선화 꽃잎에 물든 두 언니

봄 하늘이 그리움에 물들어 설레는 향기를 품어내듯 시리도록 푸르다. 뭉게뭉게 피어오르는 향기는 봄을 타고 오지만 수줍은 듯 아직 그 모습을 드러내지 않는다. 수선화는 이른 봄날 피어 외로운 시를 읊는 그것 같다더니 시처럼 노랗게 물들어 홀로 핀 자태가 더욱 빛난다. 회색빛 혹독한 겨울을 이겨내 여전히 시린 봄날 뉴욕의 추위가 가시기도 전에 가장 빨리 피어 낮게 보아야 보이는 겸손한 꽃이다. 현관문을 열자마자 한 송이 시작으로 여기저기 도란도란 무리 지어 진한 노란 수선화가 눈부시게 활짝 피었다. 오래전 기억을 회상하게 할 만큼 그리움을 닮았다.

해마다 피어나는 수선화를 볼 때마다 아련한 기억 속에 머문 여고 시절 언니같이 따르던 그리운 선배가 보인다. 노란 꽃잎에 젖은 그녀의 웃는 모습은 언제나 사랑스럽고 귀엽다고 생각하게 했다. 가톨릭 여고를 다니던 우리는 학교의 엄한 규율이 있었음에도 그녀는 늘 수선화 같은 미소로 점심시간에 금방 구워낸 뜨거운 식빵을 갖고 내가 있는 반에 찾아와 쪼르르 성당 안으로 데리고 들어가곤 했다. 우린 성호경을 그으며 "주님 빵 같이 먹어요~ 여기서 먹어도 되죠? "하며 허락 아닌 허락을 받기도 했으니.

시끌시끌한 반 아이들과 먹는 점심시간을 뒤로하고 서로 만나기가 힘드니 귀중한 시간을 성당에서 선배와 나는 삼 년간 우정을 쌓아갔다. 엄숙한 성당 안엔 쩝쩝 먹는 소리만 메아리칠 뿐 묵언하는 우리는 학교에서 혹은 성당에서 사춘기에 느낄 수 있는 존재의 고독감을 말없이 해소하는 듯 보였다. 유난히 이해인 수녀님의 시집을 좋아해 유행처럼 한, 두 권은 갖고 다니기도 했으니 말이다. 점심시간이 지나 학생들은 졸음이 올 때 훨씬 활력이 생기는 건 아마 기도를 해서 그런 것 아닐까 하며 우리는 말하곤 했다.

선배 집에 가면 여학교 국어 선생님인 큰 언니는 긴 생머리에 표정 없이 살짝 웃는 모습이 모나리자처럼 시크했고 문학을 하는 소녀 같았다. 말 걸기가 어려울 정도였는데 단정한 교복에 조신한 나를 보며 "넌 늘 모범생 같아." 하며 선생님의 눈으로 본 나의 모습에 한마디를 툭 내던지며 긴장했던 마음을 사르르 녹이곤 했다. 두 오빠만 있었던 내겐 두 언니가 왜 그리 좋았는지 사람에게 스며든다는 건 특별한 이유가 있어 그런 게 아니라 그저 좋았기에 가능한 일이었다. 삼십 세가 넘었던 큰 언니는 생각이 많아 보여 사춘기 소녀가 본 그녀는 수선화의 신비와 외로움을 닮았다고 늘 생각했었다. 가까이할 수 없는 말 없는 그녀를 보며 자아가 강하고 에고(EGO)가 많은 건 외로움이 커서 그렇다고 나만의 독심술로 그녀의 생각을 읽기도 했다.

선배는 수선화의 자기애를 닮았다고 해도 과언이 아닐 만큼 귀여움이 많은 모습으로 기억된다. 어느 봄날, 사춘기 그녀는 좋아했던 명문고를 다니던 머리 좋고 매너 좋은 남학생이 있었는데 성당에서 자살하는 소동이 벌어져 자주 웃던 그녀는 그 후로 웃음을 잃었다. 그 오빠의 죽음은 어느 작가의 고독한 허무주의에 빠진 사춘기 때 갖는 고독감이었다고 우린 말하곤 했다.

선배의 언니는 부업으로 70년대 후반에 사춘기 아이들에게 가장 인기 있었던 "선물의 집"을 운영했고 만화 스누피가 그려진 귀여운 것들과 우산을 꽂아 두면 좋을 만한 양철통에 수선화를 가득 담아 팔았다. 조그만 공간을 가득 채운 수선화 향기는 사춘기 소년 소녀들의 감성을 자극했고 가게 안을 꽃향기로 가득히 물들이던 노란 수선화는 예쁜 감성만 주고 누가 사 갔을까 궁금하다.

선배의 집에 가면 거실에 수선화를 펼쳐두고 파를 다듬듯 예쁘게 핀 꽃과 줄기만을 골라내며 언니가 틀어주는 The Brothers Four(브라더스 포)의 "Seven Daffodils(일곱 송이 수선화)"를 귀에 담고 가슴에 심으며 따라 부르곤 했다. 그런 날이면 난 수선화 향기를 손에 묻혀 집에 왔고 거실에는 수선화가 긴 화병에 꽂혀 아버지 어머니 마음을 즐겁게 했던 그리운 봄날이 있었다.

그녀는 서울로 대학을 갔고 방학 때면 내려온 언니 집에서 노란 수선화를 다시 만나곤 했다. 서울서 선생님을 하던 선배는 큰딸을 집 떠나서 멀리 있는 대학을 못 가게 하셨고 완고하셨던 내 아버지를 설득해 허락을 가까스로 받아내 방학이면 서울에 데려갔었다.

언니가 육군사관학교 수석 졸업생과 결혼하여 남편과 시애틀에 유학길에 올랐다. 편지를 주고받으며 왕래가 자주 있었는데 나도 결혼하고 뉴욕 오면서 바쁜 나날이었다. 낯선 그곳에서 적응하며 살기란 그리 쉬운 건 아니었기에 기억 속에 머물렀던 일들이 서서히 잊히며 연락이 두절되었다. 89년, 뉴욕 브루클린이란 곳은 나의 인생과 선배 부모 형제 친구들을 잊어야 할 만큼 혹독하게 살아내야 하는 현실이었고 모든 추억이 담긴 기억을 정지시킨 곳이기도 했다. 찾으려면 알아봐도 될 일이지만 고향 가면 바쁜 일정에 쫓기다 오는데 늘 선배 생각이 난다. 꼭 만나고 싶은 그녀도 나처럼 수선화를 보면 그때의 사춘기 시절을 회상할까? 47년 지난 세월이 이리도 빠른 줄 알까? 봄날 이르게 핀 비에 젖은 수선화를 보니 외로움이 느껴진다. 사람 그리움이 오면 가끔 떠오르는 선배가 기억 속에 머물러 더욱 그러하다.

오랫동안 내 마음에 각인된 수선화 닮은 추억이 찬 이슬에 홀로 핀 외로움을 대신한다. 꽃샘추위가 아직 긴 겨울의 잔해를 벗어나지 못한 체 봄비에 젖은 노란 수선화 꽃잎이 봄날을 화려하게 수놓으며 낮은 자태로 피었다.

치유할 수 없는 열병처럼 수선화가 사무치게 먼 기억으로 들어가 그리움으로 온다. 오래전 나의 사춘기 소녀 시절을 성당에서 두 손 모아 간절히 기도하게 했던 시간, 봄날 가장 이르게 핀 수선화의 향기와 그리움을 알게 한 두 언니가 오버랩되며 수선화 꽃잎에 물든 회상에 젖는다.

영신아

　"세 번째는 만나지 말아야 했어 " 하던 피천득 님의 인연 이야기가 내게도 있다. 어린 시절 유복 하게 자란 동네 개구쟁이 동창이 있었는데 부족할 것 없이 자란 환경에서 얻어진 반항기와 장난기가 많았던 모습 뒤에는 어린아이로서 이해하기 힘든 외로움이 묻어났던 아이다. 올망졸망 딸린 자식들 이 많은 어린 내 기억 속 형제들이 북적대며 살아 온 우리 가족.

　부모님의 따뜻한 사랑으로 잘 자란 우리 육 남매 에 비하면 더 유복했고 형제도 있지만 그는 늘 외 롭게 보였다. 동네에서 들려오는 이야기로는 그의 어머니는 선생님이셨으나 부모는 이혼하고 일본으 로 건너간 엄마의 부재로 어린아이로서 혼란을 겪 으며 외롭게 컸을 수도 있었다. 약사셨던 그의 아버지 기억은 안경 너머로 지적이고 단정하신 모습이셨고 어린 내 눈으로 보아도 믿음이 갔다. 동네에서는 인텔리로 소문났던 내 아버지도 자랑스러웠을 일이지만 그 앞에서는 주눅이 들었다. 얼굴이 하얗고 키가 컸던 나는 키 작은 그에게 관심의 대상이 되었는지 고무줄을 자르고 줄넘기를 방해하고 긴 머리를 잡아당기기도 하며 나에게 관심을 그렇게 표현했을까? 난 선생님께 고해바치지 않았으니 늘 없던 일로 넘어가 버리는 그가 미웠다.

그 후로 그의 소식이 들려온 건 고등학교 때였다. 명문고에 다니던 공부도 잘하던 나름 멋지다고 생각되는 초등 동창들 중 몇몇 아이들의 좋지 않은 소식이 들려왔다. 초등학교 때부터 여고까지 함께 올라온 동창들은 개 이름은 없다며 안도의 숨을 쉬는 듯했다.

그 후 두 번째 그를 만난 건 1980년 데모로 한 학기가 길게 휴교로 이어졌던 45년 전이다. 고향 내려온 동창들을 만났지만 얌전하고 공부만 했던 아이들이 데모하는 소식이 들려왔다. 진정한 용기가 아닌 만용이고, 그들이 내뱉는 정부에 대한 불신이 많던 시절 길에서 우연히 그를 봤다.

서울서 대학 다니던 그가 고향에 내려와 나를 보자 "너 영신이 아니야?" 하며 내 어린 시절의 이름을 길에서 크게 불렀다. 초등학교 시절의 귀여운 모습이 남아있었고 반갑기도 했지만 길에서 숙녀의 이름을 함부로 부르다니 창피한 일이라 그냥 무시하고 빠른 걸음으로 귀가 했으니 그를 본 건 그때가 마지막이었다.

세월이 유수라더니 몇십 년이 지나 중년 나이에 서울 대기업에 다니다 은퇴했다며 내게 연락했다. 동네서 함께 자라던 어린 시절이 아련히 떠오르다가, 내가 기억 속에 있어 김민기의 '아름다운 사람'을 들으면 내 생각이 난다고 했다. 그는 여리고 약한 아이가 미국 가서 어찌 살까 싶어 대단하단 생각도 들었지만 마음 한켠은 씁쓸했단다.

어린 시절의 내 모습을 겨울 동안 땅속에서 버티며 봄에 피어난 어린 새싹쯤으로 생각하면서도 강인한 면이 있는 외유내강인 나로 생각하고 있었구나. 내가 결혼하고 미국에 갔다는 말을 그의 아버지를 통해 듣게 되어 수양버들 춤추는 길에 꽃가마 타고 가네~ 소꿉동무 새색시가~ 시집을 간다네 ~ 노래를 흥얼거리며 길에 누워있던 빈 깡통을 발로 찼다고 고백했다.

그는 위대한 개츠비 이야기를 자주 한다. 나도 좋아했던 위대한 개츠비를 대화에 끌어들이는 것만으로도 그의 아버지를 인정하듯 그를 인정하고 싶어졌다. 무라카미 하루키가 쓴 노르웨이의 숲에서 주인공에게 선배라는 사람은 위대한 개츠비를 세 번 이상 읽지 않은 사람과는 대화하지 않겠다고 말했다. 그는 최후의 마지막까지 개츠비는 인간으로서 사랑하는 여자를 위해 가장 옳은 선택을 했다고 멋있는 개츠비임을 당당하게 말했다. 유난히 그 책에 대한 감상이나 주인공 이야기로 마치 그가 개츠비처럼 위대하다고 생각하는 듯했다.

말을 나누면서 정서가 비슷해 읽었던 고전이나 영화나 80년의 같은 시대에 듣던 팝송 이야기를 좋아했고 잠시 잊었던 그 시절에 느꼈던 감동과 젊음을 끄집어내며 진정한 대화를 나누는 것 같았다. 시대적으로 느꼈던 감동과 추억할 이야기가 없다면 사람과의 만남이 무슨 소용이 있을까? 그를 고향 갈 때마다 만났다면 몇 번은 봤을 일이지만 연락하지 않고 10년이 지나도 연락하지 않는다.

어린 시절 소나기 속에 물들인 옷을 기억하는 건 아니지만 목소리만 들었을 뿐 귀엽고 장난기 있던 어린 시절의 모습만 기억하자고 내면에서 무언의 약속을 말하는 듯했다.

나는 가끔 금아 선생님을 들먹이며 '아사코와의 세 번째는 만나지 말아야 했었다' 는 글을 자주 써먹곤 한다. 아마 그는 대머리에 배가 나온 전형적인 중년이 되었을지도 모른다. 나도 인형 같았던 어린 시절의 모습은 없고 뚱뚱하고 퍼진 아줌마가 되어있을 거라고 상상할 것이다. 기억 속을 떠올리고 회상하면 어린 시절에 머물어 아련하게 스며든다.

그는 아직도 순수한 마음과 영혼이 단단해 보이니 여름에 산을 찾으면 계곡에서 흐르는 물속에 발을 담그던 시원한 시냇물 같다. 바쁘게만 살아왔던 미국 삶으로 잊었던 젊음을 왠지 그를 통해 나의 청춘과 만나는 것 같다. 은퇴하고 집에서 뭐 하냐고 물으면 늘 공부한다고 한다. 살아가는 동안 늘 익히고 배우고 공부하는 자세로 살고 싶어 책을 가까이하는 나와 닮았다.

어린 시절 나의 이름을 유일하게 아는 동네 친구,

인연이라고 모두 말한다면 세상 스쳐가는 많은 사람들이 내 가족이고 친구일 수밖에 없는 일이지만 그는 진정한 가족 같다. 굳이 만나지 않아도 서로의 감성을 공유한다는 것으로 이미 수많은 세월을 뛰어넘은 건 아닐까? 가만히 있는 듯하나 세월이 자꾸만 흘러가니 붙잡을 수 없으니 60세 중반의 중년이 귀엽고 예쁜 모습만 남아 있다는 건 어린 시절, 상상 속에 머무는 기억일 뿐이지만 대화 속에서 소년 소녀의 순수한 감성이야 어찌 잊을까?

우리는 영화와 문학 이야기를 할 뿐 만남이나 인사는 늘 다음을 기약하지 않고 그저 운동 열심히 하고 건강하라고 말한다.

내가 생각하는 것처럼 그도 그럴 것이다. 만나지 않아도 이미 만난 것이라고.. 음악으로, 글로 영화나 소설로 보이지 않는 지성과 닮은 감성으로.영신아~ 하고 부르던 그때의 어린 시절 기억으로…

제4부. 일상 속 삶의 아름다운 무늬

글 고치듯 살아가는 일상

힐조(詰朝)다. 어둠 속에서 빛은 쉽게 오지 않고 아침이 오기까지는 더 짙은 어둠이 이어진다. 뉴욕은 이 년 동안 많은 눈이 내리지 않아 눈을 치워야 하는 나로서는 기쁜 일이기도 했다. 아이들이 캘리포니아로 이사 후에는 해마다 치러야 할 눈 치울 생각을 하니 끔찍해진다. 그러나 겨울 시작에 내려줄 풋눈이 잔뜩 기대되기도 한다, 겨울의 시작을 알리는 가루눈이 살포시 내리니 백색의 순수함으로 돌아가고 싶어 먼 곳을 바라보며 명상한다. 고즈넉한 아침은 창가를 통해 나풀거리며 내리는 눈을 볼 수 있어 넉넉한 마음의 여유가 생긴다.

리처드 클라이만에 피아노 연주곡을 들어도 좋은 날, 집마다 장작을 때니 나무 타는 냄새가 온 동네 가득하고 눈 오는 날은 굴뚝에서 나오는 연기가 시린 하늘 향해 머리를 풀어 헤친 자유를 찾은 여인네처럼 올라가는 하얀 소망을 바라보는 순간도 좋다. 파이어 플레이스에 장작을 넣고 타오르는 화염을 멍하니 들여다본다.

첫눈이 내리는 호젓한 날, 문학 속에 빠지고 가버린 작가들의 생을 읽고 그들의 책을 접하는 여유가 좋아 나와 대화하듯 명상처럼 글을 만난다. 위대한 글은 없고 위대한 고쳐쓰기만 존재한다는 말처럼 썼던 글 고치기를 반복한다. 마치 나의 자유시간은 글을 쓰는 시간으로 정해진 듯 고요한 시간을 즐긴다. 누구의 글을 읽던지 시를 읽으며 서두 없이 글을 쓰던지 글을 만난다는 건 언제나 좋다. 점점 나이가 들어갈수록 하루의 기록을 남기는 글을 쓰며 자아가 숙연해지는 시간을 가지는 일이 습관처럼 온다.

가버린 날 중 어느 날, 좋아히는 작가님을 민났던 기억으로 들어간다. 그녀가 쓴 책을 받고 자신의 글은 미사여구가 없고 현실 속에서 일어난 이야기로 생각과 경험을 직설적으로 쓴다고 말하셨다. 글을 처음부터 끝날 때까지 아름답게 표현하고 자신의 경험 또한 너무 포장하여 쓴 글이 아니고 어쩌면 투박하기도 한 진솔한 내 글도 그녀와 닮았다고 생각했다. 경험이 많아야 다양한 글을 쓴다고 생각했는데 오래전 쓴 글과 닮은 글도 보였다.

같은 사물을 보아도 다른 경험에도 특별한 자기만의 느낌으로 글을 써 내려가는 글쟁이들의 특유한 감성과 느낌이랄까? 그녀가 말한 ″ 글 쓰는 건 습관이 아니라 재능이라 "라며 잘 다듬어 글을 써보라던 말이 떠올랐다. 때론 자신이 명상하며 글쓰기를 좋아하니 생활 속에서 익숙한 습관에서부터 시작된다고 믿는다. 제러미 벤담도 습관적으로 글을 쓰다 생을 마감할 때까지 매일 15쪽의 글을 썼다고 하니 습관이 한몫을 하고 가진 재능으로 인해 좋은 글을 쓰게 되니 늘 고마운 말씀으로 새긴다.

오래전 한국어 학교에서 아이들을 가르칠 때 텍사스로 교육받으러 갔는데 한수산 님이 그런 말씀을 했었다. 말하고자 하는 글을 간결하게 쓰며 많은 미사여구 없이 남이 읽어서 공감할 수 있게 쉽게 쓰는 글이 좋은 글이라고. 그때는 그 말이 가장 최고의 강의라고 내 귀에 박혔는지 아직도 쉬운 단어로 쓰는 글이 어쩌면 나만의 생각에 빠진 글이 아닌가 생각도 한다. 헤밍웨이는 많은 작가 중 특히 하드 보일 스타일 (hard boil style)로 쓴다. '아름답게 글을 표현하고 어려운 단어를 나열하는 것만이 글을 잘 쓰는 것은 아니다" 라는 글에 백 번을 공감한다. 수필은 허구가 아니라 사실을 적는 일상에서 일어난 일을 어렵게 쓰거나 지루하게 쓰면 글은 재미가 없다. 딱딱하거나 도발적이면 끝까지 읽기가 싫어지는 것도 수필이 가진 한계일 것이다.

헤밍웨이의 글을 읽으니 유명한 작가 중에 그저 붓 가듯 써 내려가는 사실적인 일을 술술 적는 글이 수필 작가의 스타일이라 쉽게 생각했다. "무기여 잘 있거라"를 50번을 고쳤다 하니 글이란 결코 쉽게 글을 쓰는 건 아니다. 쓴 글을 두 번 세 번 반복하며 읽다 보면 다시 고쳐야 하고 완성하였다 싶어 저장하고 읽어보면 또 고쳐야 할 만큼 매일매일 생각도 달라진다는 것이다. 그런 노력 뒤에 최종적으로 나만의 글이 탄생한다. 진정 글이란 경험하고 느낀 사실적인 글을 쓰는 일상의 이야기에도 결코 쉽지않아 편하게 써 내려가던 내게 경종을 울린다.

어떻게 글을 써서 내가 하고자 하는 생각을 독자에게 안겨줄 것인지 그들이 읽고 나의 글에 공감할 것인지 글 고치는 일에 신중해지고 소홀할 수밖에 없다. 글은 곧 인생이라는 생각으로 금방 써 내려간 글이라 할지라도 고치기를 반복하며 사람들 앞에 서기까지 절차탁마切磋琢磨 하며 많은 수정을 통해 완성한다. 글이란 죽을 때까지 쓰고 고치고 다시 적으며 백지 속을 만들어가듯 인생도 채워가는 것이다. 많은 일들을 겪으며 다듬어지고 교육받고 인격이 형성돼도 여전히 부족한 것투성이다. 숙고한 자신만의 철학과 소신과 교육은 환경에 지배를 받으며 사람과의 타협과 소통으로 둥글게 만들어 주기도 한다.

글 고치듯 삶을 수정하고 반성하고 받아들일 건 그리하고 아닌 건 고집스럽게 아니라고 해야 한다는 판단을 믿게 되었다. 성격이 유하니 좋은 게 좋다고 넘어가기가 일쑤였고 시행착오가 많았던 삶이지만 모른 척, 아닌 척 이해하고 타협하고 양보하며 살아왔다. 그러나 여전히 고개를 숙여야 부딪히지 않고 고요하고 조용하게 살아갈 수 있다고 늘 믿는다. 확실한 건 누구에게나 주어진 시간들을 낭비하지 않고 올바르게 살아야 그 삶은 온전히 내 것이 된다는 것이다. 견디며 젊어지고 살지 놔버릴

지 사는 동안은 열심히 살아야 한다는 생각에는 변함이 없다. 그런 노력이 결국 내면의 아름다움을 가꾸며 살아온 소중한 마음을 지키는 일이니 말이다. 살아온 삶은 감사와 사랑만이 나와 함께 한다는 사실을 알아가며 내 것이 되고 내가 된다. 자신의 삶을 다듬어 인격을 만들고 습관을 고치고 끊임없이 노력하고 반성하며 살아야 한다.

글을 고치듯 우리네 삶도 명상하고 숙연해져야 자신에게 더욱 진실해진다. 나무도 기를 받으면 곧게 뻗으며 자라듯 사람도 교육과 수련을 받으면 올바르게 자라는 것이다. 사람의 타고난 성격은 절대 변하지 않는 천성이 있어 운명 같은 습관을 고치기엔 개개인의 에고(EGO)가 너무 강하다. 서로 소통하고 너그럽게 이해하며 인정하고 격려하며 아름답게 살 수 있으면 좋겠다. 글을 고치듯 말이다.

긴 인연 짧은 만남

　그녀를 만난 건 35년 만의 일이다. 36년 전 뉴욕에 왔을 때 케네디 공항에 나오시고 인형같이 예쁘구나~ 하시던 그녀였다. 추웠던 일월 브루클린에 눈이 많이 내려 하얗게 세상이 겨울로 덮여있던 시간들을 떠 올린다. 1970년대 이민 오시고 브루클린에서 사업을 하시며 자리를 잡아 공항에서 운전해 주시던 그녀를 떠올리기엔 지난 시간으로 들어가야 했다. 어떤 직업을 가진 사람이 공항에 나오느냐에 따라 내 직업도 만들어지는 것이라더니 나도 그녀처럼 36년간 장사를 하며 살아왔다.

　플렛버쉬에서 큰 슈퍼마켓을 하셨던 그녀의 50대의 모습도 떠오르고 큰아이가 돌때 마지막 본거 같다. 낯선 언어와 문화에도 아랑곳하지 않고 노동 또한 당연한 이민자들의 몫인 양 묵묵히 일만 하시고 자식들을 잘 키워내신 분이셨다. 도둑이 들며 더 이상 브루클린에 살기가 두려워 이사를 몇 번씩 하면서 왕래가 두절 되었다. 딱히 무슨 관계냐고 묻는다면 어머니라고 부르던 내겐 그냥 어머니일 뿐이었다. 미국 이민 오면서 남편을 14살 때 미국 데리고 오신 분이라고나 할까?
　어느 날 그녀의 연락처를 받게 되어 만났는데 곧

90을 바라보는 연세에도 불구하고 여전히 사업체를 갖고 계시고 말투나 억양도 변한 게 없었다. 여전히 40대에 입었을 듯한 옷차림이 노년의 나이 같지 않았다. 20년 갖고 있다던 가방은 낡았지만, 그 안에는 살아온 세월을 가득 담은 듯 묵직했다. 아픈 어깨로 그런 무거운 가방을 들고 다니셨고 어깨 통증은 직업병처럼 그녀의 삶을 말해 주었다. 나 역시 오랜 세월 삶의 무게에 짓눌려 살아온 아픈 어깨가 힘이 드니 충분히 공감할 수 있었다.

긴 세월 동안 묻어둔 수많은 이야기를 두 시간에 할 수는 없었지만 역시 머리가 좋으신 분이라는 것만 생각하며 긴 세월을 풀어내며 서로의 이야기에 집중했다. 모습을 봐도 육체적 정신적으로 건강하시니 앞으로 십 년 이상은 더 사실 것이고 대화 내내 두 시간이 편안했다. 아이들이 결혼해서 자식을 낳고 손녀 손자가 5명이 되었다는 말부터 내 아이가 장가를 가고 아들을 낳았다는 말에 적잖게 놀라셨다. 각자 삶에 충실하며 살아온 가버린 세월을 인정하는 것이다. 당신이 나이가 90이 될 줄을 모르셨고 그 시절 봤던 내 모습도 중년의 나이라 놀란다고 했지만 그래도 아직도 젊고 예쁘다고 말씀하시며 고생 많이 했다며 나를 편안하게 하셨다.

그녀는 대학 시절 노래를 잘해 노래로 아르바이트했던 기억을 하시고 오래된 낡은 가방을 들여다보시며 남들은 명품을 갖고 다니는 사람들이 많지만, 당신은 자존감이 커서 그런 물건이 필요 없고 자신이 명품이라고 말씀하셨다. 그런 생각을 갖는 건 쉽지 않다.

누구나 살아온 삶을 후회도 해보고 노동만 해온 삶에 아쉬움이 있어야 하는 게 당연한데 자신의 삶을 후회도 없이 잘 살아왔다는 말씀은 내게 큰 충격이었다. 이민자들의 삶은 이민 붐이 일던 그 시절에 온 분들이 할 수 있는 일은 자영업이 전부였는데 그저 당신이 살아온 일을 놓지 못하고 여전히 젊은 시절에 했던 일이 몸에 익숙하다는 것이다. 당신 삶에 "은퇴란 게 없다. "시던 그분의 말씀은 이민자로서 애환도 있을법한데, 삶에 대해 긍정적이고 확실한 자신감이었다.자신이 확고한 신념이나 일이 있고 그 연세에도 자존감이 크니 힘들다고 하지 않고 강인함과 책임감으로 수많은 시간도 초월한 노동의 의미를 스스로 안고 살아갈 수 있는 것이다. 나 역시 그런 생각을 한다. 일할 수 있을 때 일하는 것이 정신 건강에도 좋고 무료한 나날을 잘 보낼 수 있는 자신의 건강을 위한 일이라고..

  60살이 넘으면 휴식과 슬기로운 은퇴생활을 하려고 취미생활을 한다. 또는 건강 염려증으로 많이 힘들어하고 할 수 있는 일도 안 하게 되고 그 시간을 어찌 보내야 하는지도 모른 체 살아간다는 말씀은 내게 큰 귀감이 되었다. 이 고령의 노인이 아직 60대를 살아오는 내게 많은 생각을 준다. 그녀의 주름진 웃음은 살아온 의미와도 같은 많은 세월의 기록 같은 일이었다. 열심히 살아온 자 만이 갖는 힘이란 당당함과 자신감이었다는 것을… 긴 인연이지만 짧은 만남에 뛰어넘은 세월이 보였다. 인생이란 멈추지 않는 물의 흐름처럼 그렇게 흘러가는 것이라고..

김장 김치와 짜파구리

　여느 때처럼 깊어가는 찬바람 이는 겨울, 뉴욕에
도 김장철이 되었다. 배추 한 박스를 사서 김치를
만들어 눈이 오는 뒤뜰 장독에 담아둔 김치를 보니
푸근한 웃음이 절로 나온다. 막내아들이 삽을 들고
눈을 파서 장독을 눈 속에 파묻던 날이었다.

　할머니와 어머니의 김장은 집집마다 행해졌던 년
중 행사였고 배추 열 포기로 김치를 만들던 나와
달리 100 포기 이상 김장을 하시던 겨울 풍경이 아
련하게 떠오른다. 전통음식을 만들어 발효시키고
가족들의 건강을 챙기는 우리 선인들의 지혜는 그
많은 음식들 중 김치는 단연코 최고다. 혹독한 강
추위의 겨울에도 아랑곳하지 않던 어머니는 많은
배추를 소금에 절이시곤 했다. 무를 듬성듬성 썰어
포기김치 안에 박은 걸 젓가락에 찍어 먹었던 기억

에 이젠 그런 무김치를 맛볼 수 없다. 그런 날이면 어린 우리들은 잘 양념된 김치 끝을 잘라 입에 넣어 주시곤 했던 어머니의 손맛을 기다리곤 했었다.

어린 나이에 입안에서 얼얼하고 알싸한 매운맛의 김치를 어찌 먹었는지. 거기에 잘 삶아진 돼지 삼겹살을 돌돌 김치에 말아 싸 주시던 맛은 입안에 가득한 김치 향과 어우러져 잊을 수가 없다. 더욱이 긴 긴 겨울밤, 아랫목에 형제들이 둘러앉아 김이 모락모락 나는 노란 속살이 보이던 고구마를 삶아 김치에 싸 먹던 일은 빠질 수 없는 먹거리 중 하나였다. "당신은 김치를 먹어 본 적이 있나요?" 한국의 김치는 건강음식이라고 말하는 외국인들에게 자주 묻는 말이기도 했다. 김치는 숙성하면서 증가하는 유산균은 발효식품으로 외국인들에게는 한국의 건강음식을 대표한다는 인식이 크다.

그들은 한국인들이 피부가 좋다고 말하면 비타민 A와 C가 많아 항산화와 유산균이 많아 그렇디고 말한다. 나는 애써 그들에게 김치를 만드는 고추가 좋다고 면역을 키우고 대상 포진을 치료하는 캅사이신을 얻는다고 설명한다. 내가 대상포진 걸렸을 때 의사가 처방해 준 약이 캡사이신이었기 때문이다. 소화작용을 도와 마늘, 생강과 같이 좋은 성분은 오히려 위장을 따뜻하게 보호하니 요리에 쓰곤 한다고 말하는 나는 김치 홍보하는 사람 같다.

외국인들은 발효식품인 김치 외에도 칼로리가 낮은 김을 건강식품으로 믿고 찾는다. 김치와 갈비 불고기 비빔밥 잡채 정도는 대표 음식으로 알 정도니 한국 음식이 최고라고 말하는 것은 결코 이상한

게 아니다. 건강을 생각하는 젊은이들과 외국인들이 많아지니 말이다. 코리아를 소개한 방송을 봤는데 맨해튼에서는 고유의 전통 맛보다 퓨전식 김치요리를 파는 식당도 늘어가니 그만큼 김치를 좋아하는 외국인 손님이 많다는 것이다.

그들은 대대로 내려온 발효시킨 김치를 먹는 한국인들을 책임감 강하고 부지런하고 건강하고 끈기가 있어 미국서 성공하는 사람이 많다고 대단한 국민성이라고 생각한다. 어느 날 한국 음식에 관심이 많은 손님이 묻는다. "영화 parasite (기생충)을 봤니?" 하고. 미국인들은 영화에서 비가 와서 캠핑이 취소된 가족들이 갑자기 집으로 오게 돼 급하게 스테이크를 넣은 짜파구리를 만들라던 장면을 말하며 어떻게 만들어 먹느냐고 묻는다.

팬데믹 오기 바로 직전에 LA 사는 둘째 아이 집에 있었는데 아들은 기생충에서 나왔던 짜파게티와 스테이크를 넣고 해 먹자고 제안했다.

미국인들도 그러하고 미국서 태어난 2세에게도 문화적인 충격과 새로운 음식에 대한 궁금증과 재미로 만들고 싶어 하는 충동을 느끼는 듯하다. 한인타운에서 재료들을 사고 만들어 사진을 찍고 아이랑 만드는 과정이 재미있었는데 음식 만든다는 건 그런 과정을 통해 한국 음식에 대한 관심과 애착이 커질 듯했다. 한인 2세들이 한국 영화를 통해 본 한국 음식을 만들고 싶어하고 라면에 스테이크 얹어 먹는 법을 익히고 싶어 무척 관심이 많다. 생각해 보니 영양면에서도 스테이크를 얹어 먹으면 부족하지 않을 듯하다.

넷 플렉스에서 '흑백요리사'라는 요리 경연 대회가 아이들에게 인기였다. 요즘 아이들은 독립하고 나가 살면 어차피 스스로 계란이든 샌드위치든 음식을 한다. 그래서인지 적당히 자기가 먹을 음식은 만들 줄 안다. "언제 만들어 줄 수 있어요?" 하는 몇몇 미국인들에게 짜파구리를 만들며 요리를 선보이는 파티 아닌 파티가 돼버렸던 날. 스테이크를 얹은 짜파구리가 완성되었고 김치까지 곁들이니 금상첨화가 따로 없다. 인스턴트 음식도 좋아했고 맛있다고 칭찬하며 외국인들의 입맛도 감동하게 만들었다.

일반 라면을 끓일 때 계란과 파를 넣고 모자란 영양을 조절하는 의미와 다를 건 없다. 사실 한국 라면은 맛으로도 최고이니 끓이는 법부터 물 조절까지 가르쳐 줬다. 스테이크는 프라이팬에서 미리 익힌 스테이크를 얹어 먹을 것을 당부했다. 한국인들은 매운 것을 좋아해 고춧가루를 뿌려 먹는다고 한국식 문화와 음식까지 귀띔을 해 줬다. 와인이랑 곁들여 먹어도 되냐고 묻는 미국인도 있었다.

"아! 그렇지! 당연하지~" 생각해 보니 그런 짜장면 같은 면 종류에 와인을 곁들일 생각조차 하지 않았는데 시도해 보고 싶었다. 한국을 방문했던 외국인들이 음식이 좋아 눌러살게 되었다는 이야기를 종종 듣는다. 한국인보다 더 한국인 같은 외국인들은 한국의 전통음식과 문화에 감동 받는다. 한국음식에 관심이 많은 그들이 한국을 찾고 편의점을 찾고 식당을 찾는데 순수한 고유의 전통음식을 외국인에게 알리는 일이 되었다. 한국 음식의 맛을 알리는 일은 문화와 전통을 소중하게 아끼고 자부심을 가지는 일이다.

장독에 담고 눈을 파묻어 둔 김장김치로 막내아들과 나는 푸근한 마음이 되었다. 올 겨울나기는 소박한 미소가 절로 나며 유산균이 가득한 김치와 짜파게티와 스테이크를 함께 먹어 보는 건 어떤가!

다반향초 茶半香初

　김천에 황악산 직시사에는 " 직지인심견성성불直
指人心 見性成佛 "이라고 쓰여있다. "지금 이 자리
에서 마음을 한번 돌아보면 그 즉시 깨어난다" 라
는 말이다. 절을 찾으면 성당과 또 다른 엄숙함과
자신의 마음을 돌아보는 숙연한 자세가 된다. 한국
방문했을 때 대구 사는 남동생은 경상도 일대 산과
가보지 못한 숨은 많은 사찰까지 구경시켜 주었는
데 가을이 곱게 단풍으로 물들만한 그때 쯤이다.
가을 산의 기운은 무덥던 낮과 달리 늦은 오후가
되면서 갑자기 오한이 오며 추워졌다.

　산을 내려오니 입구에 전통찻집이 있었는데 몸을
녹일 차가 마시고 싶었는데 어찌나 반갑던지 포근
한 그 집 분위기에 추웠던 온몸이 따뜻해졌다. 대
추 차와 모과 생강 차가 맛있었던 기억에 온 천지

가 눈으로 덮힌 겨울에 와도 좋을 산속 전통찻집이었다. 찻집 이름이 이쁘다고 말하는 내게 다반향초(茶半香初)"는 차를 마신 지 반나절이 되어도 그 향은 처음과 같다"라는 말이라고 설명해 주는 사십 대 예쁜 주인이 있었다.

살아감에 있어 흐트러지지 않고 변하지 않은 늘 한결같은 원칙을 실천하는 태도를 중시해야 함을 말하는 것일 거다.

주변에는 차의 향기처럼 사람의 본질을 풍기며 순수한 고유함의 향기를 간직한 사람도 있다. 그 글귀를 마음에 새겨 읊조려본다. 다반향초… 그녀는 깊은 산에서 자연과 함께 일을 하니 마음도 고요하고 청순하고 욕심 없어 보였다. 차를 마시러 오는 손님과 말 벗이 되고 오지 못하면 스스로 향기를 내는 그녀 같았으니.. 산 아래 절, 절 아래 찻집이 있어 산을 찾는 사람들이 오고 가며 몸을 녹이고 따뜻한 차와 분위기에 취해 보는 것도 나쁘지 않다는 생각이 들었다. 더욱이 산사에서 느껴지는 정기를 담은 찻집과 어울리지 않은 올드 팝송이 흘러나왔는데 아이러니 한 낭만의 분위기가 나를 매료시켰다.

아니 어쩌면 산사만 다니던 내게 팝송은 갑자기 너무 친숙한 예술과 문화를 접한 듯 음악적인 감성에 빠져 너무 반가웠다. 음악을 듣는 취향으로 그 사람을 알게 되지만 주인은 나이가 어린 듯한데 이런 오래된 팝을 듣는 게 궁금해졌다. 오랫동안 절을 지키는 산 아래서 묵언수행을 하며 그 팝과 함께 살아온 듯했다. 차의 향기가 오래가는 동양의 매력과 팝송이 흐르는 서양의 조화 같은 찻집에 있는 그녀와의 시간이 행운 같았다.

문 닫을 시간이라 그런지, 고요한 마음이 들던 중 찾아온 손님이 반가운 건지 주인의 인심이 후하다. 따뜻하게 몸을 녹이라고 장작이 있는 장작불 가까이 인도하며 마스크에 가려진 얼굴에 고급스러운 이마와 초롱 한 눈빛은 분명 착한 얼굴을 한 그녀였다. 더욱이 주문하지 않은 예쁜 유리 주전자에 담긴 시각적인 행복감을 주는 노란 마른 꽃잎은 물이 보글보글 끓는 물속에서 활짝 폈다.

직접 따서 말린 꽃이라고 콜라겐이 많다고 피부에 좋다며 이건 그냥 드린다면서 차와 직접 구운 강정을 갖다주었다. 그녀는 금화규라는 꽃은 천연적인 식물성 에스트로겐이 풍부하여 피부와 갱년기 증상에 좋고 필수 아미노산을 다량 함유하고 있다고 마치 꽃잎을 파는 꽃장수처럼 차근차근 설명했다. 그녀는 상냥했고 말투도 부드럽고 맵시가 고왔다.

그녀가 직접 쓴 글이 벽에 걸려 있었는데 "그래 오늘도 넌 언제나 예뻤다 "라고.. 그녀를 두고 하는 말 같았다 진짜 그녀는 그랬다. "꽃을 보듯 너를 본다"라고 내 나름 그녀의 느낌을 참 예쁘다고 혼잣말을 했다. 순간 나도 그 분위기에 심취되어 포근하고 소박한 아름다움과 꽃잎차의 향기에 취했다. 언젠가부터 꽃잎이 시들어 버릴 만도 한데 이젠 말려서 차로 탄생하니 뜨거운 물을 부으면 찻잔 속은 환하게 피어나는 꽃잎으로 변해 내 눈앞에서 마술을 부리니 신기할 따름이다.

들어 본 적 없는 금화규라는 말린 꽃을 뉴욕 가서 마시라고 남은 반 봉지를 모두 줬다. 어머! 어머! 이렇게 귀한걸.. 자기는 또 말리면 된다며 사양 마시라고 내 손에 쥐여 주었다. 산에서 본 그녀는 소박하고 순수하고 욕심 없어 보였으니 너무 감동이 오는 시간이었다. 마치 먼 산에 피어 사계절 고고한 꽃을 피우며 은은한 자연의 향기를 내는 변함이 없는 사철나무 같았다. 어린 나이에 산에와서 찻집을 운영하니 우여곡절도 있었을 것이고 시행착오도 겪으며 살아왔을 삶을 초월한 듯한 눈빛에서 마음의 여유가 보였다.

차 한 잔을 마시다 보니 조용한 경상도 사투리에 고운 눈망울을 가진 그녀가 생각난다. 한국 방문 중 김천에 올 때면 다시 찾고 싶다. "한국 방문하면 꼭 오세요~ " 하는 그녀의 말에 왠지 다시 찾아가야 할 것 같은 그리운 곳, 처음 느낌처럼 그 차의 향이 변하지 않아 늘 향기로움으로 오래가듯 꼭 그러고 싶다. 삶에 지치고 한국이 그리워 그녀의 차 한 잔이 그리울 때, 문득 그 산을 다시 찾아야지. 다반향초.. 진정 내 느낌도 그러했다. 차 한 잔의 따뜻함이 온몸에 퍼져 오래오래 간다.

달콤한 여유

밤하늘에 별들이 어둠을 밝히더니 사라지고 난 후 동녘에서 빛을 안고 아침을 품어온다. 회색빛 어둠이 차츰 푸른 하늘이 되어 온 천지를 가득 채우며 또 다른 하루가 오고 여전히 반복되는 나날들 속에서 어두워지면 달님도 밤을 지키겠다고 다시 찾아오겠지. 새벽부터 서둘러 나가던 나에게 여유로운 휴식의 날이라 얼마나 소중한 시간인지 아침이 즐겁기만 하다. 늘 반복되는 또 다른 날을 달리는 일상에서 온전히 내 감정과 내 시간에만 충실하고 나만을 위해 고독해도 좋을 날이기 때문이다.

언젠가부터 쉬는 날을 간절하게 기다리는 반복적인 일상은 나의 작은 언어로 시작되었다. 말을 해야 하고 정신없이 흘러간 시간 뒤로 잠시 묵언하는 휴식의 시간을 간절하게 바랐다. 침묵의 소리에 집

중하며 손에서 떼어 놓는 전화도 소리를 끄고 적막
감이 무섭게 일어 고요함에 시계의 째깍거리는 소
리가 초조하게 들릴지도 모른다.

그러나 이런 시간 무엇을 할까 고민하지 않고 대
신 나를 위한 휴식 같은 하루를 만들기도 한다. 쉬
는 날이면 청소하고 집안일하며 시간을 보내는 일
대신 잠시 휴식과 명상하고 싶어졌다. 언젠가 '달
콤한 게으름' 이라는 한옥 카페를 갔을 때 느끼는
편안함이 불현듯 떠올라 카페처럼 온전히 나를 위
한 음악과 차와 브런치가 있는 공간을 만들었다.
가장 아끼는 커피 잔과 그릇을 꺼내 커피 향을 내
리고 집안 가득 풍성한 분위기로 만들었다. 가끔
쉬는 날이면 이런 예쁘고 분위기 좋은 나만의 줄리
아의 카페를 만들어 사진도 찍어보고 SNS에 포스트
하기도 한다.

고요하고 릴랙스할 수 있는 음악을 틀어 달콤한
게으름에 빠져 아무것도 하지 않는 명상에 가까운
시간을 보내는 일을 휴식의 조건으로 내 걸기도 한
다. 게으름은 죄악이지만 때론 밀린 일을 뒤로할
땐 이런 달콤한 시간이 주어지니 진정 행복하다.
지금은 어느 나라에서 살 건 맞벌이 시대라 많은
사람들이 쉬는 날을 집안일에 매달리지만 가끔은
멍때리기 할 때 가장 평온하다고 했던 동생의 말에
휴식의 날을 나의 시간으로 만들며 릴랙스한다.

"먹고 기도하고 사랑하라"의 저자 엘리자베스
길버트의 힐링 여행기에서 리즈가 말하던 마음의
여유를 하고 싶어도 그녀처럼 일 년씩 여행을 가자
는 것은 아니다. 일상에서 반복되는 삶의 버거움과

힘듦에서 가끔은 권태와 무료함과 피로가 올 때 현실 속을 벗어나 뒤뜰에서 느끼는 자연으로 들어가 명상을 하지만 여전히 생각은 바쁜 삶을 돌아본다. 무엇을 하고 어찌 살고 싶은 건 지 대답은 하나, 그녀처럼 일상을 떠나 여행을 하며 글을 쓰고 싶다는 것이다. '열심히 산 자, 떠나라'가 아니라 '떠나 행복해라' 고 말하고 싶어지니 여유스러운 휴식은 행복인 게 맞다.

필수적인 삶이 매일 목을 조르듯 반복되니 살아가는 일이 고단하고 스트레스를 견뎌야 하는 일이 버겁고 힘듦이 온다. 그럴 때마다 아이들은 늘 바쁜 엄마에게 '자꾸 일상을 벗어나야 살아남을 수 있다'고 여행을 자주 가도록 했으니 그들의 조력이 내겐 큰 위안이 되기도 했다. 바쁜 일상에도 불구하고 문화적인 일을 자주 접하고 여행을 갈 수 있었던 건 순전히 아이들 마인드 덕분이었으니 불평할 수없이 받아들이며 건강하게 살아가는 하루하루를 고맙게 생각할 수밖엔 없었다. 늘 그리하듯 노심초사하며 살아도 간절하게 바라는 내면에 소리만 들으며 살아야 하는 현실과 행복에 더 초점을 맞추고 싶은 인간의 아이러니하고 연약한 모습에 순응하면서도 악착같이 최선을 다하고 싶은 것이었다.

남들이 갖는 평범한 일상이 부러움으로 오고 지치고 버겁고 권태로운 진부함이 오고 몇 달이라도 휴식의 달콤함으로 릴랙스하고 싶었다. 먹고 싶으면 먹고 눕고 싶으면 누워 모든 얽매인 삶에서 벗어나 긴장 속에서 탈출하고 싶은 것이다. 자유로워지고 싶은 날이 내겐 가장 게으름을 피우며 개미가 되기보다 때론 베짱이로 살아도 되는 날이었는데 늘 바빠야 한다는 고정관념이 생각에 박혀 나를 지배하고 있었다. 쫓기고 바쁘게 살아온 긴 시간이 하루만의 휴식으로 힐링을 대신할 수 있을까? 어쩌면 고령화 시대에 발맞춰 늘 필수의 삶을 살아가며 노인이 되어도 바쁘게 살아갈지 모를 요즘이니 지나고 나야 가버린 세월이 야속하다고 한탄할 거다. 생각 속에 머물러 살아온 현실을 당연히 받아들일 때 자유스러운 안도감이 오며 그런 시간을 반복하는 게 인생살이다.

쉬는 날은 한꺼번에 일을 하는 게 아니라 재충전하며 일상을 홀연히 벗어던지고 자신에게 집중하는 시간을 가져도 좋다. 고요한 명상 음악에 오롯이 나의 시간을 차와 낭만이 있는 즐거움을 연출하는 행복한 아침이다. 신선한 공기와 아침 이슬을 머금은 소박한 생명들의 노랫소리와 웃음은 싱그러움으로 온다. 쉬는 날은 무언 속에서 마음의 소리에 집중하고 명상하며 고요해지는 순간을 자주 만들어야겠다. 일상의 반복 속에서 오롯이 자신을 위한 날이라 생각하면서 일탈의 달콤한 휴식을 즐긴다.

사람의 향기

　오래전 읽었던 책을 깊고 세심하게 다시 읽는다. 전엔 많은 독서량과 다양한 지식을 소중하게 여겼던 나는 베스트셀러에 집착했다. 일을 마치면 한인 타운으로 가서 두어 권의 책을 사서 읽곤 했다. 어쩌면 그런 책 읽기가 무서운 세상을 살아가는데 기억하지 않아야 할 일을 마음에서 혹은 생각에서 내보내며 나를 지탱해 준 일이었는지 모른다. 무언가에 미치지 않고는 살아가기가 너무 힘들었던 시간들을 책 읽기에 빠지며 힘든 시간들을 스스로 잘 만들어 살다 보니 내공이 쌓여갔다.

　오랜 시간이 흘러 지금 돌아보니 책 읽기에도 새롭다. 문장마다 쓰여있는 표기법과 표현이 다양하고 다채로운 내용과 아름답고 곱게 읽히는 글들에 감동한다. 읽어 내려가는 글에도, 주변 사람에게도 많은 향기가 있는 줄 몰랐다. 향기로운 향수를 표현하는 꽃 이름들, 몇 번씩 시를 읽어봐도 흉내 낼 수 없는 멋진 표현이다. 세심하고 절묘하고 흥미로운 글에서도 작가의 향기가 나고 시인의 감성이 있다. 반복해 읽으며 한 문장이라도 깨달음으로 글쓰기에 집중하며 나를 찾는다면 자신의 향기를 알아가도 좋을 일이다. 사람에게서 나오는 향기는 향수로 드러낼 수 없기에. 사람의 향기는 무엇일까? 인간적인 향기, 욕심 없는 선한 향기, 인격이 피어나는 고고한 향기, 이면에 숨겨진 악취를 가려보는 인간 본성의 향기. 진흙 속에서도 아름답고 우아하게 피어난 연꽃 같은 향기가 있다.

나를 지키려는 장미의 가시에서 풍기는 도도함의 향기도 있지만 이왕이면 사람의 향기는 꽃향기와 가까우면 좋겠다. 가령 소녀에게서 날 것 같은 수선화 향기 같은 것 말이다. 태초부터 다시 돌아가 순수한 물의 향처럼 맑고 깨끗한 본연의 향이 그립다.

호젓한 밤. 한국 가곡을 들으니 그리움이란 "잃어버린 향기" 라니 안타깝다. 그리움은 늘 향기가 있어야 하고 그리움은 사랑의 또 다른 이름이라고 알고 있는 나에겐 충격이다. 애타게 그리움 대신 꽃이 되어 먼저 마중 나간다는 내용 같다. 애달프고 애틋한 사랑이라는 마음의 향기가 간절해야 한다. 한쪽에서 애타게 그립고 불러봐도 메아리가 오지 않는다면 허공에 손뼉을 치는 것과 다르지 않을 것이다. 향기로움을 전파하듯 사랑도 향기가 되어 행복한 바이러스를 전파하고 사람 마음에 큐피드 화살을 심어야 한다.

애절하게 부르는 가수들의 표정에도 사랑에 젖어 있고 노랫가락은 그리움의 향기로움을 노래로 표현한다. 간절하고 애달프게 부르는 사랑의 아픔을 노래하는 오페라 가수들이 그렇다. 가곡은 마음을 차분하게 하고 듣기만 해도 마음을 울리는 진한 감동의 향기가 있다. 향기롭다는 말은 그 본연의 아름다움을 말한다. 꽃이 아름답듯 그 향에 취하고 사람에게도 향기가 있는 품성과 인격에 취하기도 한다. 그 향기에 흠뻑 취하고 싶은 밤은 충실한 하루를 보낸 후 피로에 취해간다. 인간의 활동에도 한계가 오니 휴식은 향기로운 안식처가 되어 나를 잠으로 이끈다

사랑의 자격증

　미국에 사는 한은 쉬는 날이라 해도 제대로 휴가를 얻고 멀리 여행이나 가지 않는다면 집을 떠나 며칠이라도 갈 생각을 하지 못한다. 무더운 여름날, 마음은 벌써 롱아일랜드 존스 비치 가까운 바다로 가고 있지만 생각처럼 움직여지지 않는 것도 사실이다. 어느덧 입추라고는 하지만 본격적인 8월의 여름날 무더위와 폭염은 계속된다. 이런 날은 바닷가에서 발을 물에 담그고 하얀 모래사장을 뛰놀고 싶다. 뜨거운 햇살에도 아랑곳하지 않고 종일 북적거리는 사람들 틈에서 태우고 싶다. 가족들이 모여 더위를 피하던 아름다운 한 장의 사진처럼 상상 속으로 들어간다.

　30여 년 전 아이들을 데리고 고향을 방문한 함덕 해수욕장에서는 가족이 빙 둘러앉아 잘 삶아진 닭을 주문하고 물 놀이에 입술이 검게 변한 아이들에게는 뜨거운 라면은 가장 맛있었던 음식이었다. 그 시절을 기억하며 수박을 먹고 잘 만들어진 달달한 빙수를 먹으며 피서의 분위기라도 갖고 싶지만 이도 저도 아니니 생각 속의 간절함만 있을 뿐이다.

사랑하는 연인들의 아름다운 모습은 바닷가에서는 더욱 빛난다. 폴 모리아의 음악들은 모두 사랑에 대한 간절한 음악으로 감성을 자극하고 그 향기의 밑부분까지 보여주려는 환상곡으로 사랑하는 사람들의 마음을 담은 사랑 곡이다. 마치 정해진 사랑으로도 부족해 간절한 그리움을 찾듯 음악 속에는 그리움의 날개가 있다. 누구나 현실에서 살아남아야 하는 생계에 가장 필요한 자격증이 있다면 사랑에도 자격증이 필요한 건 아닐까?

가정을 이루고 책임감을 가질 수 있는 바른 사람에게 주어지는 자격증 같은 거 말이다. 검은 머리 흰머리가 될 때까지 사랑하라는 말보다 그냥 곁에 있어주기만 해도 사랑이 완성이 된다. 육십세가 넘으면 자식들은 독립하고 남는 건 두 부부뿐이라 남편 밥은 누워서 먹는 거라는데 가장 편한 사이가 옆에 아내와 남편이라는 걸 알지 못했다. 기본만 있다면 그 눈 먼 사랑에도 후회하지 않을텐데 사랑할 수 있는 심성이나 감정에도 필요한 자격증을 가지면 좋겠다. 사람을 사랑하는데도 자격증을 반드시 얻어야 한다면 말이다.

드라마 "폭삭 속았수다'를 보며 어떤 것도 필요 없이 마음으로만 할 수 있는 인간적인 사랑이 극중에 오애순을 향한 양관식의 작은 사랑으로 시작

되었다. 머리핀을 사서 사랑하는 소중한 사람에게
주는 감동은 사랑을 하기에 충분한 감성이 큰 사랑
할 자격이 되는 사람이었다. 이런 남자만 있다면
비판하고 시기 질투하며 고립시키고 삭막한 세상에
서 상대를 외롭거나 아프게 하지 않고 기다리게 하
지 않을 것이다. 속이거나 평가하거나 견주지 않고
이해타산을 따지지 않고 바르고 고운 말로 상대의
진실한 마음을 들여다보고 위로하는 예쁜 모습으로
남을 듯하다.

  아프고 슬프고 삶의 의욕을 잃고 살아가는 사람들
도 사랑의 자격증이 있다면 세상과 타협하고 양보
하며 고립되지 않게 살아갈 것이다. 서로 인정하고
진실한 마음으로 대할 수 있는 사랑 자격증을 가지
면 상대의 마음을 잘 이해하고 진정한 사랑이 무엇
인지 잘 알 것이다. 인성이 튼튼한 공감 능력이 뛰
어난 사람들은 사랑하는 것에도 자신감이 있다. 상
대방의 마음을 잘 읽고 당당하고 잘 이해하고 잘
품어 안으니 진정 사랑할 수 있는 자격증을 소지한
사람 같다.

  하얀 마시멜로같이 부드럽고 음악처럼 감동하며
하나하나 듣는 선율에 심금을 울리는 사랑. 때론
다정하고 때론 인간다운 모습으로 감동을 주고 멋
지며 순수한 모습으로 한 사람에게 최선을 다하는
사랑꾼에게 주어지는 "사랑할 수 있는 자격증" .
여자에게도 남자에게도 진정한 사랑을 할 수 있는
자격증이 주어지면 좋겠다.

  남녀관계에만 국한된 게 아니라 인간 자체가 기본
적으로 사랑이 있고 측은지심이 있어야 인간관계는

더 풍요롭고 맑고 밝아진다. 인간으로서 감동하고 공감하고 소통으로 남을 배려하는 따뜻한 마음을 갖춘 사랑할 수 있는 자격증 말이다.

운전면허증을 갖듯 사랑에도 자격증이 필요하다면 세상이 더 풍요롭고 아름다울 것이다. 사랑이 무언지 배우며 진솔한 마음 하나로 사람에게 다가가는 사랑 할 자격을 갖추고 진실하게 대해야 한다. 살아갈 날이 점점 짧아지니 화낼 일은 없어야 하고 사람을 대하는데도 자신에게 주어지는 자격증 같은 건 누구에게나 필요할 듯하다. 세상 모든 일에 솔직하고 인간다운 면모를 갖추고 사람에게 다가가는 일이 절실하다. 당신도 누군가를 진솔하게 대할 수 있고 진심으로 인간관계에서 사랑할 수 있는 자격증이 필요하십니까?

써니의 편의점

새벽녘, 차 후미의 빨간 불빛을 보면서 일터를 향하면 어머니의 하얀 얼굴에 그려진 눈썹 같은 초승달이 밤하늘을 미처 떠나지 못해 나를 비춘다. 아파트 안에서 운영하는 가게는 먼저 커피를 만들고 베이컨을 굽고 조반을 준비하고 바쁘게 움직이며 거주민을 위한 일을 하는 편의점이다.

오래전 보스턴에서 대학 다니던 아이들은 방학이면 일을 도왔는데 넷플릭스에서 김 씨의 편의점(Kim's Convenience Store)을 재미있게 봤다고 권했다. 배경이 캐나다인데 중국인 배우들이 한국인으로 분하여 운영하는 것으로 나온다. 내 가게의 특성과 손님들이 하는 행동이나 말이 흡사한 에피소드를 드라마화 한 내용에 공감하게 되어 재미있게 보게 되었다.

26년 운영하던 사랑방 같은 가게이고 써니를 부르던 사람들이 모여 사는 아파트에서 도움이 필요한지 묻던 손님들도 기억에 머문다. 로또 하는 걸 가르쳐 주면 자신이 만든 행운의 숫자를 가져와 직접 복권을 하는 손님들도 몇몇 있다. 결혼하여 아기를 낳고 중년이 된 사람들부터 갓난아이가 커서 대학을 졸업해서 사회에 나와 인사하는 청년들도 있었다. 정신적인 문제는 자살로 이어져 세상에 없는 손님들, 젊어서 만나 나이 들어 죽을 때까지 보던 사람들도 있었다. 아파트를 청소하는 사람들을 마피아단이라 생각해 자기 집을 향해 총을 쏜다고 신고한 정신질환을 앓은 사람으로 인해 경찰차가 이른 아침에 6대가 왔었다는 건 웃지 못할 해프닝이었다.

불면증을 호소하는 사람, 우울증으로 바다를 보다 떨어진 사람, 심지어 동성애끼리 싸워 떨어진 사람, 비관적인 삶이라고 자책하며 자살한 사람, 과체중으로 떠난 여자 친구를 향한 배신감에 떨어진 사람도 있다. 고양이를 사랑했던 아내가 죽자 12마리의 고양이들을 키울 수가 없어 쓰레기 내리는 곳에 버린 사람도 있다. 제정신이 아닌 사람은 발가벗고 수영을 하다 아파트 안이 발칵 뒤집힌 일도 있었다.

1950년 한국전쟁에 참전했다는 고령의 약사, 아침마다 해주는 계란 오믈렛이 맛있다고 칭찬해 주던 착한 할머니, 직접 만든 (homemade) 치킨 숲을 좋아했던 변호사. 내가 만든 만둣국을 좋아해 죽기 전까지 먹었던 할머니의 아들이 전해 준 카드 한 장 속의 글이 생각난다. "써니 덕분에 참 맛있고 행복했던 시간들이었다" 라던.. 삼 개월 시한부 인생을 살다가 막무가내로 행한 한국 음식 덕분인지 15년이 지나도 여전히 살아가는 암세포가 사라진 친구. 로또로 행복하게 소리를 지르는 손님들의 환상을 충족시켜 주는 일까지 보고 느끼며 일하는 사람과도 동고동락한 가족이 되었던 일터에서 오랜 시간 잘 살아왔다.

좋은 손님 무례한 손님을 보며 운영했는데 미국인들이라도 안에서 일어나는 소문은 삽시간 퍼질 만큼 위력이 있는 천백 가구가 사는 아파트다. 탈도 많고 말도 많았던 이곳 터를 물어본 적이 있었다. 내게 맞는 터라고 하니 열심히 일하며 효자 가게가 되어 준 나의 조그만 일터였다. 미국에서는 어디든 공사를 하는 곳이 계속 이어지는데 아파트도 그렇다. 개선해야 할 그곳 거주민들의 질을 높이기 위해 늘 공사가 끊이질 않으니 말이다. 그러던 어느 날 정신이 약한 거주민은 자기 아파트에 불을 질러 그 계기로 아파트를 다시 수리하고 복원하느라 그만둘 계기가 되었다. 오랫동안 별 별일을 보고 겪으며 운영해 온 가게를 그만두며 이런 이야기를 영화로 만들고 싶다는 생각을 해 보며 정든 일터를 떠난다.

과연 스쳐 지나는 인연의 끈은 얼마나 긴지 불교의 윤회가 있다면 그들은 전생에 나와 무슨 인연으로 엮여 내게 머물며 매일 보는 것인지 말이다. 아픔도 슬픔도 기쁨도 보며 즐겁기도 했고 동병상련 같은 마음으로 긴 시간을 보냈다. 더욱이 아이들 키워낸 보람으로 할 일 다 끝났으니 쉬엄쉬엄 쉬고 싶다. 젊어서부터 효자 가게를 지키며 아이들을 공

부시키고 집을 마련하고 허리띠를 졸라매고 뛰어다
녔던 나의 오랜 시간 땀과 노력을 이루었으니 비로
소 접어야 할 때가 왔다.

체력이 매우 부족하고 힘들어서 더욱이 팬데믹과
인플레이션으로 운영이 힘들어지니 떠날 준비를 하
고 싶은 것이다. 한바탕 놀다 가는 인생이라는데
미국 와서 일만 하며 아이들을 키우며 살다 보니
어느새 중년이 되었다. 남은 인생은 살아온 날보다
더 나을 거란 보장은 없다. 단지 조금은 가볍고 조
금은 여유롭고 편안하게 시간을 보내고 싶다. 새벽
부터 뛰어다녔던 내 이름을 건 "써니의 편의점"
은 이제 내려놔야겠다.

육 십 살 된 내 집

맨해튼에서 일하던 큰 아이가 뉴욕을 떠나 샌디에
이고로 이사 간 지 몇 년이 지났다. 일 년이면 두
어 번씩 아이가 사는 곳을 방문한다. 샌디에이고로
이사 올 것을 아이는 계속 강요하지만 36년 살아온
뉴욕이 내겐 제2의 고향이라 쉽게 그러겠다고 대답
을 하지 못한다. 따뜻한 휴양지라 공기도 좋고 바
다가 가까이 있어 어깨가 아픈 엄마에게는 살기 좋
다는 것이다. 바쁜 뉴욕과 달리 그곳에 사는 사람
들은 여유스럽게 보이고 휴양지 특유의 여유를 만
끽하지만 사실 바닷가 가까이 롱아일랜드에 살아도
늘 바빠있는 일상에 바다를 찾기는 쉽지 않다. 젊
은 아이들은 새벽부터 바쁘게 나가야 하니 어딜 사
나 젊은이의 할 일과 나이 들어 은퇴한 사람들은
마찬가지 삶이긴 하다.

아들 부부가 집을 사서 새롭게 단장한 집을 보며 뉴욕에 돌아가면 내 집도 수리해야겠다. 여자와 집은 가꿔야 한다는 말에는 동감을 하니 말이다. 27년 전 이사 한 집은 내가 태어난 해와 같은 해에 지어진 집이라 육십 년이 훨씬 넘었을 테니 새 집은 아니다. 아이들 키워내고 손때가 묻은 곳이라 손질해서 살 만도 한데 쉽게 하지 못했다. 이사 오면서 수리하고 페인트 한 후 한 번도 해 본 적이 없으니 이미 성인이 된 아이들의 눈에는 낡았다고 생각할 것이다. 둘러보면 추억이 많이 깃든 곳이다. 이곳에서 바이올린이며 피아노를 맘대로 칠 수 있었던 아이들의 어린 시절이 있다.

세 애들은 맘껏 뛰어다니기도 하고 악기 연습을 맘대로 할 수 있었고 소리를 크게 하기도 했고 그런 아이들과 추억이 얼마나 소중한 일이었는지 모른다. 이층집 콘도로 이사 오니 긴 막대기로 아이들이 걷는 대로 쿵쿵대며 경고를 울리던 층간 소음으로 아이들은 얼마나 놀랐을지 충분히 이해가 간다. 아직도 습관인지 큰 아이는 발꿈치를 들고 걷는 버릇을 36세가 되어도 한다.

우여곡절 끝에 삼 년 살다 세 애들을 키우기에 편한 주택으로 이사했다. 그리던 주택을 27년째 살고 있는데 막내는 맨해튼 가까이 이사했고 큰아이는 캘리포니아로 이사했다. 미국 집이란 게 안에는 하얗게 벽을 칠하니 오랫동안 페인트를 하지 않았고 내 손때가 묻은 집을 지키기에는 손질해야 할 곳이 점점 늘어간다는 것이다. 밖에도 굴뚝부터 벗겨지고 차고 문도 그러하고 문짝도 몇십 년 전보다 여닫는 게 힘들어진다. 이곳에서 아이들은 자라 장성한 어른이 되었고 그 세월만큼이나 아이들을 가르치며 보듬어주고 정신적, 육체적으로 성장하게 했던 보금자리다. 아이들을 독립시킨 후 나처럼 모든 걸 내어주고 빈 껍데기만 남은 황량함이 보인다. 코비드 19로 말이 아니기도 하고 불경기가 몇 년씩 이어지며 물가의 상승 또한 한몫을 하니 힘들 수밖엔 없다. 어쩌면 지금도 이민 초기처럼 허리띠를 졸라매며 살아야 할 이곳, 미국이다.

이 년 전만 해도 이사 갈 생각으로 트럭이 두 번 오고 가며 큰 물건들을 버리고 정리해도 여전히 살림도 많고 이동하기는 쉽지 않고 사실 살아온 뉴욕이 좋다. 이곳을 떠나지 못하는 큰 이유는 조용하고 익숙한 곳이니 크게 새로운 환경을 원하지 않는 내 성격 탓이기도 하다. 하나를 버리고 떠나면 다시 버리고 또 계속 버리며 정착하지 못할 듯하다. 새로운 환경에 적응하는 건 젊어서 한다는 생각도 있다.

아이들과 같은 하늘 아래에서 산다고 위안을 받으며 뉴욕에서 살아온 소중한 집을 지키고 싶다. 육십 살이면 무엇을 하겠다는 소망도 이루지 못하고 세월만 가버렸다. 60이란 나이는 모든 걸 내려놓는 나이가 아니라 다시 시작하는 나이인가 보다. 75세까지를 청춘으로 본다니 남은 시간은 건강만 하다면 무엇인들 못하랴! 여전히 감성이 남아있는 좋은 나이이기에 꿈에 맞춰 구슬이라도 꿰어야 보배가 되는 것일 거다.

아이들이 없는 텅 빈 집을 둘러본다. 나도 내 집도 60살이 훨씬 넘었구나. 내 건강을 위해 음식을 먹듯 내 집도 수리하고 단장하고 가꿔줘야 하는데 관리 못해 미안하다. 내 육십 살의 청춘을 보냈듯이 집도 내 가족을 위해 안락한 보금자리가 되어 주었는데 말이다. 그러는 동안 나처럼 뼈대도 튼튼하지 못할 것이고 주름진 얼굴이 되듯 낡았을 테니 곱게 단장해 주고 싶다. 어느 봄날 예쁜 옷을 입고 설렜던 내 마음처럼…나도 너도 그리 살자!

크리스마스 선물

지난 크리스마스쯤, 15년 전에 봤던 친구의 연락이다. 오랫동안 볼 수 없었던 긴 시간 동안 가끔 안부를 묻는 문자가 오곤 했었지만, 몇 년째 연락이 오지 않아 혹시 하며 가끔 기억에 남는 사람이었다. 살다 보면 누구든 고마운 사람들이 한 해를 보내며 생각나는데 그 친구도 점심을 꼭 대접하고 싶다고 일부러 뉴욕을 방문한 것이다.

오랫동안 안 보는 사이 궁금한 이야기가 실타래 풀리듯 하나둘씩 꺼내며 식당에서 3시간 동안 끝이 없는 이야기로 들어갔다. 커피잔을 들여다보는 얼굴은 수척한 얼굴이 아니라 한눈에 봐도 건강한 모습이었다. "네 덕분에 살았어 "하는 말을 자주 문자로 보냈었는데 이번에도 그런 말을 했다.

아련한 기억으로 들어간다. 26년 일하던 아파트에 사는 독신주의자인 거주민이었는데 15년 전 암에 걸려 삼 개월 생명이 다한다는 진단을 받았다.

그런데도 매일 커피를 마시러 내려와서 한참을 앉아 있다 가곤 했다. 자주 이야기를 하다 보니 어느새 친구처럼 주변 이야기들을 하게 됐다. 어느 날 더 안 좋게 보이는 모습에 "무슨 일 있나요?"하고 묻는 내게 암세포가 여기저기 퍼져 수술을 4번을 해야 하고 그래도 오래 못 산다며 몰골이 말이 아니었다.

먹는 거라곤 커피였던 기억인데 수술한 사람에게는 미국식 음식은 베이글이 전부였다. 우리는 위장이 안 좋아도 죽을 만들어 먹고 감기만 걸려도 콩나물국을 만들어 먹는데 말이다.수술 후는 잘 먹어야 하는데 너무 안된 마음이 들었다.

집에서 먹는 한국 음식들을 만들어 커피 사러 내려오면 매일 먹을 수 있게 전해 줬다. 마늘과 콩나물 무를 잔뜩 넣은 북엇국, 채소죽, 버섯과 두부를 많이 넣고 만든 된장찌개 김치찌개 만둣국, 카레밥, 등등을 주기 시작했다.몸에 좋다고 들은 유산균 때문인지 특히 매운 김치를 잘 먹었고 늘 고맙다며 맛있다고 했다. 사실 어차피 죽을 목숨이라 생각하며 먹을 거라도 잘 먹으라는 마음이고 내 정성이었다.

미국인의 입맛을 생각하기보다 수술한 후 회복하는 음식은 역시 한국식이 최고라는 생각이었으니 말이다.

서 넉 달이 지나 수술 후유증도 이겨내며 삶을 정리하려는지 90세가 넘으신 어머니와 같이 살겠다고 뉴저지 한참 넘어가는 시골로 이사 갔다. 그 후 몇 년 전 고등학교 교사인 누나가 췌장암으로 돌아가시고 어머니마저 백세가 넘으시며 돌아가셨다고 문자가 왔었다.

아버지가 암으로 돌아가셨다니 "당신과 누나는 유전으로 암에 걸렸군요." 라고 말했다. 결혼한 동생은 괜찮은 걸 보면 누나도 그 친구도 홀로 살아가는 외로움이 병을 만들었을지도 모른다는 내 말에 수긍하는 듯했다. 주변을 돌아보면 익숙해 버린 혼자의 삶을 살아가는 사람들이 늘어가고 혼자 잘 노는 걸 익혀야 외롭지 않고 건강하게 살아간다고 늘 생각한다.

그는 3시간을 위해 4시간을 운전하고 뉴욕에 왔고 다시 4시간을 가야 한다. 방문해 줘 고맙다는 인사로 몇 년 만의 궁금증도 사라졌다. 얼굴이 좋아 보이고 건강을 되찾았으니 그야말로 가장 축복받은 사람 같다. " 모든 게 너 덕분이야 " "라며 수술했을 때 한국 음식을 많이 해 줘서 죽지 않고 살았다고 진정으로 고마워하는 마이클의 진심이 느껴진다. 누구를 도와야 하는 건 이유와 대가를 바라고 하는 게 아니라 기본적으로 측은지심이라는 잠재된 마음으로 자꾸 안 된 사람에게 기울게 돼있다는 것이다. 사람에게 물드는 건 이유 없이 그냥 좋듯 …

솔직히 손님인데 아픈 게 나와 무슨 상관이랴만 신경 안 쓸 수도 있는데 힘들어하는 모습에 그냥 음식을 만들어 주고 싶었을 뿐이었다.

살아있다는 생각을 하니 기적도 있고 스스로 돕는 자를 돕는 하늘의 뜻도 생각해 본다. 그냥 인간 자체로 이미 죽음을 받아 둔 사람을 살리고 싶은 마음보다 사는 동안 한국식 따뜻한 국과 밥을 주고 싶었을 뿐이었다.

베이글에 커피를 마시는 미국인들이 불쌍하다고 뉴욕 방문한 동생의 말이 귓전에 들린다. 특히 수술한 사람에게 어쩌면 나도 그런 생각을 한 것일지 모르겠다. 그냥 한국인의 따뜻한 음식이 수술한 후 상처를 잘 아물도록 도왔는지, 산속에서 어머니와 함께 산 시간 덕인지, 맑은 공기와 세상을 담쌓고 명상하며 심신을 다스렸는지는 모르지만, 기적은 분명했다. 지금 15년이 지나도 건강하게 살아있다면 그는 인간 승리를 한 것이다.

Macy's 백화점에서 필요한 거 사라고 Gift card 를 쥐여주며 "메리 크리스마스" 한다. 언제인지 모르시만, 또 점심을 사주러 온다며 마이클은 갔다. 그가 오래오래 건강하고 재미있고 신나게 살면 좋겠다. 받아 든 선물 카드를 물끄러미 바라보며 외롭지 않게 잘 살길 진정으로 바란다. 겨울 짧은 해가 어느새 뉘엿뉘엿 서쪽 하늘로 기울며 노을이 붉어진다.

제5부. 영혼에 속삭이는 언어

예일대학 봉사

　뉴욕의 사계절 중 특히 가을이 가장 아름다운 날 봉사하러 갔다. 반복되는 바쁜 일상에서 망중한을 갖고 봉사를 다닌 지 어느덧 25년이 되었다. 하늘 아래 비춘 이른 햇살이 온 천지를 황금빛으로 물들이며 가을 동화 속 배경이 되어 예일대학 캠퍼스를 아름답게 꾸며 주었다. 마치 한 폭의 그림이 되어 단아하게 가을을 속삭여 주고 지성과 낭만이 있는 캠퍼스에서 재학생들을 보며 공부할 때가 가장 좋은 시기라는 걸 느낀다.

　코네티컷주 뉴헤이븐에 있는 예일대학은 아이비리그에 속하고 조지 부시 부자와 빌 클린턴 전 대통령 포드 대통령이 졸업했다. 유서 깊은 빛과 진리라는 표어를 가진 예일대학교에는 구경할 곳도 많앉고 크고 많은 책이 소장된 도서관은 큰 감동이었다. 내가 그랬듯 많은 사람들이 봉사하고 싶어도 어디서 시작해야 할지 모른다. 뉴욕 한국산악회 정회장님이 시작한 이 행사는 초창기만 해도 봉사할 사람이 없어 아이들을 데리고 다니곤 했었다. 미국에서 몇십 년 살아가면서 쫓기듯 각박한 삶을 살아가는 이민자로 아이들을 키우는 엄마로서의 모범을 보여준다는 건 의미가 있는 일이었다. 재학생들도 한국 입양아들과 결연하여 음식과 고유의 전통문화를 알리는 뜻깊은 일을 함께했다.

4월과 10월 두 차례 이 행사가 열리는데 한국서 미국으로 입양해 온 아이들과 외국 부모들을 위한 것이다. 세계적으로 한국 음식이 많이 알려져 있고 외국인 부모님들은 만드는 법을 배우고 싶어 하니 그들에게 김밥을 만들고 불고기와 잡채를 만드는 강의를 했는데 어찌나 관심을 가지며 좋아하는지 그들에게 한국 음식을 만드는 건 큰 영광 같아 보였다. 배워서 아이들에게 만들어 주겠노라고 서로에게 말하곤 했으니 말이다. 미국 부모님들이 음식과 전통문화에 관심을 가지는 건 자식으로 키우겠다는 마음뿐 아니라 한국인이라는 뿌리를 잊지 않게 가르치고 인정해 주고 싶은 마음인 것 같았다.

한복을 입고 절하는 법도 가르치고 서예를 통해 한국인의 고유 전통들을 배우게 되었고 줄다리기를 통해 돈독한 팀이 되어야 하는 단결도 배우게 되었다. 관심 있는 봉사자들과 한인 학생들이 결연을 한 이 행사에 오면 언제나 감동이다. 한국인이라는 정체성을 가르치고 보여주고 돌아오면 참 뿌듯했으니 말이다.

큰 눈의 미국 부모님은 외꺼풀의 눈을 가진 아이들과 어울리지 않게 보였지만 한국 음식과 전통문화를 접하려고 온 양부모들의 사랑과 관심만으로도 입양한 아이들은 잘 자랄 것 같았다. 첫 봉사를 잊지 못하는 건 태어난 지 얼마 되지 않은 아이를 강보에 싸서 안고 온 미국 부부였다. 아이를 버릴 만큼 혹은 포기할 만큼 너무 가난하거나 다른 이유가 있었을 것이다. 내 아이를 다른 미국인이 안아 그 품에서 웃고 있는 것을 보면 생물학적 부모는 안타까울 것 같았다. 어느 부성도 자식 앞에서는 조그만 생명을 안고 곁에서 지켜주겠다는 아름다운 인간적인 모습이 있을 것이다. 어린아이가 코를 흘리며 미국인 아빠를 쳐다보니 코를 닦아 주고 아이를 안고 공중에 빙빙 돌리며 웃게 만든 모습에 감동이 오며 잊히지 않는다.

미국인들이 해마다 두 차례씩 참여하고 한국 음식에 극찬하고 전통에 관심을 두는 일은 쉬운 건 아닐 거다. 사랑으로 대하고 먹던 음식과 문화를 기억하게 해주고 싶고 내 아이의 마음과 꿈을 헤아려 줄 줄 아는 부모의 자격이란 그런 마음인 것이다. 보듬어주고 키워주며 인간으로서 사랑받기 위해 내게 왔노라고 인정해 주고 싶어 한다.

아이들에게 교육할 수 있는 마음과 따뜻한 사랑을 보여주며 유대관계를 유지하고 가슴으로 낳은 자식을 아끼고 보살펴 주는 가족이 된 것이다. 인간에게 사랑의 굶주림이란 얼마나 큰 외로움이고 고통일지 그들을 구해준 양부모에게 고개가 숙여지고 느낀 게 많았다.

아이들의 얼굴은 밝게 보이지 않지만, 역으로 생각하니 자기를 낳아준 부모가 아닌 양부모의 사랑과 관심으로 반듯하게 커 준다면 더 나을지 모를 그들이 인생 역전이었다. 입양아들이 지금 미국인 양부모를 만난 것도 그들에게 실오라기라도 붙잡을 만한 운명으로 이루어진 신이 주신 끈 같은 그것은 아니었는지. 그들 중 성공한 사례로 의사나 전문직인 박사가 된 사람은 입양아로 자라면서 느꼈던 경험담이나 어떤 마음으로 자라야 했는지를 서슴없이 말한다. 자칫 힘든 사춘기가 되어 자신의 정체성을 찾으려고 좋지 않게 커버린 아이들도 티브이를 통해 종종 보게 되고 많은 입양아들이 커서 생물학적 부모님을 꼭 찾겠다고 말한다.

내가 아는 한 40대의 어른은 제약회사에 다니는데 한국말을 잘했다. 그의 할머니는 얼굴이 검은 자식과 손자들에게 혹독하게 한국인임을 가르치며 키우셨다. 할머니도 혼혈아를 낳았고 그 딸도 그랬지만 한국을 잊지 말고 한국인을 자랑스럽게 생각하라고 가르쳤다니 훌륭한 이야기다. 그는 오히려 미국서 태어난 한인 2세들보다 한국말을 더 잘했고 정체성이 확실했고 예의범절이 좋은 청년이었으니 말이다.

한국 사회가 복지가 잘 되어 입양하는 일이 적어졌어도 여전히 미혼모는 사회문제다. 50년대부터 입양시킨 아이들이 20만 명이 넘어 한때는 한국을, 아이들을 해외로 수출하는 나라로 인식되기도 했다. 타국으로 아이들을 무더기로 보내는 집단이라고 한국을 "디아스포라"라고 말하기도 했으니 말이다. 과거에는 한국전쟁으로 미아가 된 아이들과 주한미군 사이에서 태어난 혼혈아, 키울 수 없는 미혼모로 버려진 아이들이 많았으니 입양하는 아이들의 숫자가 많아진 건 사실이다. 20년 전과 달리 이 행사에 오는 사람이 줄어들고 입양아들이 많이 오지 않는다.

입양하는 아이들이 적어졌다는 건 60년대 베이비붐 시대와 달리 자식을 낳지 않으려는 젊은 사람들의 인식이 달라졌기 때문이다. 그렇다 할지라도 간과하며 흘려버릴 수 있는 알려있지 않은 이런 봉사가 끊기지 않게 계속 이어가야 한다.

누구나 사랑받기 위해 태어났음을 알아야 한다. 사람에게 사랑을 주고 그 마음을 베푸는 일이야말로 가장 아름다운 일이다. 정서적으로 애정결핍을 갖고 자라 온 아이들은 사랑을 줄 줄도 받을 줄도 모르고 스스로 살아남아야 한다고 몸을 도사릴지도 모른다. 이런 봉사를 통해 꾸준한 관심과 사랑으로 교육하며 한국인이라는 정체성을 심어줄 필요가 있다. 건강한 정신과 마음으로 사회적으로 관심과 사랑을 받으며 낙오되지 않게 잘 커 주고 자신감을 느끼도록 혹은 정체성을 갖고 미국 사회에 일원이 될 수 있길 바란다.

제주 바당

  미수 米壽의 나이, 어머니의 초췌한 모습에서 점점 노환이 보인다. 주변 사람들은 고향이 제주도라 하면 어머니가 해녀를 했느냐 등등 묻기도 했는데 나의 어머니는 해녀는 아니셨지만 수영을 못하는 나와 달리 수영을 잘하셨다. 누군가 제주도 사람으로 수영 못하는 건 나뿐이라고 놀리곤 했었는데 나가 놀지 않았으니 배우지 못한 것이지만 바다를 좋아하는 나로서는 아이러니한 일이기도 하다. 38년 전, 고모만 따르던 어린 세 조카를 데리고 바다로 나가 두 오빠의 자식들을 돌보는 일은 재미있는 일 중 하나였다. 큰오빠가 드라이브 겸 "바당에 가자"라고 어머니와 나를 차에 태우러 오면 시내에 살던 나는 막연히 탁 트인 바다가 보고 싶어 너무 신나했다. 바다 내음을 느끼는 일은 고향을 기억하기에 가장 그리운 순간이었기에 떠오르는 일 중의 하나가 되어 아름답지만, 아픈 기억이 되어 사뭇 아련하다.

햇볕이 내리쬐는 한 여름, 철썩대는 얌전한 파도는 바닷바람에 의해 가끔 거세질 때면 불안해서 바위에 앉아 바다를 뚫어지라 바라보며 큰오빠와 어머니가 나오길 기다리곤 했다. 바다에서는 욕심을 부리면 위험하고 숨을 잘못 고르거나 내쉬는 해녀들의 숨비소리는 생과 사의 갈림길이라 할 만큼 바닷속은 무서운 곳임에 틀림이 없다. 그러나 어머니는 팔짝 뛰는 돌고래처럼 바다를 자유스럽게 들어갔다 나오기를 반복하시며 몸집이 큰 편임에도 불구하고 날렵하게 수영하셨다. 깊숙한 바닷속에서 한참이 지나면 숨어있는 소라를 순식간에 캐어 내게 진주를 선물한 듯 보여주시곤 하셨다.

그때만 해도 양식이 흔하지 않을 때니 바다에서 잡아 오는 귀한 해물을 먹는다는 건 참 어려운 일이었다. 지금 생각해도 그때 먹었던 소라의 맛은 그 어디에서도 먹어 본 적이 없다. 초장까지 준비한 오빠의 센스에 오독오독 어찌나 고소하고 맛있던 지 지금은 딱딱한 소라를 먹지 못하는 나이가 돼 버렸다. 작년 뉴욕서 문인 활동을 같이하며 수필을 쓰는 경숙 언니와 성산 일출봉에서 먹었던 소라는 살짝 삶아줘서 맛있게 먹었지만 말이다.

그런 어머니를 기억 속에서 상상하니 명랑하고 밝았던 젊은 모습의 어머니가 그립다. 어머니는 너무 기억력이 좋으실 만큼 건강하시더니 2년 전부터 자꾸 기억을 못 하신다. 큰아들이 태어날 때 너무 순하고 잘생겨 데리고 나가면 사람마다 순둥이라고 말했다며 그때 모습만을 기억하신다. "종택이를 국민학교 때 장질부사 (장티푸스)에 걸려 죽을 하루에 6번씩 만들어 먹여 살려냈다"라는 이야기를 자주 하신다. 그때는 그 병으로 소아마비에 걸린 아이들이 많았는데 당신은 아들을 정성으로 살려내 멋지게 키워냈다며 그 시절을 회상하신다. 나도 큰 오빠가 아팠든 걸 초등학교 시절이라 기억한다.

어머니의 머릿속에는 온통 큰아들의 존재만을 애써 기억해 내시는 것 같다. 첫 자식에 대한 애정이 각별했던 어머니의 사랑은 어린 시절에도 유난히 큰아들을 챙기며 함께했던 모습만 생생하다. 가장 의지하고 아꼈던 큰아들이 2년째 나타나지 않으니 섭섭한 마음과 그리운 마음이 복잡하게 오겠지. 미국 산다는 이유로 갈 수 없었던 나로서는 노모가 매일 보던 큰아들이 세상에 없는 것도 모르고 어디 갔는지 안 온다며 애타게 기다리시니 고향 방문이 즐겁지 않다. 갑자기 더 늙어버린 어머니 모습에 마음이 찢어질 일이기도 하니 말이다.

갑자기 이 년 전 심장마비로 돌아가신 오빠가 진정 간절하게 그립다. 진실을 말할 수 없으니 괴롭고 과연 자식을 품 안에 묻을지언정 알리는 게 낫지 않았을까 하고 생각한다. 그래야 마음으로 보내지 못해도 그 마지막 모습이라도 보시게 해야 하지 않았나 하는 안타까움이 온다. 그랬다면 어머니는 이 년간 저렇게 더 아프시고 오만가지 감정을 안고 살지 않았을 것이고 오지 않는 자식에 대한 원망과 그리움으로 기억을 자꾸 잃어버리는 일은 없었을 텐데… 이 년 전 세 끼를 먹을 때마다 수면제를 몇

알씩 먹어 혼수상태가 되었었는데 그런 이유로 기억을 못 하시나! …잊으려고 수면제를 드셨다는 말에 망연자실했던 기억이다.

까마득한 그 시절을 기억하다 보면 늘 시대적인 흐름 속에 소박하고 정겹던 기억과 인심이 많은 이웃들, 멈춰버린 아련한 오빠의 모습과 가족들이 있던 고향 바다로 들어간다. 그때 본 오빠의 모습은 아직도 생생한데 소라를 캐러 바당으로 들어가 영영 나오지 않는다.

오빠……불러보는 그리운 오빠다.

겨울의 맨해튼, 타임스퀘어의 볼 드롭

해마다 12월 31 밤이면 뉴욕 타임 스퀘어에는 백만 명이 모인다. 초대형 볼이 카운트 다운에 맞춰 떨어지는 "볼 드롭(ball drop)"을 보기 위한 것이다. 크리스털 2,688개가 마치 하늘에서 떨어진 불꽃처럼 화려한 빛을 발산하며 사람들의 환호성과 함께 새해 전야 축하 행사가 밤하늘에 울려 퍼진다. 해피 뉴 이어~~(Happy New Year)를 외치는 새해의 인사와 함께 허그하고 키스를 하며 새해를 맞이한다. 이 행사가 120년째 이어지고 있다는 세계적인 명소인 뉴욕에서 말이다.

맨해튼의 불빛은 더욱 화려하게 빛나 관광객들과 구경 간 많은 인파들이 겨울비가 스산하게 내리는 추위에도 아랑곳하지 않고 한 해 마무리하며 감격적인 순간을 함께한다. 오래전에는 타임스퀘어에서 그 광경을 지켜보곤 했는데 맨해튼에 나가지 못한 사람들은 TV 중계에 모여 앉아 가족들과 함께한다.

모든 사람에게 새해라는 의미는 한 해의 아쉬움과 새롭게 각오하는 희망이 되어 축복을 기다리는 환호성 같다. 어느 연말 파티에 스페인이 모이는 곳에 초대받아 갔는데 그 자리에는 평소 입지 않던 예쁜 옷을 입은 내 모습에 "옷이 날개네. " 하며 놀렸다. 볼 드롭이 있기 전부터 모인 그들은 낙천적인 삶을 지향하는 민족이라 음식을 먹고 즐거운 대화를 나누고 춤을 춘다. 그들은 한 해를 보내며 아쉬움보다 다시 올 한 해를 기쁘게 받아들일 준비가 된 사람들 같다.

나로서는 미진함이 있지만 새해를 맞이하는 벅찬 마음을 그들과 함께했다. 맛있는 전채요리와 와인이든 칵테일이든 즐긴다. 이날만큼은 다른 나라에서 살아가는 타 민족이고 음식과 언어가 달라도 모두 하나가 된다. 모르는 사람들과 함께하며 어디 사느냐부터 묻는 그들은 궁금해서가 아니라 인사 정도지만 식탁에서의 대화로 우리는 급격히 친해졌다. 다시 만날 기약은 없지만 그 자리에서는 다시 만날 사람처럼 사진을 찍고 웃고 떠든다. 마음을 흔드는 춤을 추며 음악과 함께 온몸으로 행복을 말하는 즐거움에 빠져들었다.

사실 뉴욕은 타임스퀘어뿐 아니라 겨울에는 로커펠라 센터 (Rockefeller Center)에서 크리스마스트리를 보기 위해 찾아오는 관광객들도 많다. 그 옆으로 가면 삭스 5TH Ave에서 불빛들을 백화점 가득히 라이팅(LIGHTING)을 지켜보는 이들을 즐겁게 한다. 시야를 화려하게 비추는 불빛을 바라보며 마음

속은 언제나 행복한 기쁨이 온다.

더욱이 라디오 시티 (Radio City)에서 열리는 "크리스마스 캐럴" 공연을 보기 위해 많은 사람들이 뉴욕으로 모이는 곳이기도 하다. 언젠가 고향 가니 어느 부인은 새해 첫날에 맞춰 뉴욕 구경으로 그 공연을 봤다고 자랑했다. 맨해튼의 호텔이 그리 비싸냐? 말하지만 그 얼굴에는 화색이 돌며 기뻐하는 말투였다. 아! 이젠 한국에서도 새해를 맞이하여 전 부치고 고기 산적에 만두 빚어 떡국 차려 먹고 부모님께 세배드리던 전통문화가 사라져 가고 여행으로 외국에서 보내는 새해로 이어지는 것일까?

오래전 본 영화 중에 "러브 어페어(LOVE AFFAIR)는 엠파이어 스테이트 빌딩에서 만나기로 한 남녀의 어긋난 사랑을 그린 영화다. "시애틀에서 잠 못 드는 밤"도 밸런타인 날에 엠파이어 스테이트 빌딩에서 만나는 애니와 월터의 사랑을 그리기도 했다. 맨해튼 배경이 나오는 영화가 어디 한둘이랴만…
맨해튼의 겨울은 그 특유의 아름다운 도시에서의 벅찬 행복으로 기쁨이 많은 계절이 된다. 누구에게나 기억 속에서 간직할 도시, 맨해튼이다. 새해맞이 볼 드럽은 마치 온 세상이 이런 아름다운 날만 있는 축제 같다. 낯선 사람도 하나가 되는 타임스 퀘어의 불빛은 영원히 빛날 것이다.

쌍절곤 휘두르던 브루스

　어린 시절로 돌아가니 저녁노을이 붉은빛으로 번지는 시간, 집집이 밥 짓는 냄새가 솔솔 좁은 동네 골목에 풍겨 나왔다. 여자아이들은 배고픈 줄도 모르고 흙먼지를 일으키며 고무줄놀이했고 남자아이들은 고무줄을 자르기도 하고 사춘기 아이들은 동네 탁구장이나 만화방을 전전긍긍했다. 담 너머로 라디오에서 옛 노래가 흘러나오는 흔한 풍경이 있었던 시절이었다.

　70년대 사춘기 시절 한 번쯤은 불멸의 이소룡의 쌍절곤을 연습 안 해 본 소년은 드물 정도로 "브루스 리"는 아이들에게 우상이 되어 압도적으로 불사조 같은 존재였다. 불쑥 TV에서 튀어나온 이소룡의 기합 소리는 어린 남자아이들의 심장을 뒤흔들었으니 말이다. 약속이나 한 듯 남학생들은 마음

속에 이소룡을 품은 채 골목으로 나갔고 내 작은오
빠도 예외는 아니었다. 나에게는 쌍절곤을 휘두르
며 이소룡을 흉내 냈던 둘째 오빠가 있다. 작은 체
구였지만, 중학교 시절 그는 동네 후배들에게 전설
처럼 회자하던 '의리파'였다. 친구가 괴롭힘을 당
하면 누구보다 먼저 나서서 막아주고, 불의를 보면
참지 못해 주먹이 먼저 나가기도 했다.

　요즘 같으면 문제아 소리를 들었을지도 모르지만,
그 시절엔 그런 오빠가 후배들에게는 우상이 되었
었다. 소문은 학교 담벼락을 넘어 학교마다 소문이
났을 정도로 모르는 아이가 없었다. 빗자루를 반으
로 쪼개고 고무줄로 엮어 만든 쌍절곤은 그 시절
모든 사춘기 소년의 필수 장비였다.

　휘두르는 쌍절곤은 점점 오빠의 손에서 익숙해져
선, 후배들에게도 부러움이 대상이 되었지만, 마당
에서 연습하던 그는 아버지에게 야단맞곤 했었다.
　어머니는 아들이 철로 된 쌍절곤을 휘두르니 다칠
까, 걱정하는데도 오빠는 아랑곳하지 않았다. 옆방
에서 들리는 오빠의 기합 소리는 쌍절곤을 맞아 아
야 '하며 아파하는 목소리와' 얍! 하며 기압을 넣
으며 어깨 뒤로 왔다가 앞으로 오길 반복했다.

　계속 회전하는 나무에 매달린 쇠에 맞을까? 두려
워하면서도 우렁찬 오빠의 목소리가 들리면 재미있
어 웃기도 했다. 나는 그 모습을 몰래 지켜보며 다
칠까, 걱정되면서도 '도대체 저게 뭐가 멋있는 거
지?'하고 학교 친구나 동네 아이들에게 우상이 된
게 참 한심하고 창피하기도 했다. 작은오빠는 '브
루스'란 별명까지 얻어 가며 쌍절곤을 휘두르며

이소룡을 흉내 내던 그 모습이 지금도 눈에 선하
다. 공군사관학교에 가고 싶어 했던 오빠는 맘처럼
되지 않았지만, 아직도 외화를 보며 비행기 나오는
장면을 즐기곤 한다.

오빠는 팝송을 좋아했고 잘 불러 모르는 노래가
없을 정도였고 대학에 가서는 커피숍에서 디제이
재킷을 하며 용돈을 벌었고 여학생들에게 꽤 인기
있었다. 그 덕분에 나 역시 팝송을 많이 알게 되었
다. 시간은 흘러, 오빠는 대학을 졸업하고 군대를
다녀온 후 한국통신에서 몇십 년을 변함없이 묵묵
히 일했다. 그러는 동안 외국 여행을 많이 했고 미
국도 여러 번 다녀갔다. 60살이 되어 은퇴하고도
지금까지 일을 놓지 않는다. "몸이 움직이는 한은
일해야지." 그 말처럼, 지금은 큰 차를 운전할 수
있는 자격증을 갖고 제주를 찾는 관광 여행객 중
중국인들과 소통하려고 중국어를 배우고 영어를 공
부하느라 시간을 허투루 보내지 않는다.

어느 날은 뉴욕서 태권도장을 운영하는 사람들이
제주도 여행을 와서 동생을 만난 것처럼 기뻤다고
문자를 해 줬다. 맡은 일에는 열심히 하는 책임감
강한 오빠의 성품이나 성향을 아는 나로서는 오빠
의 천진난만한 격양된 목소리가 어린아이 같았다.
오빠는 어릴 때처럼 커서도 형을 좋아해 늘 따라다
녔다. 두 살씩 터울인 형제가 기타 치며 노래 부르
던 기억이 아련하다.

아버지가 노래를 잘하셨고 아들이 노래 잘하는 거
야 당연한 일인데 보수적이고 엄하셨던 아버지는
그런 두 아들을 못마땅해하셨다.

유전적으로 음악을 좋아하는 집안이라 가수들의 피아노를 쳐 주는 조카를 서울로 보내놓고 부자가 서로 바쁘니 방문하고 싶어도 못 하며 든든히 뒤에서 자식을 지켜주는 아버지의 자리만 지킨다. 그저 자식이 하고자 하는 일에 응원해 주며 아이가 원하는 방향을 긍정적으로 바라보는 아버지일 뿐이다.

큰오빠가 장가간 아들을 보러 서울로 갈 때 공항에 운전해 준 작은오빠로서는 다음날 형이 돌아가셨다는 소식은 큰 트라우마가 됐을 것이다. 작은오빠는 한참 동안 형의 부재에 말이 없었다.

그 후 일 년이 지난 어느 날, 느닷없이 전화해서 한마디 말로 나를 마음 아프게 했다. "미선아. 형이 보고 싶어"라며 오빠도 오랫동안 나처럼 아파했다. 형을 좋아했던 그는 그 이후 한동안 마음에 큰 구멍이 난 듯 허탈하고 힘들어했다.

두 오빠의 보호와 사랑 속에 자라와서 형제가 있다는 건 늘 큰 위로였다. 작은오빠는 내가 고향에 가면 큰오빠 대신 여자 동생 셋을 데리고 다니길 좋아했다. 고향에 아직도 남아있는 초가집이며 소담하게 낮은 돌담길을 다니고 제주의 맛집을 데리고 다니곤 했다. 노모와 같이 있겠다면 "미국서 고생을 많이 했을 텐데 여기서 편안하게 쉬다 가라"라며 좋은 숙소를 잡아 준다.

어느 날 초등 동창이 모이는 자리에서 동창 중 한 아이가 "중학교 시절 자신을 많이 보호해 주고 의리파였던 형은 나의 우상이었어."라고 말했다. 67세가 된 오빠에게서 "이소룡의 모습은 보이지 않고 이제 이빨 빠진 호랑이 같다"라고 말하는 동창생의 말에서 격세지감을 느꼈다. 진짜 세월이 그만큼 흘러 오빠는 동네에서 흔하게 보이는 구수한 아저씨가 되었다.

동생이 본 오빠는 늘 웃지만, 내성적인 것에 더 가깝다는 생각이 든다. 조용한 그의 성격은 나이를 따라 더 부드러워졌고, 어릴 때처럼 격한 기합 소리는 들리지 않는다.

지금은 안다. 그때의 쌍절곤을 휘두르던 오빠의 영웅 심리가 사춘기 때의 소리 없는 질풍노도의 시기였다는 것을. 그것은 단순한 흉내가 아니라 좁고 답답한 현실 속에서 오빠가 꿈꾸던 자유와 힘, 멋이 담긴 몸짓이었다는 것을. 시간이 흘러 오빠는 이제 중후한 중년이 되었고 그 시절을 따뜻하게 기억한다. 요즘도 가끔 오빠는 웃으며 "어린 시절은 그냥 철없던 이소룡이었지"라고 말한다. 작은오빠가 있다는 것이 참 좋다.

쌍절곤을 휘두르며 의리에 불타던 사춘기 소년은 조용히 삶의 뒤에서 가족을 지키고 자신을 지키는 철이 든 중년의 이소룡이 되어 나와 함께 나이 먹어간다.

내가 가진 아름다움

　봄비가 촉촉이 내리는 만우절이다. 재미있는 글에 한바탕 웃고 나니 사람 웃기는 재주를 가진 사람들 앞에선 늘 웃음이 끊기질 않겠단 생각에 미소가 절로 난다. 비 오는 주말 왠지 초조했던 마음 한구석이 고요해진다. 언젠가부터 비 내리는 바깥 구경에 빠지는 일이 좋아졌다. 목마른 초목을 적시며 새싹이 파릇파릇하게 돋아나며 봄비는 작은 생명을 키워내는 어머니의 젖 같다. 살다 보면 채워지지 않는 일에 마음이 쳐지고 최선을 다한 것이라 믿었던 일들이 미진한 결과로 돌아오면 또한 마음이 차분해진다. 살아가는 건 삶의 과정이 더 아름답게 포장되면서 살아야 하거늘 내가 무엇에도 마음을 다하고 최선을 다했다면 결과 상관없이 나의 아름다움은 거기 머물지 않고 늘 희망에 차며 살아야 하는 것일지 모른다.

사람들의 성향도 다르기에 또 다른 익숙함을 위해 맞춰가며 사람들과의 인연들을 맺는 것, 주어진 일에 최선을 다하며 살아야 하는 일이 아름다운 것이다. 아름다움이란 결국 자기답다는 것이다. 위치에서 본연의 자세로 자기다움으로 살아가는 게 그러하다.

그런 말이 있다.

"누군가 사랑하면서 더 사랑하지 못한다고 애태우지 말라 마음을 다해 사랑한 거기까지가 우리의 한계이고 그것이 우리의 아름다움이라고 누군가를 완전히 용서하지 못한다고 부끄러워하지 말라. 아파하면서 용서를 생각한 거기까지가 우리의 한계이고, 그것이 우리의 아름다움이라고. 세상의 꽃과 잎은 더 아름답게 피지 못한다고 안달하지 않는다. 자기 이름으로 피어난 거기까지가 꽃과 잎의 한계이고 그것이 최상의 아름다움이라고 …" 여러 번 읽고 읽어도 참 좋다.

쇼펜하우어는 그런 글을 썼다." 사랑은 없다"라고. 사랑을 이성의 선택이 아니라 생물학적 충동이나 본능적인 욕구로 생각하고 본 철학적 해석이 강한 말이다.

여자들이 남자를 고를 땐 두꺼비 같고 둥글둥글 성격 좋고 능력 있는 똑똑한 남자를 눈여겨보지만, 남자들이나 시어머니가 될 사람은 여자를 고를 때 머리도 보지만 우선 외모를 본다고 한다. 동가홍상이라고 이왕이면 이쁘면 좋아하는 마음은 본능적으로 끌리는 남자의 심리만 있는 게 아니다. 인간의 심리 같은 것 못생기면 성격도 나쁠 것 같은 생각도 들 것이다. 나 역시 큰아들이 맨해튼에서 일하다 만난 여자 친구라고 소개를 시켜줄 때 눈이며 입이 균형 잡히고 이마가 반듯하고 전체적으로 복이 많아 보여 그냥 마음을 놓았다.

결국 여자의 외모를 고르는 건 아름다운 눈과 높은 이마는 여자의 정신적, 지적 특징으로 자녀에게 유전인자를 물려주기 때문이라고 했는데 공감하는 말이었다. 왜냐하면 자녀의 지능은 어머니한테서 나오기 때문이다. 예외는 있는 것이니 아버지가 모범을 보여주고 엄마가 교육하며 강하게 버텨주면 좋은 아이들이 되고 바르게 성장한다.

그렇게 자란 아이들은 풍족한 마음으로 가정을 이루고 안정된 생활 속에서 살아간다. 생각해 보면 누구나 자기만의 매력이 있을 테지만 자신에게 질문을 던져 본다. 나의 아름다움은 무엇일까? 진술함과 충실하게 책임감을 가지고 드러내고 싶지 않지만 흔들리지 않고 말없이 기다리는 깊이 있는 마음일 것이다. 더욱이 무엇에도 간절하고 절실하게 살아왔으니 난 여전히 충실한 하루를 살아가는 내가 될 것이다.

사람이 그리우면 찾아갈 것이고 도움이 필요하면 도움 주는 일을 할 것이다. 진실이란 건 마음으로 보면 볼 게 많은 인간관계이다. 더욱이 무엇이든 주어진 일에는 열심히 노력할 수 있다는 용기가 있다. 나를 버티게 해 준 잠재적인 본능은 역시 꾸미지 않아도 드러나지 않아도 진실한 마음이 있기에 나는 내 자신을 믿는다. 실망해도 지쳐도 누군가에게 기대하지 않고 묵묵히 살아왔다. 사람에게는 결이 있는데 비슷한 결을 찾아 친구가 되는 일에는 쉽지 않았다. 스스로 매일 반복되는 삶에도 그 결을 지키며 자신의 아름다움을 갖는 일에 많이 노력했다. 사람들에게 상처받고 다치고 힘들어도 굴하지 않고 다시 회복하고 일어서는 외유내강인 내가 있다. 진정한 또 다른 매력들이야 있겠지만 무엇보다 꾸준하고 성실하게 살아가는 사람들에겐 그 어떤 이유로도 실망하지 않는다는 것이다. 솔직하고 단단하고 성실하게 살아가는 내 모습에 스스로 칭찬한다. 그렇게 봄날은 중년의 이야기를 담고 오고 있다. 중년의 아름다움을 이어가고 싶어 하는 우리들의 마음처럼. 벚꽃이 온 천지를 설레는 분홍빛으로 물들여 봄날은 참 아름답게 내 모습이 되어 온다.

겨울나기

동지가 지나 "대한이 소한의 집에 가서 얼어 죽는다" 라는 말이 있을 정도로 지독한 한파가 이어지는 소한이 왔다. 새해가 시작되며 빠르게 시간은 흘러가고 본격적인 겨울이 깊어진 것이다. 사실 오래전 뉴욕의 겨울은 춥고 눈이 많이 왔지만, 몇 년간 눈이 오지 않는다. 뉴욕에 도착했던 어느 해 일월 말, 눈이 많이 쌓였지만 바람이 많던 남쪽 바다가 출렁이던 고향보다 따뜻했던 기억이다.

미국에 와서 쌓인 눈을 본다는 사실로 눈앞에 펼쳐진 하얀 세상 속 풍경에 지나는 사람들은 흑인뿐이었으니 아이러니하고 의아했었다. 그 후 세월이 많이 흘러 가족이라는 울타리가 자리 잡힐 즈음, 집 앞 쌓인 눈 속에 파묻혀 눈사람을 만들고 배추를 소금에 절이던 대야에 아이들을 태우고 썰매를 태웠었다. 연년생 두 아들을 데리고 다니던 그때는 지나간 젊은 시절이 되고 말았다.

동부 먼 버펄로에는 폭설로 이어지니 한국에 있는 가족들은 미국이면 무조건 같은 곳인 줄 알아 염려 섞인 전화가 끊이질 않는데 뉴욕은 눈이 내리지 않아 다행한 일이다. 아니 이대로 쭈욱 겨울을 보낸다고 새봄을 맞이하면 좋겠단 생각이 든다.

점점 낭만보다 현실이라고 해마다 집 앞 눈 치우기가 참 버거운 일 중 하나이니 말이다. 어쩌면 나를 위한 스스로 돕는 자를 돕는 하늘의 배려 같기도 하다.

폴 모리아의 "첫 발자국"을 들으니, 감성에 젖어 아무도 닿지 않은 눈 위에 발자국을 새기며 겨울 특유의 낭만이라면 하늘하늘 내리는 눈송이가 첫눈의 설렘에 빠져있는 기분이라는 것이다. 눈은 낭만의 대명사처럼 설레고 아름다워야지, 떠난 사람을 떠올리는 거, 아다모의 "눈이 내리네" 라는 노래가 애절하고 아프게 들린다. 아직도 겨울은 긴데 눈이 오지 않는 것만으로 겨울이 가고 있다고 생각하니 아쉽지만, 대신 봄날의 화려함을 그리워한다.

이대로도 충분한 겨울나기를 생각하며 마음에선 벌써 봄 준비를 한다. 작년에 씨를 뿌렸지만 나오지 않아 장미며 아말리시스도 함께 작약 꽃씨를 주문했고 수국도 피어나지 않아 꽃이 필 때까지 기다려야 하는지 모른다. 꽃에 대한 기초 지식이 없어 씨만 땅속에 심고 기다리기만 하면 뿌리를 내려 햇살 아래서 물만 주면 예쁜 꽃들이 마구마구 피어나는 아름다운 화단을 상상했었다. 그건 나의 큰 오산이었고 꽃씨를 심은 그것보다 꽃이 많이 피지 않았으니 말이다.

아니면 어떤 꽃들은 모죽처럼 몇 년씩 나올 준비를 하는지 알 수 없는 일이었다. 한 잎 한 잎 여러 갈래 피는 고운 작약의 수줍음과 붉게 피어오른 꽃잎의 부끄러움을 심고 싶은데 말이다. 화려하게 피어날 꽃들을 기대하며 꽃씨를 심어 언 땅을 녹여 보려는 나만의 상상의 나래를 펴고 있는 것이었다.

봄은 고장 난 시계를 다시 돌리듯 새롭게 시작하는 분주한 계절이 될 것이다. 설렘의 꽃을 피우게 꽃씨를 정성껏 심고 겨울 동안 얼어붙은 땅을 뚫고 나오는 연약한 새싹의 강인함을 보며 희망에 차고 싶다. 인고 끝에 활짝 꽃들을 피우니 사랑이든 추억이든 봄날엔 모두 그리움에 물들게 되니 봄날의 기운을 차곡차곡 담아 두고 싶다.

고사리 계절이 다가오고

  동네를 걸으며 봄을 만난다. 바닥에 도토리 껍질들이 지난겨울의 잔해가 되어 땅바닥에 흩어져 가득하다. 긴 겨울, 땅속에서 잠자던 생명들이 하나둘씩 기지개를 켜며 봄을 찾아오니 마른 나뭇가지에 봉우리들이 나오기 시작하며 봄기운이 완연하다. 목련부터 개나리 수선화 벚꽃 보라색 낮은 꽃봉오리까지.

  한국 같으면 쑥이나 냉이 달래 등 봄철에 입맛을 돋우는 나물들이 나올 때다. 봄나물들이 땅을 뚫고 나오며 미국은 겨울이 길어 4, 5월까지 추위가 이어지지만, 한국의 봄은 삼월이면 스멀스멀 땅속에서 나온 온갖 얼었던 생명들이 해동하듯 잔치가 시작된다. 아이 손을 꾹 쥔 듯한 고사리의 통통한 살오르는 삼월, 온 만상이 깊은 동면에서 깨어나 봄을 만천하 만상에 알리는 고사리는 지구상에 가장 오랜 식물이라 봄을 알리기 전에 가장 먼저 나온다고 한다. 어쩌면 쑥이나 씀바귀 냉이 달래 등 봄나물보다 먼저 볼 수 있는 나물이 아닌가 싶다.

고향 살 땐 그리 귀한 줄 몰랐던 고사리를 제주 방문할 때마다 어렵게 구했다고 동생이 가벼우니 가져가라고 마른 고사리를 주는데 미국 사는 사람들에겐 한국 땅에서 난 신토불이 하기 어려운 현실에서 고사리는 귀한 재료가 되어 가져 오곤 했다. 조금만 삶아도 많아진 마술을 부리는 고사리를 두어 번 삶아 물에 담그기를 반복하며 마늘 넣고 볶아 국간장을 넣고 양념을 해 먹는다. 육개장을 만들어 먹기도 하고 불린 녹두와 돼지고기를 갈아 숙주나물과 고사리를 넣고 빈대떡을 만들어 먹으면 그 별미가 또한 일품이다.

고사리 이야기가 나오니 오래전 국어책에서 본 백이숙제가 은나라가 망하자, 주나라 곡식은 안 먹는다고 수양산에 들어가 고사리로 연명하다 죽은 그들에게 고사리도 주나라 땅에서 나는 것이 아닌가? 하던 성산문의 이야기가 생각난다. 아직도 그 이야기를 떠올리면 영양학적으로 큰 도움이 될까 싶지만 늘 어머니는 "무엇이든 과하게 안 먹는 게 보약이란다"라고 말하셨다.

아련한 시간이다. 미국 살아온 지 36년이 된 내겐 그 많은 기억이 생생한데 떠오르는데 세월은 무심하게 흘러갔다. 봄을 알리며 나오는 고사리 계절이면 늘 어머니와 오빠가 떠오른다. 어머니는 소일거리로 고사리를 캐러 새벽부터 나갈 채비를 하시며 당신이 먹을 도시락을 챙기시던 젊은 어머니를 생각한다. 오후가 되어 돌아오신 어머니는 몸은 지쳐 있지만 고사리를 잔뜩 캐시고 오신 얼굴에는 생기가 돌곤 하셨다.

운동 삼아 다니신다고 했지만 그땐 그리 험한 곳이 아니라는 생각에 쉬운 줄 알았다. 미국서 산을 타보니 얼마나 험하고 깊은 산을 가야 고사리를 캘수 있었나 하는 생각을 이제야 한다. 나도 아이 낳고 키운 그 어머니 나이가 되고 보니 깨닫게 되는 일 중 하나다. 어머니는 생활력이 강하셨고 한시도 손을 놓으려 하지 않으시니 그런 어머니를 닮아서인지 나도 그런 듯하다. 요즘 말로 젊은 나이에 은퇴하셨으니 지금 내 모습에 비추어 볼 때 움직임이 없으니 답답하셨던 것이다. 군대를 금방 제대한 큰오빠는 여러 번 삶고 말리고 가벼워진 고사리를 자루에 차곡차곡 쌓아두는 일을 돕기도 했다.

고사리를 먹어 본 기억은 어머니가 해 주신 육개장과 할아버지 제사상에 올렸던 기억이 난다. 육개장을 끓일 때 등장하곤 했던 고사리 맛을 어린 나이에 어찌 알았을까만 고향 땅에서 난 고사리 맛이 그립다.

비가 자주 내리며 언 땅을 녹이는 봄날이다. 계절마다 떠오르는 그리움은 역시 고향에서 살던 기억들이 많다. 어느 땅에서 나든 봄날 고개 내민 고사리 계절을 생각하니 녹두빈대떡을 만들려고 고사리를 삶고 물에 담그며 아이들도 독립된 요즘, 그걸 만들어도 누가 먹을까만.

자꾸 떠오르는 그때 그 순간들을 생각하며 아련한
젊은 어머니의 모습, 큰오빠의 푸릇푸릇 한 모습이
새록새록 떠오른다. 고향 생각은 역시 그리움이다.
다시 볼 수 없는 사람 그리움은 고사리 계절이 다
가오니 더욱 아련하게 사무친다.

새들과의 하루

산자락에서 흐르는 물살이 봄기운을 몰고 와 겨우
내 동면하던 모든 것을 깨운다. 우리 집 뒤뜰에는
봄나들이 나온 생명들이 스멀스멀 땅속에서 하나둘
씩 마술을 부리듯 나온다. 낮게 핀 노란 민들레와
잡초들이 블록 사이사이에 살아보겠노라고 삐쭉삐
쭉 고개를 내밀어 들여다보고 있으면 어찌나 예쁜
지 언 땅에서 나와 생명을 피우는 작은 식물들이
신비롭다. 보는 것으로도 좋아 놔두고 싶은데 작은
식물이 미관을 해친다며 잡초제를 사다 뿌리는 사
람이 야속했었던 날 기억에. 열흘 이상 파릇하게
노란 옷을 입고 고운 자태로 살아주지도 않을 생명
일 텐데 말이다.

봄이면 나오자마자 사람들에게 짓밟히고 꺾이고
한철 나왔다 사라질 텐데 함께 살아오면서도 다른

정서에 야속한 마음은 오래갔었다. 습관과 생각이 다른 사람과의 한 지붕 다른 마음은 힘들 수밖에 없었다. 더욱이 매일 아침이면 날아드는 맑고 청아한 새들 노랫소리를 싫어했으니 공감할 만한 걸 찾지 못했던 순간들도 많았다. 마음을 바꾸면 좋아 보이는 일이고 내 집에 날아오는 새들이 고맙기만 한데 그런 자연의 즐거움을 모르니 나로서는 야속한 일이었다.

가냘픈 새들이 가지를 물고 와 나르기 반복하며 몇백 번을 왔다 갔다 하는데 언제 보금자리를 지을 건지 바라보는 내 마음을 초조하게 했던 순간이었다. 처마 밑에 집을 짓기 위해 가지를 물고 오는 새의 연약함 속에 끈질긴 강인함도 보였다. 자연 속 작은 생명들을 통해 강하게 살아가야 하는 방식을 내 나름으로 터득하고 있었다.

새벽마다 나를 깨우듯 노래하는 새들을 위해 물을 한쪽에 두기도 하고 빵을 놓아두고 나름의 위로와 감동을 찾는 나로서는 당연한 일 중 하나였다. 뒤뜰을 찾아오는 다람쥐, 토끼, 새들이 즐거움인데 토끼들에겐 당근도 몇 개씩 두곤 했다. 집 주변은 클로버가 잡초들 사이사이에 자라 토끼에게는 가장 좋은 곳이 되기도 했다. 가끔 옆집에서 키우는 불청객 같은 고양이가 뒤뜰에 몰래 와서 놀라게 하는 그것 외엔 비교적 평화로운 곳이다.

뉴저지에 사는 사람들은 지역마다 다르고 숲이 많아 뒤뜰에 사슴들이 자주 온다고 한다. 버지니아에 사는 지인은 뒷마당에 사슴이 온다고 아침이면 커피를 마시며 뒤뜰을 바라보며 즐길 만큼 자연 속에 파묻혀 전원생활을 말하곤 했다. 롱아일랜드, 바다와 가까이 있는 "로버트 모세"라는 곳은 사슴들이 많이 나타난다. 동네 거주민들이 많이 찾는 조그만 골프 코스가 있어 재미있는 풍경을 보게 된다. 그리 잘하지 않는 골프인데 잘하고 이기는 것보다 가족들이 함께 와서 운동 삼아 즐기는 듯한 느낌을 받아 감동도 오는 조그만 골프장이다.

　나 역시 가족 골프장 같은 작은 곳을 찾아 사람들이 없는 곳을 다니곤 했었다. 이런 한가로움이나 여유도 마음에 따라 즐기며 자연 속에서 동물과 가까이 살아가는 건 미국에서는 더 쉽게 볼 수 있는 풍경이 아니던가! 몇 년이 흘러도 여전히 뒤뜰에 날아오는 새 중 깃털이 빨갛고 노랗고 파란 새들과 난 점점 소통하기 시작했다. 그저 보면서 기뻐하고 반기는 그 마음을 새들에게 전하면 그들도 내게 노래로 답한다. 어찌나 노랫소리도 청아한지 듣고 있노라면 인도하듯 유유자적한 시간이 나를 명상 속에 빠지게 한다.

　시바타 도요 할머니는 고독하게 살아가며 창문을 두드리는 햇살과 바람이 친구가 되어서 어차피 혼자라는 걸 받아들이며 92세부터 시를 썼다. 살다 보니 사는 건 외로움이 늘 있겠지만 받아들이며 승화할 수 있는 내공을 쌓아가야 한다. 늘 자연과 대화하는 나도 새와 하늘과 햇살과 바람이 친구가 되어 언젠가부터 시인이 되어간다. 늘 바쁜 내게 바쁠수록 돌아가라는 망중한을 가르치듯 하늘을 나는 새와 함께한다. 나를 지켜주듯 형형색색 아름다운 옷을 입은 새들의 출몰은 참 기쁘면서도 의아한 일이 되었다.

어느 해 한국을 다녀온 늦은 밤, 막내 아이가 사다 둔 잡곡이 있어 "밥해 먹으라고 사다. 뒀구나"생각하며 잡곡인 줄 알고 밥을 했다. 밥통에서 익은 걸 꺼내 먹으니 이상하게 딱딱하고 씹기에도 불편했다. 다음날 막내의 문자는 나를 경악게 했다. "엄마! 새 밥을 사다 뒀으니, 새들에게 주세요" 하는 글이었다.

순간 어찌 포장지도 보지 않고 잡곡인 줄 알았을까? 겨도 있었고 조 같은 것도 있었는데 새 모이를 모르고 먹다니 상상할 수 없는 일이었다. 뒤뜰에 날아오는 새들을 즐기는 엄마에게 사다 준 새 밥을 처음 본 나로서는 그게 새 밥인지 몰랐다. 아직도 새들을 보면 새 밥인 줄 모르고 밥통에 넣고 익힌 그날의 기억이 떠올라 미소 짓는다. 그렇게라도 밥을 함께 나눠 먹을 수 있으면 얼마나 좋을까? 하며.

그 후, 뒤뜰에 날아오는 새들을 위해 물과 함께 뒀더니 순식간에 어디서 날아왔는지 많은 새가 찾아오는 것을 보고 놀랐고 참 신기롭기만 했다. 바쁘게 살아도 혼자 있어야 하는 시간이 많다 보니 강아지는 엄마에게 즐거움을 줄 거라고 애완동물을 기르라던 아이들의 성화가 있었다. 나무 사이사이를 날아다니며 노래하는 새들을 보며 즐거워하는 엄마를 보며 더 이상 강아지를 키우라는 말을 하지 않는다. 대신 가끔 새 밥을 사 오곤 한다. 자유스럽게 창공을 날아다니는 새들의 날갯짓을 보며 오늘도 여느 때처럼 새들이 맑고 고운 목소리로 노래하며 아침을 깨우는 평화로운 하루가 시작된다.

풀뿌리를 씹으며 명상하기

　가끔 오래전에 갖고 있던 물건이나 책을 들여다보면 마치 20대로 돌아간 느낌이 든다. 태평양을 건너올 때 가져온 건 어머니가 사주신 철학 전집과 대학에서 음악을 가르치는 남동생이 준 클래식 카세트테이프 전집과 요리책 한 권이 전부였다. 그땐 내겐 가장 소중한 재산이었다. 36년 넘게 간직하고 있고 열악했던 초창기에는 태교 음악으로 듣게 되었고 세 아기가 태어나도 몇 년씩 들려주곤 했었다. 클래식 테이프가 지금은 컴퓨터의 보편화로 아침이면 쉽게 들을 수 있을 만큼 그 필요성은 사라졌지만 늘 좋아하는 고전 음악에 심취하는 습관과 기호는 나이가 들어도 여전하다.

오랫동안 책꽂이에 얌전히 있던 철학 책 중 홍자성의 채근담을 펼쳐 본 건 몇십 년 만이다. 주어진 삶에 집중하고 집착하며 살 수밖에 없는 현실 속에서 가끔 생각났던 책 중 하나라 중년이 되어 제대로 읽어보기로 했다. 학창 시절에 읽었던 책을 기억하는 건 쌓인 연륜과 인생살이를 겪어 비로소 이해하는 게 많아 그렇다. 지금부터 380년 전쯤 쓴 책 속에는 분명 진리가 있다. 부귀영화를 탐내지 않고 쓴 풀뿌리라도 달게 씹을 수 있는 겸손과 인내가 있다면 이루지 못할 일이 없다는 삶의 지혜를 가르친다.

풀뿌리를 씹는 마음으로 충고에 감사하고 긍정적인 밝은 마음으로 살아야 함을 강조한다, 남의 흠은 보이지만 내 흠은 안 보이는 게 사람의 마음이다. 속아도 모른척하며 그 상황을 모면할 수 있는 지혜는 좋은 글을 내면에 쌓아두며 명상하고 반성하는 자세일 때 더 확실해진다.

잠시라도 따뜻한 여백으로 마음 한구석을 채우며 바삐 살아온 시간을 돌아보게 된다. 40년 전쯤 읽었던 책에 빠지니 그때 이해하지 못했던 젊은 열정이 피어오르고 좋은 글에 고개가 끄덕여진다. 인생을 잘 살든 아니든 우리에게 주어진 건 젊어서는 충실하게 학문을 익혀야 하고 나이가 들어서는 자연을 벗 삼아 욕심 없이 사는 즐거움을 익혀야 한다는 것이다.

채소의 뿌리 깊은 이야기 속 가르침으로 세상 살아가는 일을 알아가며 깨우치고 배운다. "항상 쓴 나물을 씹을 수 있다면 세상 모든 일을 이룰 수 있다"라고 말한 왕 신민의 글에는 마음 깊이 새길만한 채근의 이야기가 숨겨져 있다. 자연을 벗하며 살아갈 때 진정한 철학이 나오고 삶의 의미가 있을 수 있다는 말이다.

마음을 후벼 파는 이야기들이 마음을 적실 때 습관처럼 생겼을지 모를 물욕을 버리고 명상 속에서 선해지고 싶어진다. 귀에 좋은 말 눈에 좋은 것, 입에 단것만 찾는 세상살이에 감탄고토하며 살아가는 사람들에게 귀감이 되는 말이다. 누구나 현실에 집착하지 않고 유유자적한 삶을 살고 싶다고 말한다.

평범한 일상에서 깨닫지 못하는 삶을 채근하고 명상하며 자연과 친화력을 가지고 망중한을 갖는 지혜로운 이야기다. 필수로 살아오던 삶은 선택의 여지 없이 여유로움을 기대할 수 없이 바쁘게 살아왔지만 그럴수록 삶의 느슨함이 필요했다. 바쁜 시간에서 못할 것 같은 일도 시작하면 이루어진다더니 텃밭 가꾸기도 망설임에서 시작한 것이었다.

미국에서도 유기농을 생활화하며 자연을 벗 삼는 사람들은 겨울이 긴 뉴욕에서 꽃샘추위가 가시면 모종 파는 곳을 찾아 봄 마중하느라 제법 할 일이 많다. 생명이 꿈틀거리던 봄날은 땅을 갈아 모종을 심을 때 진정 삶이 풍요로워진다.

수확을 얻을 때 "고섹의 가보트"를 듣는 즐거움은 마치 생명을 잉태한 기쁨같이 바이올린의 선율을 따라 행복한 세로토닌이 나오는 것 같다. 싱그러운 푸르른 여름날 뜨거운 태양 아래에서 가지와 오이가 기다란 몸을 지탱하기 힘들다고 아우성치고 토마토는 주렁주렁 열리고 조그맣게 자란 고추는 건강 음식으로 눈앞에서 작은 기쁨을 준다.

남녀노소를 막론하고 웰빙을 위해 아침이면 야채와 과일을 먼저 먹으며 하루를 시작한다. 레몬을 따뜻하게 물에 짜서 마시고 양배추와 사과와 삶은 감자와 달걀이 나의 조반이 된다. 밥이 주식이 되고 국과 김치가 있어야 먹던 우리가 언제부터 그런 식습관을 가졌으랴만 이런 세상에서 살아가기에 순수한 먹거리들을 잘근잘근 씹으며 명상하는 하루 시작도 소중한 내 것이 되었다. 난 이미 채근하며 명상하는 아침의 소확행을 잘 느끼는 듯하다.

야채를 씹을 때마다 채근담을 생각한다. "젊어서는 화려함을 사모했으나 나이 들어서는 참선의 적막함에 깃들여 살았다"라고 홍자성은 말한다. 우리의 일상은 마음을 고요하게 하고 명상하는 참선이 생활화돼야 한다. 나이 들어갈수록 자신을 낮추고 초연해지는 마음가짐은 명상을 자기 것으로 만드는 자세다. 바쁜 일상에도 나름의 자연을 접하고 싶은 마음의 여유에 감사한다. 더욱이 명상하며 자연과 소통하고 조그만 먹거리들을 주는 행복감에 기쁨이 온다. 눈과 입과 귀가 바른 것을 보고 말하며 듣고 기뻐하며 자연을 즐길 수 있는 빛나는 나의 하루가 시작이다.

히아신스 꽃피우는 작가

　히아신스가 곱게 꽃 가게를 가득히 메우니 어느새
봄이 왔네. 언젠가 다큐멘터리로 보았던 자연 속에
동화되며 동물들을 좋아하고 꽃을 가꾸던 타샤 튜
더의 정원이 떠올랐다. 그녀의 아버지는 항공 설계
자였고 화가인 어머니의 재능을 이어받아 그림도
글에도 재능이 있었고 골통품을 수집했다. 메사추
세스 보스턴에서 태어나 부모님의 영향으로 미국의
유명한 대부호 마크 트웨인이나 아인슈타인 등 깊
은 교류를 하는 유복한 사교계에서 자라왔다. 그러
나 부유한 모습을 찾아볼 수가 없이 타샤의 부모님
이 걱정할 정도로 그녀는 자연과 친하고 흙을 좋아
했다. 그런 이유로 부모를 떠나 엄마의 친구와 시
골에서 꽃도 가꾸고 동물을 사랑하며 온전히 자연
속에서 살아왔다.

"지금 있는 곳에서 행복하지 않으면 떠나라 "라고 말한 그녀의 철학을 새길수록 공감한다. 누구나 쉽게 떠나지 못하는 건 현실의 삶을 거부하거나 부정할 수 없어서일 거다. 그러나 그녀는 모든 걸 떠나고 자기만의 독립적인 삶을 자연과 함께 살았다. 인간은 자기가 원하는 일을 하며 자연 속에서 살다가 자연으로 돌아간다면 죽음은 무가 아니라 삶의 연장이라고 할 수 있을 것이다. 낳고 살고 병들고 죽는 인간의 인생 회로는 마지막엔 자연으로 돌아가는 게 맞기 때문이다.

18세기의 영국식 삶의 철학과 마인드가 클래식한 그녀의 내면세계에 반할 정도다. 마음이 넉넉함은 어린 시절을 동화 속처럼 자연에서 아름답게 자라 그런 듯하다. 동화 작가로 이름이 알려졌고 영화가 나오고 더 유명한 정원은 우리들이 늘 바라던 로망이 될 수밖에 없다.

자연과 친하지 못한 도시의 생활을 꿈꾸는 남편과 사회적으로 사람들과 친하지 못한 자연 속에서 살고 싶은 그녀는 이혼하고 네 명의 자녀를 홀로 키워냈다. 서로 생각과 취미와 감성이 비슷하고 삶의 방향이 같은 부부라면 오랫동안 해로한다. 자기만의 세계에서 살아가는 작가들은 타고난 재능인지 강한 자아 때문에 그들을 고독 속에서 자신을 찾는 시간에 집중하고 좋아하는 일의 시간을 보낸다.

그녀는 동화 작가로 돈을 벌어 버몬트에 30만 평의 땅을 사서 화원을 만들었다. 자연 속에서 살고 싶어 돈보다 자연을 선택한 그녀의 마음이 참 아름답다. 아름답다는 건 나답다는 것이니 진정 자기를 찾는 일에 삶을 던진 그녀처럼 나도 자연 속에서 글을 쓰고 꽃을 가꾸며 살고 싶다. 비밀의 화원 같은 조그만 공간을 만들어 자연 속에서 살며 로망과 사랑을 심어 고운 꽃을 피우며 가슴에 묻어두고 사회적 동물이라고는 하나 굳이 사람들 속에서 살지 않아도 자기만의 삶을 만들며 살 수 있을 거라고 욕심부리지 않으며 고요하게 살고 싶다, 자연을 벗 삼아 소통하며 즐거워하고 글로 감동과 아름다움을 담아보는 일이 간절하다.

보이는 삶이 아니라 자기가 좋아하고 만족할 수 있는 삶을 자연 속에서 좋은 글을 쓰고 싶지만 만날 수 없고 구하지 않으면 얻을 수 없는 것이 인생이다. 하나의 꿈을 간직하듯 자연을 벗 삼아 아름다운 것에 물들며 고요히 살아가야 하는 시간이 간절하다.

오래전 인물들을 돌아보며 존중하는 시간, 그녀의 이름을 기억하며 아름답게 살다 간 삶에 고개를 숙인다.

히아신스의 아름다운 색깔과 향기를 좋아해서 매년 가을 오솔길을 따라 여러 가지 색깔의 구근을 구했다는 글을 읽으며 오랫동안 그녀의 삶과 정원과 글 그림엽서에 빠져있던 날이다. 언젠가 이곳을 찾아가고 싶을 만큼 간절해지니 말이다. 그녀의 삶을 읽으며 나도 히아신스 꽃씨를 구해 심고 싶은 아름다운 봄날이다. 자연 속에 물들어 글 쓰고 고요히 책 읽으며 살고 싶은 소망으로 말이다.

남은 나날은 무엇을 해야 하나?

봄이 올 때까지 긴 겨울나기를 하며 눈 속에서 피어난 동백꽃처럼 내면의 아름다움과 자유를 갖기 위해 고된 인내도 필요한 삶이다. 긴 시간이 흐르는 동안 일에 파묻혀 살다 보니 그만두고 싶다는 생각을 해 본다. 그 후엔 무엇을 하며 살아야 할까 하는 생각에 빠지게 한다.

가즈오 이시구로의 "남아있는 나날들"을 읽으며 살아온 날을 돌아보니 남은 날에도 큰 의미를 갖게 된다. 자기가 해 오던 일을 놓지 못하고 계속해야 한다는 강박관념은 현대를 살아가는 우리들에게 많은 생각을 하게 한다. 진정 잘하는 게 없는 나로서는 좋아하는 일을 하며 고요하게 나만의 정적인 일을 만들어 간다.

글을 쓰는 의미가 무엇일까? 작가가 아니고 글로 먹고사는 사람이 아닌 나에겐 직업이 있는데 필수적인 일에 살아남기 위해 뛰어다니지만 내 안엔 무언가 꿈틀거리는 나만의 자유를 일상에서 찾는다.

그 자유가 고통을 이겨내는 일이라 생각하며 나와의 진정한 대화에서 남은 날을 찾는다. 생존하는 일 뒤에 주어진 오롯한 시간은 나만의 자유를 갈구하게 되어 원하고 기뻐하며 좋아하는 시간에 집중하면 현실적인 부담감과 피로감은 사라진다.

브루클린에 살던 신혼 시절엔 나의 공간이 없을 만큼 부엌 식탁에 앉아 일기를 쓰곤 했다. 그때는 일기래야 미국 금방 와서 느낀 점과 연년생 두 아이가 하루하루 달라지는 모습을 적은 육아 일기였을 것이다.

조그맣고 약한 손과 발을 가지고 태어난 아기들은 어느새 청년으로 자라 결혼하고 독립했다. 36년이 지나도 정작 달라진 것 없는 나의 생활을 돌아보는 이 순간이 나를 찾는 시간이었다. 의식의 흐름으로 들어가니 낙후했고 열악했던 삶의 배경과 환경, 진정 힘들었던 일상이 있다. 정신적인 힘듦과 익숙하지 않은 미국 생활에 다신 돌아가고 싶지 않지만 기억 속에 머물면 아련한 기분도 든다.

지금은 조용히 소박한 일상의 단어들로 평범한 하루를 살아내는 것만이 내겐 소중한 일이 되었다. 뛰며 앞만 보고 살아온 동분서주한 시간을 뒤로한 온전히 나의 일에 집중해 본다.

시간이 흘러 바쁜 와중에도 좋아하는 책을 읽고 음악을 듣고 글을 쓰는 내 감성에 칭찬한다. 청춘의 나이에 삶을 돌아보며 고요한 시간 속에서 혼자의 시간을 사색과 명상으로 남은 삶을 풍족하게 해야 한다. 무엇보다 좋아하는 일을 찾았으니 글쓰기에 매듭을 꼬아 만들듯 하나둘씩 풀어내고 싶다.

완성이 될 때까지 자꾸자꾸 고치고 깨닫고 수련하며 배우고 내 것으로 만들고 싶다. 혼자의 시간을 철저하게 잘 지켜야 내가 하고자 하는 순간을 만들 수 있다.글 쓴다는 건 쉬운 건 아니지만 좋은 글을 쓰면 더 좋겠지만 어렵다고 포기할 것도 아니다.

글을 쓰고 책을 읽는 일이 망중한 중 반드시 해야 하는 일이 돼버렸으니 무엇인가 집중할 수 있다는 건 감성도 의지도 희망도 살아 있다는 것이다. 나이 들수록 글을 쓰는 일을 즐기며 사랑한다는 건 큰 기쁨이고 좋은 습관이 되었다.

붓 가는 대로 쓴다는 수필, 누에의 입에서 나오는 액이 고치를 만들 듯이 수필은 써지는 것이라던 피천득 님의 글처럼 술술 이야기하듯 글이 나오면 좋은 수필이지만 쉽지는 않다. 글은 인고의 시간과 재능도 있고 영혼이 맑아야 영감도 떠오른다는 사실을 알아간다. 남아있는 날을 무엇을 하며 살아야 하고 무엇을 할지 알았다. 30번의 글을 응모해도 떨어진 여자의 말, "꼭 뭐가 되어야만 하는 건 아니라"던 말이 귓전에 맴돈다,

꼭 뭐가 되어 글을 쓰는 것보다 글을 쓰기 때문에 마음과 정신이 풍족해진 내가 되고 싶다.

명상을 통해 내면에 잠재된 강한 내공으로도 남은 날은 무엇을 할 것인지 생각해 본다. 자기의 재능을 잘 다듬고 글을 써보라 조언해 주시던 어느 작가님의 말에 힘을 내면서.

사는 것은 여러 길이 없다. 그냥 앞만 바라보며 좋아하는 일을 하는 것, 그게 나에게 주어진 인생살이의 4막이 시작이다. 그렇게 나의 하루를 마쳤다. 남은 날은 무엇을 할 것인지 생각하다가… 웃음으로 답한다. 이런 마인드로 하루하루를 열심히 살아가는 나에게 반한 날이라고…

페르 세 (per se)

　오래전 눈이 많이 쌓인 어느 겨울, 지인에게서 파인 다이닝 레스토랑에 초대받았다. 이런 곳에 갈 기회도 없었지만, 더욱 맨해튼에 간다는 건 내겐 큰 산을 넘어야 하는 고난도의 일이기도 했다. 어찌 갈 것인지 지하철도 타본 적 없는 뉴욕 삶에서 사실 어딘지도 모르고 힘든 생각에 빠졌다.

　결국 갈 수 없다고 문자를 보내니 취소하면 상상이 가지 않은 페널티를 낸다고 가자고 했다. 굳이 페널티 때문만은 아니었지만 아니 사실 가고 싶었지만, 사방이 눈 쌓인 교통편을 어찌해야 할지 망설여지는 마음이 여전히 컸다. 지금 생각하면 센트럴 파크 주변 콜롬비아 서클에 있는 곳이었는데 그때는 전혀 알 수 없었다.

옷을 갖춰 입고 택시를 타고 도시로 나가는 기분
이야 설렘 이전에 두려움이 컸으니 말이다. 그 시
절만 해도 앞만 보며 살아도 힘든 일에 한눈을 파
는 일은 쉽지 않았고 일터와 집을 벗어나 누굴 만
난다거나 좋은 식당에서 밥을 먹는 건 상상이 가지
않은 일이었다.

생각해 보니 늘 같은 반복되는 뉴욕의 일상에서
벗어나 일생에 한 번쯤은 새로운 환경과 시간에 접
하는 일도 삶을 기쁘고 벅차게 하는 일이었다. 더
욱이 새로운 음식과 분위기에 들어가는 건 특별한
경험이었다. 이름부터 근사한 그곳은 분위기가 좋
았고 사람을 만난다는 일에 벅찬 순간이기도 했다.
전채요리부터 매인 음식 디저트까지 18코스로 나오
는 최고급식당은 미국 식당마다 비슷하지만, 그런
그곳에 초대받기는 쉽지! 않은 일이었다.

한국은 한정식이라 해서 많은 음식이 한꺼번에 나
오는데 파인 다이닝은 고급스러운 접시에 산해진미
를 맛볼 수 있도록 조금씩 계속 나왔다. 특이한 것
뿐 아니라 쉽게 접하지 못하는 귀한 음식 하나하나
음미하도록 느리게 나오니 좋은 대화로 즐길 만도
했다. 미국 식탁은 어디든 고급 음식이 아닐지라도
언제나 그 자체의 분위기가 풍요롭고 여유롭다. 특
히 여기는 안 먹어 본 고급스럽고 귀한 음식이 많
이 나왔다.

그러나 서로 어색하고 두 사람은 수줍음이 더 컸
는지 그 분위기만 즐겼다. 밥상머리에 앉아 부모님
의 훈육만 받아 온 우리로서는 할 이야기가 그리
많지 않았고 소리내거나 말하며 먹는 건 식탁 예절

에 벗어난 것이라 교육받은 우리 세대라 서로 조심
스러운 것 같았다. 더욱이 나도 상대도 리더를 할
줄 모르니 대화를 먼저 꺼내는 일도 어려웠다. 그
냥 이 식당에 꼭 한번 같이 오고 싶었다는 말에 그
마음을 읽었던 순간이었다.

　사람을 대접함에 진실한 말에 고마웠던 날이었다.
식당에서 나오자, 눈이 송이송이 내려 하늘을 바라
보았던 푸근한 밤이었다. 서로 말이 없어도 생각하
지 않아도 그 자체의 시간을 소중하게 생각했다.
아!! '페르 세'라는 식당의 이름이 라틴어로 '그
자체'라는 뜻이구나! 음식이 맛있고 고급스럽고,
분위기가 나를 그 온기로 감싸안았고 사람과의 만
남에서 그 순간이나 그 시간에 머물렀던 자체가 아
름답게 기억되는 일이었다.

　누구를 좋아하고 기억하는 일은 무언가 바라는 게
아니라 그 자체로 좋은 만남이 되어야 한다고 생각
하면 지금노 눈이 내리는 날이면 그때의 순간이 생
각이 난다.

제6부. 영혼에 올린 삶의 샘

자유와 권태

　롱 아일랜드에 위치한 포트 워싱턴에 물가는 햇빛
이 넘실대는 윤슬을 바라보는 게 좋아 가끔 찾는
곳이다. 큰 아이가 샌디에이고로 이사 가며 엄마가
곁에서 살기를 간절히 원했다. 이 주일 있었던 휴
양지에는 탁 트인 바다가 왠지 공허함과 고독으로
다가왔고 계속되는 단조로움은 권태를 오게 했다.

　순간 오래전 읽었던 벽촌의 여름날 권태로움에 대

한 "이상"의 글이 떠올랐다. 시골에서 보는 초록색 풀과 푸르른 바다와 하늘이 아름다우리만치 간절한 자연 속 소박한 것들도 매일 보면 권태를 느낄 수 있을 거다. 개들조차 짖지 않고 대화조차 통하지 않는 단절의 불편함과 도시의 삶을 모르니 주어진 환경만이 전부인 줄 알고 땡볕에서도 잘 노는 아이들의 모습에서 편안함보다 지루했다. 나 역시 마음을 비우고자 간절히 바라던 휴양지임에도 불구하고 단조로움이 왔다. 둘째 아이가 "엄마"라는 직업에서 은퇴하라던 말이 떠올랐다. 오롯이 자식만 보며 살아왔는데 여전히 그들에게 매달리듯 살아가는 건 아닌듯했고 해방감 혹은 자유스러움으로 자신과의 약속을 지키며 홀로서기를 해야 했다.

휴양지라 해도 36년 살아온 뉴욕만큼 편안하게 느껴지는 곳은 아니기에 몇 개월 고심하다가 그냥 뉴욕 산다고 선언했다. 공자가 말한 세상일에 의혹이 없고 흔들림 없던 불혹의 나이도 지났고 하늘의 명을 깨달아 나갈 길을 알게 되었다는 지천명의 나이에도 버겁다는 생각만 하고 살았다.

육십이 넘어 삶이 권태로워지기 시작할 때 작은 소리에 귀 기울이는 순한 귀로 자연을 벗 삼아 대화하며 정서적으로 안정을 찾으며 살고 싶다. 내일의 희망과 변화를 원하지만, 반복되는 일상을 살아가는 우리에게 크게 기대할 것 없는 삶의 무게가 오기도 한다. 시골의 소박함에서 위로를 받고 큰 환상의 나래를 펴고 가는 힐링의 장소가 권태로움이 오는 그것도 방랑객이 안고 가야 할 몫이다.

늘 고요해지고 싶은 명상과 자기 성찰은 조용한

환경에서 만들어지는 게 아니고 망중한을 갖는 잠간의 여유에서 더 많은 성찰이 얻어지는 것이다. 뒤뜰에 찾아오는 새들과 웃어주는 꽃들에 귀여움에 젖어 무료하고 진부한 권태에서 벗어나면 말이다. 뉴욕 생활은 바쁘게 살아온 시간에 익숙하지만 단조로우면서 지치고 고독이 길다. 특히 사람들의 의식과 말투, 생각, 행동, 영혼 없는 편협한 사고방식, 불협화음에서 오는 지루함은 소통하기 힘든 권태로 오기도 한다. 사람 관계에서도 적당한 거리의 신비감이 없고 감정상의 소통이 없이 살아온 세월의 무게에 익숙한 것이다.

끊임없이 노력해야 하는 인간관계에서 변함은 없어도 변화는 있어야 한다. 인기를 얻는 연예인들에게 관심 두고 미모 지상주의가 우리를 단조로움에서 벗어나게 하는 일일까? 심심하면 못 견디는 사람들의 습성이 남의 이야기로 가십거리를 만들어도 귀 막고 모든 걸 긍정적으로만 보는 쉬운 마음이 더 편한 것일까?

사람 관계에도 소통이 되고 상대의 마음을 읽을 줄 알고 소중함을 간직하는 사람에겐 진심을 보여주며 살아야 한다. 불편한 진실에서 진정한 자유가 시작된다는 니체의 말처럼 자유라는 건 반복되는 버거움과 단조로움 속에서도 익숙함에 소홀하지 않도록 자신에게 채찍질하며 성숙해질 때 얻어지는 것이다.

이 시대를 살아가는 우리는 권태가 자유에서 오는 건가를..권태로움이 올 때 삶을 대하는 태도는 분명히 있을 것이다. 저 흐르는 물결을 바라보니 반

복되는 흐름에 혼자인 시간에 절실하게 바라던 진
정한 자유를 느끼기도 한다.

장미꽃 추억

오월 한 달을 여행으로 집을 비우니 뒤뜰에 장미가 치자 향과 어우러져 담장에 화려하게 색깔 별로 피어 그리움처럼 온다. 앞에는 찔레꽃 흰 꽃잎이 바람에 흔들리고 있었다. 첫사랑의 순수함과 가시가 있어 아픔을 공존한 장미와 같이 집 근처를 화려하게 피어나 향기를 품어내면서도 가시로 자신을 보호하며 기다리는 그리움을 쌓아가는 꽃 같다.

본격적인 여름은 아니지만 다른 주에 비해 뉴욕은 빨리 덥다. 소소한 나의 일상에 새벽이면 뒤뜰에 나가 이슬에 젖은 자연들과의 만남에 즐겁고 창문을 열면 꽃향기가 새벽바람을 타고 진한 향기를 품어 코끝을 자극한다. 구석구석 물을 뿜어대던 스프링클러를 바라보는 일도 좋다.

작년에 장미씨를 심었더니, 뒷집에서 이사 온 사람이 큰 나무를 자르고 지지대였던 담장을 무너뜨려 숲 같던 뒤뜰이 순식간에 내 공간을 잃은 듯 휑해졌다. 게다가 낮은 담장에 줄기만 얽혀 꽃은 피지 않고 들장미 같은 가시만 무성했다. 엉키고 늘어진 장미를 보며 외면했던 일들이 비로소 내게 다가왔다. 봄이 되면 장미꽃씨를 더 뿌려 만발한 꽃으로 담장을 채우리란 기대는 오산이었다.

가지를 쳐 주며 편하게 길을 터줘야 넝쿨이 잘 자란다는 생각도 못 하고 그저 자연의 이치를 내 식대로만 판단한 오류를 겪었다. 아닌 게 아니라 얽히고설킨 긴 줄기들은 가시로 인해 제 자리를 잡아줄 수가 없었고 나비도 낮은 담장에서 피어난 가시가 많은 나무에는 앉지 않는다. 아름다움 뒤에 조금은 타협해도 좋을 날을 세운 가시가 많은 장미는 외롭겠다. 가까이 다가오라고 꽃을 피워도 자기만을 보호하고 싶은 오만함으로 찾아오지 않는 나비와 새들의 유희만 있으니. 장미는 다가가지 못할 화려함과 아름다움으로 홀로 피어 알 수 없는 아름다움을 자랑한다. 사랑을 이루지 못해 더 화려하게 피어난 능소화처럼 기웃거리다 가시로 찌르며 자신의 아름다움을 보호한다.

더욱이 숲을 이루던 치자 꽃의 향기도 담장이 낮아 늘어졌고 장미꽃도 크고 넓은 나무에 기대어 제 모습을 다하고 피었던 자태는 기댈 그곳이 없어졌다. 화려함과 도도함이 매력인 장미꽃은 제 몸을 아래로 늘어뜨려 낮은 담장에는 성에 안 찬 듯 고개만 꼿꼿하니 그 안타까움은 말로 표현할 수가 없다. 망중한을 가질 때 장미의 향기와 화려함에 즐거워하고 소통했던 내 마음을 헤아린다. 자연 속에 파묻고 싶고 휴식 같은 시간을 갖는 게 나의 큰 바람이었는데 말이다. 장미를 보며 반복되는 단조로운 일상에 대리만족하며 기뻐하지 않았을까? 덩굴이 뻗어가는 장미의 특성을 알았더라면 일찍 철삿줄이라도 사다 담장을 만들어줘야 했는데 안타깝다.

여고 시절 오드리 헵번을 닮은 친구 인영이네 집에 놀러 가면 뒤뜰에 장미가 담장에 가득 장미꽃으로 둘러싸여 시멘트 담은 보이지 않았었다. 장미처럼 화사하게 웃던 그녀를 닮은 장미꽃은 내게도 그리운 추억 같은 꽃이 되었다. 몇 년 전 동창 영미가 뉴욕을 방문해 그녀가 필라델피아에 산다는 소식에도 만나지 못하고 있다. 장미꽃에게 지지대를 이어주면서 그녀와의 만남을 이어주듯 그리움을 찾아야겠다.

그녀도 나처럼 60대 중년의 나이, 늘 그 소녀의 예쁜 모습만 상상했었는데. 어느 가수가 부르던 첫사랑 그 소녀는 어디에서 나처럼 늙어갈까! 하던. 그 시절을 그리워하던 우리들 마음이 반영된 노래를 흥얼거려 본다. 나처럼 늙어간다는 노랫말이 왠지 장미꽃을 보며 소녀 시절의 아름다운 동화 같은 추억이 온다.

장미의 기억은 또 있다. 60년대에 태어난 세대라면 외로워도 슬퍼도 울지 않는다는 들장미 소녀 캔디를 기억할 것이다. 경미네 집에 갔을 때, 에어컨도 없이 선풍기만 도는 소담한 시골집 안방에 들장미 캔디 만화책이 놓여 있었다. 어쩌면 우리는 캔디를 통해 주변에서 일어났던 수많은 일들을 이겨내며, 애써 잊은 채 살아온 건지도 모른다. 그때의 어린 시절 기억 속에, 들장미 가득한 화면 위로 가난한 고아 캔디의 얼굴이 겹친다. 상처받고도 환하게 웃던 그 아이처럼.

장미의 화려함은 도도함이 아니고 희망 같았고 장미의 가시는 자신을 보호하려는 캔디의 몸부림 같다는 생각을 잠시 했었다. 어린 마음에도 희망 같았던 첫사랑을 잃고 다시 테리우스를 좋아하다 다시 떠나보내는 일, 충분히 만화를 통해 우리들의 인생 역전을 느낄 수 있는 이야기였다. 해피 엔딩으로 끝나 어린 소녀들에게도 희망이 되었지 않았나 싶은 캔디를 생각하며 또 열심히 살아왔을 우리들 세대에게 박수를 보내곤 한다.

장미 가지를 쳐 주고 가시덤불을 잘라주면서 지난 시간이 떠 오른다. 아름다운 핀 꽃, 장미다. 너. 장미를 좋아하는 나에게 행복과 즐거움을 다오 ~~
대신 난 장미꽃이 만발하여 곧게 뻗어 피어날 수 있도록 가지를 쳐 주고 담장도 높이고 받침대도 해 줄게. 만발한 장미꽃들이 화려하게 피어 가시마저 스스로 아름다움을 지키는 것으로 승화하며 나에게도 기쁨을 주기를 바라며 말이다.

홍시

주홍색 탐스러운 감은 가을의 수확으로는 최고의 과일이라고 꼽지 않을 수 없다. 동화책에서도 오성과 한음의 지혜로운 이야기에 감이 나오니 얼마나 흔한 감나무였을까? 인류가 한반도에 출현하기 이전부터 감나무가 있었다 하니 오래전부터 익숙한 과일이다. 산골 깊이 다람쥐들이 씨앗을 훔쳐 자기만의 공간에 저장했다가 어디 뒀는지 모르고 잊어버린 씨앗이 자라 참나무가 되고 감나무가 되기도 했다. 가끔은 잊어버린다는 건 너그럽고 여유로우니 나누며 살 수 있는 세상살이라 따뜻한 일일지 모른다.

27년 전 롱 아이랜드에 이사 와서 부동산에서 일하는 크리스 서 에게서 배나무와 감나무 묘목을 선물 받아 남편과 나는 땅을 파 구덩이 안에 심었는데 얼마나 오래 기다려야 하는지 그땐 알지 못했다. 몇 년 후 과일이 열리더니 배나무는 실패했는지 달걀만 하게 열리다 죽곤 했다. 그런 나무를 베지 못한 건 아직도 살고자 해마다 잎이 나오고 열매를 맺기 때문이다. 비록 더 이상 자라지 않아 먹을 수 없을지언정.. 토양이 문제라고 늘 생각하면서 감나무만이라도 잘 자라주길 기도하며 영양분을 주는 내 눈은 간절함으로 가득했다. 몇 년쯤 지나 가지에 새싹이 틔듯 조그맣게 푸른 형태를 갖추며 익어가던 주홍빛 감을 20년 전에 첫 수확을 할 수 있었다.

미국을 방문하신 어머니에게 첫 감을 따 드릴 수 있었는데 아이를 안듯 손에서 놓질 않으셨다. 한 해는 백 개가 열리더니 또 다른 해는 해갈 이를 하듯 40개만 열리기도 했다. 수확하는 늦가을엔 햇살을 받아 잘 열린 감을 사다리에 올라가 따는 재미가 있었다. 아이들에게 가장 좋은 추억이 되어 두 아이는 어른이 된 지금도 늦가을이면 삼을 땄던 그때가 재미있었다고 말하며 그리워한다.

온전한 가을을 선물을 받은 기분이었을 것이니. 아이들은 여린 가지에서도 많은 감이 주렁주렁 달린 것을 보며 강인함을 배웠고 외유내강을 가르치기도 했다. 꼭대기에 있던 딸 수 없는 감들은 새들에게 주는 까치밥이라고 나눠 먹어야 한다는 것을 알아갔다. 감을 딴 날은 인고의 시간 끝에 열매를 맺은 수확의 기쁨을 나누기도 했다. 감은 어찌나 달았는지 두 형제에 비해 감 따는 재미를 모르는 둘째 아이에게 준다고 예쁘고 잘생긴 것만 골라 잘 보관해 두는 재미도 있었다. 그런 날이면 가을이기에 할 수 있었던 수확된 감을 만나 마음이 풍족한 기분을 느끼곤 했다. 팬데믹이 생긴 후부터는 감이 열리지 않아 봉우리가 생기다 그만 떨어져 버렸다. 약한 게 먼저 떨어진 거라고 다른 녀석들을 기대했지만 더 이상 감나무는 열매를 맺지 못했다. 마치 오래전부터 마을을 지켜 온 고목처럼 든든했는데 이젠 생명 없는 나무가 돼버린 것이다. 감나무는 너무 추우면 얼어 죽고, 따뜻하면 열로 인해 죽는 다는데 그런 이유인지 인간에게 치명적인 바이러스가 식물에도 그 영향을 끼친 듯하다.

열매가 안 열리니 새로 심을까 했지만 삽질해야 하는 일에는 자신이 없고 나무를 심고 7년은 기다려야 감이 열리니 인내심에 한계가 온다. 그런 귀한 단감이 홍시가 되고 곶감이 되어 제철이 아닌데도 먹을 수 있다는 게 신기하고 어찌나 맛있는지 어머니가 젊을 때부터 홍시를 좋아하신 이유를 알 듯했다.

어머니의 홍시 사랑을 이해 못 했던 철없던 딸은 물컹거리는 감을 먹는 어머니 마음을 상하게 했던 건 아니었는지 홍시를 먹으며 생각한다. 어머니는 어린 시절 일곱 형제 틈에 고명딸로 자라 설탕이 귀하던 시절에도 입에 물고 살 만큼 단것을 자주 먹게 되었고 더욱이 출산 후 생쌀을 씹어 이가 망가졌다고 하셨다.

여자가 출산하면 몸을 따뜻하게 해야 하고 백일은 움직이지 말아야 열린 뼈가 닫히고 아물 때까지 조심해야 하는데 아픈 이로 내내 고생하셨다. 내가 어린 시절 기억으로도 치과에 자주 다니시곤 했다.

통증으로 아이처럼 울면 아버지의 타박에 서러워한 맺힌 젊은 날 어머니의 모습이 아른거린다. 나도 어머니처럼 중년이 되어 갑자기 이가 아프게 되었는데 사진을 찍어봤지만, 아무런 이상 없다고 내린 진단에 망연자실해진다. 영양 부족과 과로로 인한 면역 결핍이라고 하니. 중년의 나이가 되어 홍시를 입에 넣으니 순식간 녹아 감동이 이는 맛에 울컥한다.

어머니의 유전처럼 닮아있는 내 모습에 홍시가 서글픔으로 온다. 젊은 어머니도 그때의 사람도 없고 감도 열리지 않으니… "그리워진다. 홍시가 열리면 울 엄마가 그리워진다~~ 눈이 오면 눈 맞을세라 비가 오면 비 젖을세라 험한 세상 넘어질세라 사랑 때문에 울먹일세라... 울 엄마가 그리워진다." 깊어지는 가을, 비가 내리고 겨울이 가까워지면 이맘때쯤 감이 열리던 그때가 그립다. 홍시를 좋아하시던 어머니의 한숨이 묻어오는 감나무의 기억말이다. 가수의 노래처럼 그립다. 감도 어머니도.

일상의 소중함

늘 고질병처럼 갖고 살아온 약한 위장은 늘 무력
하고 힘들었는데 장상피화생이란 진단을 받고 몇
년 전 갑자기 더 안 좋아 체중이 점점 빠지기 시작
했다. 주변에서도 무슨 일이냐? 묻기도 하고 나로
서도 점점 빠지는 체중에 어찌할 수가 없었다.

팬데믹이 오고 난 후 스트레스와 버거움, 힘듦,
쫓김이 연속이었던 일상에서 편하지 않은 이유로
섭식을 못 했고 소화가 안 되니 또 먹기를 거부하
다 보니 그런 몇 년을 보냈다. 너무 마른 건 나이
들어갈수록 보기에 좋지 않다는 내 편견을 깨고 점
점 말라갔다. 왠지 살이 넉넉하게 있는 건 중년의
후덕함 같아 나름의 적당함을 유지하고 있었는데
웬걸 또 2파운드가 쏙 빠지며 모든 신체 여기저기
를 망가뜨리기 시작했다.

어느 날 아침에 깨보니 갑자기 씹기가 불편했다. 치과 검진을 가고 사진을 찍어봐도 아무런 이상이 없으니 특별하게 약을 주는 것도 아니고 영양이 부족하고 과로가 쌓여 면역력이 떨어졌다는데 놀라는 일이었다. 그 후로는 잠도 더 자야지 영양제도 챙겨 먹어야지 하며 노력하지만 쉽지는 않았다. 시간이 지나며 나아지겠지 하며 한 달을 훌쩍 넘기더니 어느새 삼 년째 그렇다. 아. 이게 늙어가는 것이구나 인정한다.

언젠가 읽은 박완서님의 일상에 기적을 읽어보니 자고 나니 "허리가 뻐근하게 아프다는 하룻밤 사이에 사소한 일들이 굉장한 일로 바뀌어 버렸다"라던 이야기에 동감하며 나야말로 일상의 평범함에서 완전히 무너진 기분이었다. 나에게 있어서 이가 아파 씹기가 불편하다는 건 상상조차 할 수 없을 만큼 큰 충격이었다. 의사에게서 치과를 평생 오지 않아도 될 만큼 관리를 잘했단 소리를 들은 터라 이만큼은 나름의 자부심이 있었는데 말이다.

나의 이야기와 생각이 같아 그 글을 쓰셨던 그녀도 60대 나이였을까? 나도 그녀의 글처럼 비로소 몸의 소리가 들려왔으니 말이다. 발바닥도 다리도 손목도 어깨도 손가락도 눈도 늘 마르고 피곤하다고 온몸이 불평을 해댔다. 이 나이에는 아픈 거라는데 아직도 젊은 나이인데 인정하고 싶지 않은 일이었다. 언제까지나 건강하고 딱딱한 것을 먹어도 아무렇지 않던 내 이도 ,언제나 젊은 내 모습일 줄 알았던 얼굴도 거울을 보면 시위한다. 잘 관리해야지 하며 충고도 하고 쉬어주라고 잠도 더 자라고 좀 더 많이 먹으라고 야단이다. 스트레스로 위장이 아프더니 영양이 부족한 이유가 이를 아프게 한 듯하다.

여전히 미국 삶이 편하거나 즐겁지 않았고 무엇인가에 위로가 되지 않는가 보다. 아니 갑자기 내게 닥친 현실이 답답하지만 사실 이가 아파 더 그럴지 모른다. 살아온 세월이 미국 올 때 나이보다 더 긴 시간이 지났으니 떠날 수도 없는 현실이 되었다.

일상의 기적이 무엇인가? 생각하며 그녀가 떠 올렸다는 중국 속담을 나도 새겨봤다. "기적은 하늘을 날거나 바다 위를 걷는 것이 아니라 땅에서 걸어 다니는 것이다"라던 걸어 다닐 수 있고 잘 씹을 수 있고 잘 움직일 수 있다면 무엇이 두려우랴! 일상의 소중함은 육체적 정신적 건강을 잘 관리해야 한다는 그것을 깨달았다. 주변 노인들은 구부러진 등과 지팡이 없이는 거동이 불편해하고 목소리에 힘이 없다.

세월은 쉬지 않고 가고 있다는 그것을 깨닫는 순간이었다. 다리가 아프면 걷지를 못하니 삶의 질이 떨어지고 뭐든 쉽지 않으니, 악순환을 겪는 게 인간사에서 가장 슬프고 아픈 일일지 모른다. 일상의 반복 속에서 가는 세월 앞에 장사 없을 테니 부러울 건 건강한 사람들이다.

젊은 시절 아련한 추억을 간직하며 회상하는 일도 고귀한 감성이니 내 감정에 충실하고 숫자에 불과한 나이 먹는 것도 인정하면 삶은 나만의 철학으로 살 수 있는 것이다. 느긋한 마음의 여백이 있어야 사람을 인정하고 이해하고 보듬을 줄 아는 것이다.

내 나이는 아무래도 곱게 보관만 하지 말고 무엇이든 하고 싶은 일들을 하며 잘 지내는 그것이 더 의미 있게 사는 것이라는 생각이 든다.

뉴욕에서의 일상 이야기도 매일 적어 보는 나와의 대화는 바쁜 삶 중 가장 소중한 시간이라 늘 일상의 기적을 느끼며 산다. 반복되는 하루의 일상을 마무리하는 시간은 철저하게 중요한 시간으로 남겨 두니 말이다.

부러우면 지는 게 아니라 부러우면 더 자기 계발이 되는 게 아닌가! 살아가는 일에 여유로움을 가지고 다소곳하며 더 건강에 신경 써야겠다. 오늘도 주어진 기적 같은 소중한 하루하루의 일상을 마무리한다.

자유로운 영혼

　자신을 자유로운 영혼이라 부르는 사람들은 소속
되지 않은 영혼과 얽매이지 않은 자유일까? 무엇에
도 얽매이지 않게 사는 자유로운 영혼을 가진 홀가
분한 사람은 그리 많지 않다. 불제자나 사제자들이
자유인인가 싶었는데 그들도 사람인지라 물욕도 있
을 것이고 내면에 드러나지 않는 야망이나 욕망도
있다. 속세를 떠나 해탈한 삶이라 할지라도 인간이
기에 갖는 생각에서 자유스럽지는 않다. 하물며 가
정을 이루고 살아가는 사람들이 자유로운 영혼을
갈구하며 막되게 산다면 결국 인간은 이기적인 자
아를 드러내기 때문에 존재의 가치는 미완성으로
사라지고 만다.

　뾰족한 가시나무를 찾아다니다 비로소 찾으면 돌
진하다 가시에 찔리며 단 한 번의 아름다운 노래를

부르며 죽고 마는 내 안에 내가 너무 많은 가시나무 새가 된다. 자유로운 영혼을 갈구하는 사람들이 많다는 건 마음에서 홀가분함을 못 느끼는 것이다. 생각해 보면 누구에게나 사는 건 자기만의 방식과 습관과 사고방식과 자라 온 환경이나 그 모든 시간이 그 사람의 인품을 만든다.

말에도 인격이 있고 인품이 있으니, 말과 행동과 생각이 곧 그 사람이 된다. 어느 날 문득 타인이라는 이름으로 살아온 우리들은 생각에서부터 자신을 가둬두니 자유로운 것은 진정 어떤 것에도 자유스럽지 않다는 것을 깨닫는다. 상대를 좋게 바라보면 상대적이라 좋게 반응이 오듯 이어지는 인간관계에서 생각이 다름에 여전히 감정을 끓여야 하고 사람들은 불편한 만남에도 익숙해진다. 나만의 언어로 하루를 시작하고 나만의 생각으로 하루를 보내며 자유라는 이름을 갈망한다.

선도 악도 아닌 사람의 바탕을 논하는 법정 스님은 사람 만남을 중요시했다. 안갯속에 서 있으면 옷이 젖듯 좋은 사람을 만나면 좋은 그것에 물들고 그 반대면 나쁘게 물든다고 했다. 근묵자흑이 아니더라도 쉽게 물드는 사람과의 만남에는 언제나 신중해야 한다. 자신의 소중한 자아를 깨달으며 자신을 지키며 살아가는데 바람이 불면 부는 대로 갈대처럼 흔들거리며 살고 싶은 자유스러운 영혼을 갈망하기도 한다. 환경에 적응하고 순응하며 살아가야 하는 나약한 인간으로서 버거웠던 시간이었고 세월은 말없이 가버린 듯하지만 나름의 하루하루 순간순간 의미가 있었을 것이다.

자식의 교육을 위해 반듯하게 사회 일원으로 만드는 일에 애써야 하고 집중하는 일, 때론 고달픈 일이지만 마음은 언젠가 자유를 얻기 위한 모진 풍파를 잘 이겨내는 노력같이 느껴진다. 한 가지에만 신경 써야 하는 일처럼 홀가분한 건 없다는 걸 깨달아가고 육체적인 노동과 정신적인 생각은 다르다는 아이러니한 인생도 배웠다. 아무리 애써도 안되는 일에는 손을 놔버리는 일이 자신을 지키는 일이란 걸 알아가며 가는 세월 앞에 충실하기만 하면 되었던 시간이 있었다.

　어린 왕자에서 사막의 여우는 길들어지지 않은 자유로운 영혼으로 무엇에도 구애받지 않고 떠돌며 자유를 구가하는 철학적이고 냉철한 동물로 표현되었다. 인간으로서 가장 아름다운 영혼은 무엇인지 길들지 않는 자유인지 아니면 흔한 구속에서의 탈출인지 늘 의문이다. 다른 소리에 민감하여 땅에 숨을지언정 너의 발걸음 소리는 음악처럼 나를 땅 위로 불러낼 거라던 여우도 자유로운 영혼만은 아니라고 낯선 것에 경계하고 조심스럽게 다가갔다.

　비로소 경계를 늦출 때 다가가는 호의가 사람 간의 만남으로 이어지지만, 시간이 흐를수록 첫인상의 설레던 만남을 기억하지는 않는다. 기억한다면 언제나 변함이 없고 늘 존중하는 마음으로 상대를 대해야 한다. 익숙함에 소홀함이 오는 게 인간이기에 다가갈수록 날아갈까? 조심스러워지는 새를 대하듯 거리를 유지하는 게 자유로운 영혼이라고 자신에게 말해봄은 어떤가!

치자 향 가득한 유월

봄이 성큼 다가오더니 온통 천지에 노란 개나리며 수선화가 계절의 변화를 알린다. 일찍 핀 벚꽃이며 목련이 술기에 의지해 꽃의 회러함의 무게를 지탱하지 못해 떨어진다. 다음 피어날 꽃들에서 자리를 양보하더니 비로소 여름이 오는 길목에서 고운 자태를 뽐내느라 서로 앞다퉈 꽃을 피운다.

유월 어느 밤이면 바람 타고 흘러오는 치자 향기는 언제나 그리움이 묻어 은은하게 밤하늘에 버티고 서 있는 나무 향과 어우러져 잔잔히 베어 온다. 온갖 색색이 피어난 장미가 담장에 가득 꽃을 피우더니 그토록 아름답던 붉은 꽃도 하얀 꽃을 피워 뿜어대는 치자 향에 숨어버렸다. 치자나무숲에 들어가면 치자 향기만 가득하여 다른 향기는 맡을 수 없다더니.짙게 코끝을 자극하는 치자 꽃향기가 초

여름 밤을 유혹하고 짙은 향기로 스며들어 추억을 살리면 그 속에선 책을 펼치듯 찾아오는 이야기들이 책장을 넘기듯 살아나 내 코끝을 자극한다. 향기에 취해 소박한 글이 쓰고 싶고 한 여름밤의 영감이 떠오르면 한 줄의 시도 쓰고 싶어지니 진정 예술인들이 좋아하는 향기 같기도 하다.

어둠이 내리고 치자 향기만 밤하늘을 가득 피울 때, 아련한 기억으로 들어가 본다. 지금은 부촌으로 변했지만, 어린 시절 서귀포는 참 열악한 시골이었다. 울퉁불퉁한 비포장도로를 달리는 허름한 버스에 올라탄 내 손을 꼭 잡은 어머니의 분 냄새가 좋았다. 큰댁에 갈 때면 언제나 아버지, 어머니, 두 오빠와 함께 버스를 탔고, 나는 늘 멀미가 심했으니 아홉 살 남짓했을 것이다. 할아버지 제사 때문에, 도시에 살던 우리는 가끔 시골로 내려가야 했다.

동내를 들어서면 치자 향이 짙어 오빠와 나는 "꽃냄새 좋다 ~"하며 코를 킁킁거렸다. 돌담에 걸쳐 부끄러운 듯 고개를 빼곡히 내민 호박꽃이 환하게 웃어주었고 감귤이 초가집 담장을 노랗게 물들이던 시골의 정겨움이 그리워진다. 큰아버지는 당신 딸 인선이도 나와 터울이 없어 딸의 귀여움에 특별한 것도 없는데 항상 무릎 위에 앉혀 이쁘다고 하셨다. 흥겨운 노랫가락을 뽑으시던 큰아버지의 구성진 목소리가 들리곤 했다. 두 형제만 있었던 아버지도 노래를 잘 하셨고 두 분이 노래를 부르시면 어린 우리는 언제나 신났던 소박한 시골집 풍경이었다.
큰어머니는 어린 자식들을 데리고 시골을 방문한

아버지 어머니를 반갑게 맞아주시고 어려운 살림에도 시골 인심으로 후하게 대접해 주셨다. 초가삼간 시골집에서 아궁이를 피워 밥 짓던 냄새, 수박 썰어 주시던 큰어머니의 투박한 손이 그리운 밤이다.

어머니는 늘 큰어머니에게서 받아오신 말린 고구마를 밥솥에 넣고 쪄 주셨다. 그 맛이 어찌나 달달했던 지 고구마를 보면 오븐에만 굽지 말고 말려 뒀다가 밥통에 넣고 쪄 먹고 싶어진다. 겨울이면 귤을 잔뜩 주셨고 미국에서 사는 나로서는 이제 고향의 귤 맛이 잊힌다. 아무리 풍족한 미국이라지만 가장 그리웠던 건 아무래도 고향의 귤 맛이었는데 말이다.

사촌 오빠는 두 살 터울이라 고만고만한 어린 나이에는 사촌끼리의 만남이 어찌나 반가웠던지 중년이 된 우리에겐 기억을 떠올리기에는 아련한 추억이 되었다. 무엇보다 시골에서 가장 불편하고 무서운 건 아무래도 돼지가 있던 화장실이었고 절대 갈 수 없었던 어린 나는 도깨비불이 왔다 갔다 하는 동네 길목을 찾아야 했다. 돌담으로 쌓인 길에는 어찌나 무섭던지 깜깜한 밤에 반짝거리며 날아다니는 반딧불을 보고 도깨비불이라고 겁을 주며 놀려대기도 했다. 그 골목에선가 바람을 타고 흘러나오던 향기와 반딧불의 기억은 잊히지 않는 추억이 되었다.

그 후로는 중학교 올라가면서 시골은 더 이상 가지 않게 되었고 사촌들이 우리 집 도시로 찾아오면서 시골도 점점 잊혀 갔다. 고향 방문 때 시골집에 가면 이젠 대도시가 되어 그 흔적을 찾아볼 수 없지만 그때의 어린 사촌 오빠인 소년은 중년이 되어 시인이 되었다. 아마 시골에서 자란 소박한 정서가 시를 쓰게 만들었을 것이다. 두 아버지의 영향인지 우리 형제들도 노래를 잘했고 사촌 여동생들도 노래를 잘해서 좋아하는 일을 즐기며 살고 있다. 우리를 돌봤던 사촌 언니는 어린 시절 수줍고 착했다며 어린 나의 기억을 그렇게 한다. 그리운 가족들이다. 세월이 흘러 육십 대가 된 우리는 어린 시절 이야기하며 많이 웃는다.

지난 늦가을에 방문했던 사촌 오빠는 귤 한 상자를 주며 미국 갈 때 갖고 가라 했지만 가져올 순 없고 있는 동안 매일매일 입에서 녹는 맛이라 냠냠 쩝쩝 먹어 치웠다. 미국에선 절대 느끼지 못했던 어린 시절 먹었던 달고 시원한 귤 맛이었다. 큰 댁에 가는 날이면 아마 그런 귤 맛과 시골 밥상과 사촌들을 만나는 어린 마음은 설레었던 건 아닐까?

어린 시절 그때의 기억으로 들어가니 고향에 사는 오빠와 사촌들이 그립다. 큰어머니의 그리움은 더욱 커지고 치자 향은 은은히 퍼지는 담장에 가득 피어났다. 옛날은 가고 없다지만 해마다 고향 가는데도 찾아뵐 수 없으니, 올해는 꼭 찾아뵈어야지. 치자 꽃향기가 더욱 짙게 코를 자극하며 별이 떨어지는 유월의 여름밤을 가득 메운다.

하모니(harmony)

얼마 전 받은 꽃다발을 꽃병에 뒀더니 무심하게 보여 별로다. 자세히 들여다보지 않았고 화병에 넣었는데 가을꽃도 여름 징미도 있었다. 어울리지 않은 불협화음처럼 보여 두 병의 꽃병에 나눠줬더니 훨씬 예쁘고 조화롭게 안정되게 보인다. 자연 속 꽃도 계절에 맞게 어울려야 아름답고 사물도 제자리에 있을 때 빛나듯 사람도 본연의 자세에서 자신의 위치와 자리를 지킬 때 안정감이 든다.

인생이란 알 수 없는 미스터리 한 삶을 살아가는 인간의 고뇌와 번민 속 삶인데 그 속에서 행복과 안정감을 찾으며 살아가는 것이다. 자연의 이치를 보면 그 속에서 나약한 인간의 존재를 느끼며 주어진 대로 살아가게 되지만 가끔 불편한 마음이 오면 온 만물이 깨나고 온 천지가 흔들거릴 만큼 크게 소리를 질러보고 싶다. 마음 안에서만 담아두는 그런 말 말고 실체가 있는 나만의 불평을 내뱉고 싶어지는 것이다.

달나라로 보내달라 (Fly Me To The Moon)는 노래를 흥얼거리니 편안한 기분이 된다. 달나라에 간 것처럼 달콤하게 사랑한다는 말인데 어렵게 돌고 돈다. 사랑은 인간이 간절하게 갈구하며 살아가는 동안 갖는 가장 위대한 열정이며 그리움이다. 사랑만으로도 서로 조화롭게 이어가며 행복하고 좋은 일을 찾아 살아야 하는 게 우리들의 인생이다. 새해가 되면 일 년 치 버킷 리스트를 만드는 데 그중 노래 부르고 배우기도 한다. 오징어 게임에서 사람들은 큰 기대와 희망을 이루려고 안간힘을 다하는 내용에 열광하고 힐링하며 이루지 못할 허황한 꿈을 꾼다.

자본주의에 물든 인간의 심리를 나무랄 일은 아니지만 마음만은 힘든 삶을 이겨내려면 좀 더 아름다움에 물들고 싶다는 생각에는 변함이 없다. 즐거운 일만 있는 것도 힘든 것만 있는 것도 아니니 세상에 타협하고 순응하며 잘 어울리며 살아가야 하고 생각에 따라 스스로 절제하고 자기 성찰에 더 노력하는 마음가짐으로 자신을 찾아야 한다.

세상 밖을 맘껏 날아다니며 며칠 살다 가는 하루살이는 매미와 함께 종족을 이어가고 죽는다. 모든 살아있는 생물들이 자기 할 일을 다하고 사라지듯 우리의 삶이 아무리 덧없다 한들 하루살이만 하겠냐만 매일매일을 생존하며 처절하게 살아가는 건 다를 바 없다. 생을 마감하는 의미로도 인간 역시 그러하니 주어진 삶을 어찌 살아가야 할지는 우리들이 찾아가야 할 몫이다.

가을바람이 솔솔 불어오는 늦은 오후, 일찍 찾아온 귀뚜라미의 울음과 노래하는 새의 조화라니 가만히 귀 기울이니 불협화음 같은데 조화롭구나. 그래서 많은 부부들이 조화롭지 못한 두 마음이 있을지언정 한 집에서 살 수 있는 것이다. 누구든 먼저 깨지 않는다면 이어지는 게 부부관계이기도 하다.

불협화음은 평화가 아니고 균형이 아니기에 정신도 육체도 힘들 수밖엔 없지만 먼저 놔버리지 않는 한 계속 이어가는 인연을 붙잡고 자리를 지키는 사람들은 그들만의 내공이 있다. 사랑했던 사람도 한순간 마음에서 멀어지고 생각에서 버려지는 인간관계가 안타깝지만 불편했던 삶이었다면 그 시간으로 다시 돌아가고 싶지 않은 마음은 누구에게나 있다.

서로 많은 노력을 해야 하는데 늘 무인가 부족했던 시간들이 쌓여 무관심으로 변하는 것도 서로 어울리지 않거나 맞지 않은 것이다. 사람 관계에서도 조화롭다는 말은 상대와 소통하며 감정을 표현하고 서로 마음을 공유할 수 있는 편한 사이일 것이다.

자기 일에 만족하며 행복하게 살아갈 수 있는 내면의 튼튼함을 가르치고 배우며 잘 살아갈 수 있도록 끊임없이 교육받고 배우며 사는 일을 인생의 목표로 생각해야 한다. 열심히 살아온 시간을 후회하지 않는다면 인생은 헛되지 않았다고 말할 수 있다. 꽃이든 날아다니는 모든 생물은 조화로운 이치에 어우러지며 살아가고 인간도 사는 날까지는 최선을 다하며 사회적으로 살아가야 한다.심지어 지는 노을도 최선을 다하고 마지막까지 서녘 하늘을 붉게 물들이며 바다로 서서히 모습을 감추지 않던가! 비로소 느끼는 조화란 언제나 마음이 편안한 그 자체이다. 물끄러미 바라본 두 화병의 꽃들이 제자리를 찾은 듯 어우러져 가지런하고 조화롭다.

고독은 값진 감정

갑자기 더워진 낮 기온에 비해 온도가 내려가 더 차분해지니 반짝이며 빛나는 별들이 박힌 밤하늘을 본다. 이런 밤엔 세익스피어의 희곡, 한여름 밤의 꿈이라도 읽어볼 만하다. 늘 4대 비극만 읽었지, 희곡은 그렇지 못했고 사실 내용만 알지 읽어보지 못한 나로선 고요할 때 접해 보고 싶은 책 중 하나다. 버킷 리스트에 무엇을 담을지 하지 못한 일들을 간절히 원할 것이고 나도 예외는 아니니 하나둘씩 채워가는 중이다. 젊어서 알지 못했던 일들을 나이 들어가며 나이테 같은 연륜의 숫자를 세어보며 하나둘씩 쌓아온 시간을 기록하며 살아가야 할 나이이기도 하다.

고독이 올 땐 누구나 다른 정서가 있어 자기만의 좋아하는 일을 취미처럼 찾아서 한다. 정적인 그것을 좋아하니 고요한 시간이 좋고 동적인 것도 때론 즐기니 음악을 듣고 노래를 따라 부르며 소중한 나의 고독을 즐기며 잘 논다. 현실은 선택의 여지가 없이 필수인 삶을 살아왔기에 일상은 나의 언어와 몸짓이 되었고 삶이 되어 살아야 할 이유가 되었다. 어쩌면 현실 속에서 인간의 이면적인 모습을 갖고 헉헉거리며 뛰어다녔을 것이다. 신과 이중적인 나약한 인간과의 대화는 가식으로 물든 감정을 쥐락펴락한다.

투명한 줄이 얇게 이어져 사람 마음을 들여다보기도 하고 조종하며 곁에 머물며 함께 살아간다. 때론 마음이 시키는 대로 하고 싶고 사람에게 물들고 스며 들어가면 그 속에서는 언제나 인간으로 느끼는 윤리적인 죄(SIN)를 느끼는 지성도 존재하는 것이다. 점점 원숙해지는 나이가 되어가니 젊은 날 하지 못했던 일들이 하고 싶고 미진했던 지난 시간이 아쉽다. 고독이 오면 유명한 책을 읽는다든지 읽고 싶은 고서를 접해도 좋고 오드리 헵번의 오래된 영화를 보고 혹은 친구들과 맛집을 다니며 하고 싶은 일을 해도 좋겠다. 좋은 대화를 나눌 수 있고 공유할 수 있는 멘토를 만나는 일도 간절하다. 사랑하고 사랑받고 싶은 열정적인 감성이 살아있는 것도 소중하다.

여행을 훌쩍 떠나고 싶을 때 갈 수 있는 여유, 누군가 동반해 갈 수 있다면 좋지만, 혼자의 여행도 꿈을 꾸면 새로운 세상을 접하게 된다. 이 모든 일들이라고 생각할 줄 아는 인간이기에 갖는 본능적인 욕구일 거다. 일생이 소속되어 살아온 사람들은 은퇴했을지라도 목숨이 있는 한 영원한 은퇴는 없으니 여전히 현실적인 일에는 제 몫을 하며 열심히 살아야 한다. 고전문학을 읽고 영혼을 기쁘게 할 음악을 듣고 버거운 삶도 위로받듯 휴식을 하며 살아야 지치지 않는다.

망중한을 즐기는 일상도 간절하기에 늘 생활 속에서 함께 한다. 무라카미 하루키처럼 링겔 한스섬에서 하는 일상은 아니더라도 갓 구운 빵과 버터를 발라 먹는 일로 하루 시작의 소확행을 느낀다. 시간에 쫓기니 하고 싶은 일들을 뒤로 미룰지라도 틈틈이 이루어 나가면 일상의 소소한 행복을 가질 수 있다. 고독한 감정을 나만의 일상과 함께할 때 삶이 더 소중해지니 외로움이 아니라 하루를 함께 살아내야 하는 내 삶의 동반자다. 오랫동안 한자리를 지켜온 나무를 보면, 계절이 바뀔 때마다 그 자리를 묵묵히 지켜내는 모습이 인상 깊다.

모래쥐의 습성

　매일 새벽같이 움직이던 일상에 오늘은 일어나는
게 힘이 든다. 젊은 날은 나이가 들고 뼈 마디마디
가 아프다는 것을 알지 못했다. 나이 들수록 점점
육체가 약해지니 신체의 어느 부분이 아프다는 건
삶의 질로 연결이 된다. 현실 앞에서 아무런 불평
도 할 수 없었고 그렇다 한들 알아줄 사람도 없으
니 자신만 고통스러운 일이었다. 살아온 습관적인
삶이나 각자 다른 사고방식을 누구에게도 강요하지
못한다.

　열심히만 살면 모든 게 해결될 줄 알았던 젊음은
여름날의 강물처럼 쉬지 않고 흘러갔다. 늘 살아온
대로 반듯한 생각과 의지로 늙어질 거라 다짐하면
서도 때론 현실 앞에선 보이지 않는 사각지대처럼
늘 반복되는 일상을 겪으며 답을 찾지 못하며 살아

가야 할 앞날도 걱정이 되는 것이다. 사하라 사막의 모래 쥐처럼.

모래쥐는 건기를 대비해 견딜 수 있을 만큼의 풀뿌리가 모여져도 먹이를 찾아다닌다. 힘들고 피곤해도 계속 움직이고 충분한 양이 있어도 그렇다. 그 이유를 보니 유전적으로 불안함이 많아 가만히 있지 못하고 늘 바쁘게 천적들에게서 몸을 보호하려고 굴을 파며 살아가며 태생적으로 근심이 많은 것이다. 실험 쥐로 쓰려고 했지만 우리에 갇혀있다는 잠재적인 극도로 불안한 습성은 결국 먹지 않고 죽어버리는 이유로 모래쥐는 실험 대상이 될 수 없다는 것이다.

부지런한 모래 쥐이지만 어쩌면 현실을 살아감에 앞만 보며 살아오면서 여전히 걱정과 근심이 느는 우리들 삶을 비유한 이야기다. 생각하기에 따라 굳어버린 습성과 반복적인 삶은 자신을 가두는 일이었지만 모래쥐처럼 계속 스트레스를 받으며 늙어갈 순 없다.

생활 자체가 늘 바쁘게 움직여야 하니 마음은 안정되지 않고 늘 불안해진다는 강박관념에 사로잡힌다. 버거운 일상에서 힘듦이 와도 선택할 수 없고 벗어나지 못해 책임감과 의무만 갖고 살아가는 일이 충족되지 못하는 감정상의 상실감들이 삶의 질을 떨어뜨리는 것이다. 내려놓기를 해야 하는 이유는 욕심을 버려야 편해지고 비워지기 때문인데 생각 버리고 마음 비우기를 하지만 현실은 필수로 살아가야 하는 삶을 만들었다.

우리 안에는 자기만의 자아와 강한 자존심과 아집이 있고 욕심도 있을 텐데 나이 들수록 초연한 자세로 살라는 말이 왜 그리 맞는지 점점 마음을 내려놓으며 살아야 한다. 연잎은 많은 물을 수용할 수 있지만 감당할 만큼의 양만 받아들이고 비워 버린다. 그런 가볍고 비우는 지혜를 배우고 받아들여야만 살아가는 삶이 편해진다. 인간은 늘 자기 안에 가득한 욕심을 채우기에 급급하고 버리거나 나누는 것엔 인색하다. 인간이 가진 나약하고 이기적인 점이기도 하다.

버리기는 싫고 잃은 건 아까운 인간의 묘한 심리가 모래 쥐처럼 움직이고 불안해하고 더 가지려는 인간의 특성이 되어버렸다. 상대를 인정하고 칭찬하는 것은 잊고 상처를 주고 평가하고 들춰내며 감정을 긁는 일이 당연한 것처럼 돼버렸다. 자아가 강한 사람들과 더불어 살아야 하는 건 생각에 따라 힘들지만 개인의 자아는 나만의 소중한 존재이기에 잘 다듬고 부딪히지 않게 잘 간직해야 한다.

어느 시인의 말처럼 돌아갈 집이 있고 힘들 때 마음속에 생각할 누군가가 있고 좋아하는 노래를 부를 수 있다면 그게 바로 평범한 행복이다. 누군가에게 혹은 누군가가 건네는 따뜻한 말 한마디면 세상 시름이 다 사라지는 인생의 연속이다. 좋은 말과 관심 하나에 고단함을 이기며 살 수 있는 인간은 단순한 동물이기에 그렇다. 바쁠수록 자신과의 시간에 집중하고 돌아보는 시간을 만들어야겠다. 모래쥐를 읽다가 뉴욕에서 살아남기 위해 달려온 시간을 생각해 본 날

안단테 안단테

태양이 뜨겁게 내리는 여름날, 하루의 일을 마치고 오는 귀갓길은 언제나 기쁘다. 아침 내내 바쁜 새처럼 노래하고 부지런한 개미처럼 일하고 꿀벌처럼 꿀을 모으느라 꽃들과의 속삭임을 게을리하지 않는 나의 일상이다. 귀가 하려고 차에 앉는 순간 비로소 고요한 기분과 함께 릴랙스하게 된다.

차에서 들리는 Take it, easy with me, your time make it, slow , Andante Andante ~~ 하는 노래가 나의 지친 감성에 반성과 위안을 준다. 따라 부르며 집에 오다 보면 중학생 때 아바(ABBA)가 나오던 영화를 봤던 기억으로 돌아간다. 스웨덴 출신의 부부 보컬 4명이 노래와 춤으로 그 어린 나이에도 내 마음을 사로잡았다. 중학교 들어가 겨우 영어를 읽던 시절 팝송에 빠져있던 나는 영어로 부르는 게 그렇게 신났다. 노래마다 인기를 끌었으니 그때 당시에 아바에게 안 빠진 사춘기가 없었지 않았나 싶다.

일하는 중엔 댄싱 퀸부터 줄줄이 나오는 그들의 노래를 흥겹게 듣기도 한다. Mamma Mia는 브로드웨이 뮤지컬로 봤는데 그때의 흥분을 생각하면 참 좋은 시간 속 회상이다. 특히 그리스 스코펠로스 섬에서 촬영한 영화로도 봤지만 보는 내내 노래에 신이 났다는 것이다. 역시 음악은 사람의 마음을 이곳저곳으로 옮겨다니게 하며, 상상의 나래를 펼치게 한다. 음악은 마음속 여행이자, 지친 하루를 위로하는 힐링이 된다. ABBA의 〈Thank You for the Music〉을 들으며, 나는 문득, '음악이 있어 마음을 쉴 수 있음'에 고마움을 느낀다. 소란한 세상 속에서도 음악은 늘 조용히 내 안의 평화를 지켜주고 있었다.

어느 날 미국 할머니가 그랬다. "애야~ 넌 늘 롤러코스터 탄 듯 빨리 움직이니 정신없어 릴랙스해!"라고. 보는 이에게 불안하게 만들면 안 되니 바쁜 일상에도 천천히 움직이자고 늘 염두에 둔다. 미국 삶에서 얻어진 건 쫓기듯 긴장된 일에 익숙해졌고 빠른 움직임이 습관이 되어버린 것이다. 언제나 바쁘게 살아가는 일상이기에 나도 모르게 릴랙스가 안되고 빨라지게 되니 바쁜 일상에서 조금은 느리게 살아도 좋을 순간을 너무 서둘러 산다고 늘 반성한다. 모데라토 (moderato) 정도만 살아도 좋은데 알레그로만큼 빠르게 살아가니 말이다.

느림이라는 본질은 언제나 미학이라고 생각하면서도 어감상 주는 아름다움에만 있지, 실질적으로 서둘고 바삐 움직여야 하는 삶이니 늘 생각에만 머문다. 주어진 시간 내에서 살아가야 하는 우리들의 삶은 언제나 시간의 노예처럼 늘 일촉즉발, 순간순간을 서둘며 메꿔가며 하루 시작이 늘 바쁜 일상으로 이어지기 때문이다. 시간 속 우리들의 삶이란 늘 쫓기듯 살아가니 어디 시간뿐이랴?

음식도 fast food 이 더 각광을 받고 가마솥에서 밥을 짓던 옛날 선조들의 지혜가 천천히 밥을 해야 맛이 있고 건강에도 좋다는 사실을 알지 못한다. 사람 만남에도 서로에게 스며들고 물들일 시간조차 없이 급하게 알아가려 하고 빠른 걸 원한다. 서로 잘 알지도 못하고 그리움도 없이 우연한 만남에 순간의 감정으로 깊어지려고 한다. 무엇이든 느림보다 빠르게 움직이고 급하게 결정하고 생각도 깊이 없이 말하니 바쁘고 살아가면서 반성할 일이 많다. 야생에서 살아남을 수 있는 나무늘보는 움직이지 않아서 근육량이 적어 느리다고 한다. 어쩌면 게으른 듯 보이는 나무늘보지만 느림으로 자기만의 생존법을 터득한 건지 맹수나 사냥꾼에게 눈에 띄지 않아 잡히지 않는다.도도새처럼 멸종되지 않아 살아있는 것도 느림 때문이라고 하니 살아남는 법을 아는 동물이다. 느림이 때론 미학이라는 철학을 갖고 살아가며 의미를 두며 여유로운 일상을 살아가야 한다. "급할수록 돌아가야 한다" 라는 우리 속담을 마음에 새기며 늘 명심해야 한다. 서둘고 바쁘게 움직이는 건 늘 정신적인 피로감을 만들고 나아가서는 사고를 유발한다. 안단테~안단테~ 들으며 바쁘게 움직이던 내 마음을 비로소 놓아 본다.

퀘렌시아(Querencia)

 뉴욕에서 칸쿤은 4시간 거리라 미국인 캘리포니아보다 빠르다. 바쁜 일상이 반복되는 시간에서 벗어나 며칠간의 칸쿤 여행은 내게 큰 휴식처가 되었다. 버거운 일상에서 나만의 휴식처나 안식처를 찾고 싶었고 햇볕에도 아랑곳하지 않고 휴가를 즐기는 시간은 지친 심신이 힐링 되는 순간이었다. 살면서 느끼는 건 피로를 무시하고 일에 얽매인다면 늘 그 대가는 지불 받아야 하니 반드시 재충전해야 다음 일이 진행된다는 것이다.

 열심히 일하다 갑자기 쓸만하니 아프다는 사람들을 주변에서 본다. 늘 부산스럽게 움직이며 매일 반복하는 나날이니 정신도 릴렉스가 되어야 하고 육체도 노동의 끝에는 위안과 휴식을 주며 자신을 조율해야 한다는 것이다. 며칠이나마 현실을 잊고 휴가를 즐긴다는 일 자체가 자유를 가진 날아가는 새였다. 어느 시인의 글처럼 "자유를 위해 나는 게 아니라 나는 그것 자체가 자유이고 높이 날수록 더 많이 본다"라는 새들에게서 비상의 의미를 배운다. 삶은 진정 경험을 통해 배우고 익히며 알아가고 반성하며 내공을 쌓으며 사는 것이다. 죽는 날까지 무엇을 하고 무엇을 위한 삶이어야 하고 어찌 살아야 하는지 명상 속을 걷지만 늘 같은 나날이 지날 뿐이다.

획획 지나치는 삶 속에서 잠시 나만의 쉼터 같은 공간을 찾아 고요한 마음이 되었다. 인간은 마음의 휴식이 필요할 때 명상과 기도를 통해 자신만의 안식처인 성소를 찾는다. 나만의 공간에서 스트레스와 피로를 풀며 안정을 취하고 싶은 사람의 심리다.

투우사와 싸우다 지친 소는 자신이 정한 곳에서 힘을 모아 기운을 찾아 재충전한다. 그곳에서 휴식을 가진 소는 더 이상 두렵지 않고 자신만의 안식처에서 지친 숨을 고르고 다시 투우사와의 싸움에 나간다.

휴식을 할 수 있는 곳을 스페인에서는 '퀘렌시아'라 하고 자신이 자신다워질 수 있는 장소로 충전할 수 있는 애착과 귀소본능을 말한다. 누구에게나 자신만의 휴식 공간을 만들어 명상 같은 음악을 즐기고 릴랙스하는 마음을 갖고 싶은 것이다. 때론 하늘과 땅에 가득한 기쁨을 누리는 햇살 아래서 자연 속에 파묻혀 살아가는 일, 역시 포근하고 안락한 휴식을 즐기는 일이다.

그런 의미에서 집이야말로 휴식을 할 수 있는 좋은 안식처이다. 자아를 형성해 가는 일도 가정교육에서 이루어지는 것을 보면 집이란 나만이 쉴 수 있는 편안한 공간이고 포근하고 안락한 그곳이 되어야 한다. 집은 가족들과 거주하며 생활하고 각자의 일을 통해 자신의 삶을 만들어가고 인성을 가르치고 의식주를 중요시하며 살아가는 데 필요한 인성과 예의범절을 배우는 곳이다.

그런 의미에서 핵가족 시대에 사는 요즘 대가족이 모여 살며 양보도 배우고 희로애락을 나누는 집은 진정한 안식처일 것이다. 마음의 휴식 공간이란 장소가 아니어도 음악으로 감정이나 정서에 자신만이 갖는 존재의 힐링이 되고 좋은 기운의 에너지를 만들어 주는 일을 찾아야 하는 것도 휴식의 의미가 있다. 인간에게는 자생능력이듯 힘든 시간 뒤에는 또 다른 활력소를 찾아서 하기 마련이니 자신만을 위한 힐링을 갈구하며 살아가게 되는 것이다.

노을이 붉게 물들던 서녘 하늘도 제 할 일을 다한 양 어느새 사라지고 회색의 밤이 되었다. 긴 하루를 마치고 집으로 돌아가는 마음은 퀘렌시아를 갖고 싶은 귀소본능일 것이다.

현대의 감옥

　뉴욕에서 늘 긴장하며 살지만 여전히 어디든 벗어
날 수 없는 시끄러운 세상에서 살아간다. 언젠가부
터 주변에 감시 카메라(surveillance camera)가 많
이 생기더니 운전할 때마다 더욱 그렇다. 지인은
유토피아 파크웨이를 지나며 4번을 같은 시간대에
찍혔다고 투덜댔다. 요즘은 한 블록을 지날 때마다
감시 카메라가 있고 롱아일랜드에도 점점 늘어가며
우리들 의식 속에서 자리한다.

　카메라의 용도는 법을 어기는 사람들을 잡기 위해
감시하지만, 일반인들에게도 정신적으로 우리들 의
식을 위협하고 통제한다. 길에도 집에도 일하는 곳
에도 가는 곳마다 우리의 주변을 감시하니 카메라
가 있다고 생각하면 마음은 불편해진다. 연예인들
은 그들의 행동을 무대나 팬들 앞이 아닌 재미로

몰래카메라를 설치해 웃기는 장면도 연출하지만,
현실에서는 희극이 아니다.

특히 한국을 방문하면 가는 데마다 감시 카메라가
누군가를 늘 지켜보는 듯하니 말이다. 그 자체가
사람의 의식 속에 들어와 행동의 제약을 받기 따라
서 늘 생각 속에서도 자유롭지 못하다. 좋은 점은
죄를 짓는 범죄자들을 속속들이 찾아내는 데 일등
공신을 하여 더 많이 곳곳마다 설치를 요하는 세상
이 되었다. 어쩌면 시민의 안전을 위한 일이기도
하니 공평하고 정의로운 일 중 하나인 것은 사실이
다.

영국의 공리주의 철학자 제러미 벤담은 교도소의
형태를 한눈에 모든 것을 볼 수 있게 할 수 있다는
걸 알았다. 파놉티콘(Panopticon= pan (모두)
opticon(보다)) 은 원형 감옥이라 불려 밖은 건물
이지만 안은 원형으로 되어 감옥에서 수많은 범죄
자가 위에서 감시당하고 있다고 생각하게 한다.

최소의 인력으로 최대를 감시하는 일로 압력을 가
하는 일이라 효과적이라 한다. 오징어 게임에서도
참여한 자들을 지켜보고 감시하며 원형 같은 건물
위에서 조종한다. 원래 범죄라는 속성이 감옥에서
죄의 대가로 고문하고 처벌받는 의미가 있다. 지금
은 그 죄를 교정하고 교육을 받아 사회생활에 적응
할 수 있게 죄인을, 새사람을 만드는 교화의 의미
가 더 크고 대신 감시함으로써 그들의 정신을 조종
하는 것이다. 원형으로 만들어 맨 꼭대기 위에서
의식과 영혼을 감시하고 통제하니 그들의 생각 속
에서는 늘 긴장하고 행동이 자유롭지 못하게 된다.

현대인들은 미디어나 스마트폰을 통해 지식이 많아진 만큼 권력자들이나 공인으로 얼굴이 드러나 있는 사람들을 쉽게 알 수 있게 되었다. 그들 또한 행동에도 통제를 받고 심판대에 오르고 평가를 받아야 하는 사회가 되었다. 지금은 많은 죄수들을 감시하고 통제하는 감시탑이 된 건 감옥의 원형 건물뿐만 아니다.

이젠 시민의 의식이 발달하면서 공인들이라고 자처하는 사람들을 감시하고 평가하여 사람 목숨을 스스로 빼앗기게도 한다. 그뿐 아니라 정치적인 의회와 사회 속 언론을 평가하고 드러나게 하니 소수도 감시의 대상이 되었다는 것이다. 지금은 다수가 소수 권력자를 역으로 감시하는 사회가 되었으니 토머스 매티슨은 이를 시놉티콘(Synopticon)이라고 하였다.

고개를 숙이면 부딪힐 일이 없는 것이고 모난 돌이 정 맞는다. 뭐든 눈에 띄는 행동을 하거나 개성이 강하면 늘 남에게 타깃이 된다. 드러나도 감시당하고 감옥에 있어도 감시당하는 불편한 현실과 단절하고 싶어 현대인들은 자꾸 자연으로 들어가고 싶어 한다. 현실도피하는 듯 보이지만 스트레스를 없애고 명상 속에서 심신을 위로받고 힐링하려 한다. 소수에게도 다수에게도 감시당하며 우리의 의식과 영혼을 갉아먹는 현대에 정신적인 피로감이 늘어가는 사회 속을 살아야 하는 인간이 되었다.

지금은 만물의 영장이라는 인간이 만들어 낸 AI(artificial intelligence)가 인간의 한계에 도

전하며 점점 우리에게 다가온다. 그들이 온 세상을 지배한다면 편리함 뒤에 오는 현실의 삶은 무의미하고 기계에 의해 조종당하는 세상이 올 것이다. 전화를 갖고 놀며 지식을 익히고 편리함을 알던 우리는 이제 AI가 우리 영혼을 통제하지만, 적당히 필요한 세상이 되었다. 심지어 우리들 주변을 더 빠르고 신속하게 처리해 줄 만큼 더 편리한 세상이 오고 있다는 것이다.

그런 편리함에 익숙하지 않은 세상에 살아가는 우리는 더욱 산속으로 숨어 살아야 할 것이다. 맑은 영혼과 나의 의식을 통제당하지 않으려면 말이다.

평론

김미선 수필집 『런던에서 온 머리핀』
삶의 지층을 더듬어 얻은 사유의 정수

냅시모아 대학 시창작과 겸임교수
월간문학 詩歌흐르는서울 대표 김 기 진 시인

　김미선 수필가의 첫 수필집 『런던에서 온 머리핀』은 삶의 다양한 지층을 거닐며 그 속에서 길어 올린 사유의 정수를 담아낸 작품이다. 작가의 경험과 내면의 풍경은 씨실과 날실처럼 교차하며, 시간과 공간을 넘나드는 섬세한 여정 속에서 인간 존재의 본질과 관계의 의미를 조심스럽게 수놓는다. 총 6부로 구성된 이 수필집은 각기 다른 주제 의식을 품고 있으나, 삶의 그리움과 상실, 그리고 그 상처를 치유하고 되새기는 흐름 속에서 유기적인 구조를 이루며 하나의 깊은 성찰로 나아간다. 단지 한 사람의 회고를 넘어선 이 문장은 동시대를 살아가는 독자들에게 조용한 떨림으로 다가와, 보편적인 인간의 정서를 어루만지고 오래도록 잔잔한 울림을 남긴다.

제1부 『런던에서 온 머리핀
-여행, 관계, 내면의 성장

『런던에서 온 머리핀』은 물리적인 여행을 통해 내면의 지평을 넓히고, 그 여정 속에서 관계의 본질과 삶의 의미를 다시 발견하는 과정을 주요 정조로 삼는다. 이 부는 낯선 공간에서의 새로운 경험과 더불어, 아들과의 깊은 교감 속에서 피어나는 사랑과 이해, 그리고 인간 본연의 따뜻한 인정을 주제적으로 다룬다. 작가는 여행지의 인상적인 풍경과 우연한 만남을 섬세하게 포착하며, 그로부터 얻은 깨달음과 성찰을 유려하고 절제된 문체로 풀어낸다. 특히 아들과의 관계를 통해 드러나는 따뜻한 시선과 정서적 밀도는 이 부의 문체적 특징이자 감성적 중심축을 이룬다.

『런던에서 온 머리핀』

대표 수필 『런던에서 온 머리핀』은 아들과의 런던 여행을 배경으로 낯선 도시의 풍경과 그 안에서 피어나는 내면의 성장을 담아낸 작품이다. 단순한 여행기를 넘어, 아들과의 깊은 교감과 문화적 이해를 통해 삶의 지평을 넓혀가는 과정을 서정적으로 그려낸다. 특히, "지식을 갖고 돌아오고 싶다면 떠날 때 지식을 몸에 지니고 가야 한다"는 사무엘 존슨의 말을 인용하며 시작되는 이 여정은, 물리적 이동을 넘어 정신적 탐험의 의미를 품는다. 작가는 아들의 주도 아래 문학적·예술적 탐방을 통해 런던의 새로운 면모를 발견하고, 그 과정에서 과거 자신을 돌아보며 아들의 성장을 통해 새로운 시각을 얻는 거울로 내면을 비춘다 수필 속에서 '런던에서 온 머리핀'은 단순한 기념품을 넘어, 아들의 섬세한 마음과 영국인들의 약속과 예의, 그리고 여행을 통해 얻은 깊은 감동과 지식을 상징한다. 잃어버렸던 머리핀이 정성스럽게 포장되어 돌아오는 과정은, 보이지 않는 곳에서도 지켜지는 신뢰와 배려의 가치를 은유적으로 드러낸다. "어쩌면 그 조그만 머리핀 하나가 뭔데 하고 간과하고 무시할 수도 있었는데 박스를 열어보니 예쁜 종이에 소중하게 싸서 카드와 함께 보낸 머리핀을 보니 큰 감동이었다"는 문장은 사소한 것에서 큰 의미를 발견하는 작가의 시선을 명확히 보여준다. 이는 물질적 가치를 넘어선 인간적 유대와 감성의 중요성을 강조하며, 독자에게도 삶의 작은 순간들이 지닌 소중함을 일깨운다.

작가의 문체는 런던의 고풍스러운 분위기와 아들과의 따뜻한 관계를 유려하게 담아낸다. 특히 오믈렛 브런치 가게의 묘사나 찰스 디킨스의 집을 방문했을 때의 감상은, 작가의 심세한 관찰력과 이를 문학적 언어로 형상화하는 능력을 엿보게 한다.

"영화 속에 들어온 듯한 킹스 크로스역의 9 & 3/4 승강장에서 영화 속 같은 포즈를 취하며 해리 포터(Harry Potter)를 만나는 일은 또 다른 세계를 경험한 좋은 견학이 되었다"와 같은 문장은 여행의 즐거움과 상상력을 자극하는 작가의 감수성을 잘 보여준다. 이 수필은 여행을 통해 얻는 지식과 경험이 단순한 사실 나열이 아닌, 감동으로 이어져 사람의 마음을 전해 받는 에피소드가 된다는 작가의 철학을 잘 드러낸다.

『기적을 만든 노만 김(Norman Kim)』

『기적을 만든 노만 김(Norman Kim)』은 작가의 아들 노만 김이 음악가로서 성장하는 과정을 통해, 재능과 노력, 그리고 어머니의 헌신적인 사랑이 빚어내는 삶의 진정한 의미를 탐색하는 작품이다. 이 수필은 아들의 성공을 바라보는 어머니의 복합적인 감정-자랑스러움과 때로는 아릿한 아픔-을 섬세하게 그려내며, 성공이 결코 우연한 '기적'이 아닌, 끈질긴 노력과 내면의 성숙이 쌓아 올린 결과임을 역설한다. 특히, 아들의 진로 선택을 존중하고 묵묵히 응원하는 어머니의 모습은 자식의 삶을 지켜보는 모든 부모의 보편적인 마음을 대변하며 깊은 공감을 자아낸다.

수필 속에서 "기적이 아닙니다(Not A Miracle)"라는 문구는 이 작품의 핵심적인 상징이자 주제를 관통하는 은유로 작용한다. 이는 아들의 성공이 단순한 행운이나 타고난 재능의 발현이 아닌, 수많은 시간과 고통을 견뎌낸 치열한 노력의 산물임을 강조한다. 작가는 아들이 만든 음악에 "철학이 있고 스토리가 있다"고 평하며, 대중적 인기를 넘어선 예술가로서의 진정한 가치를 발견한다. 또한, 아들이 암 환자들을 위해 세 번째로 머리카락을 기증했다는 일화는 그의 음악적 재능을 넘어선 깊은 휴머니즘과 이타적인 내면을 상징적으로 보여주며, 독자에게 잔잔한 감동을 선사한다.

작가의 문체는 아들을 향한 깊은 애정과 자부심을 바탕에 두되, 감정에 함몰되지 않고 담담하고 성숙한 시선으로 삶의 진실을 응시한다. "글을 쓰거나 음악을 만드는 일은 마음 자체가 깨끗하고 곧아야 한다. 표현하고 싶은 일들에 같이 물들고 같이 스며들어야 가능한 일이라는 걸 늘 느낀다"는 문장은 예술 창작에 대한 작가의 철학이자, 아들의 예술가적 태도를 존중하고 이해하는 깊이를 섬세하게 드러낸다. 특히 아들이 어머니날을 기념해 만든 노래에 대해 "자신이 이 자리에 서기까지 엄마의 온전한 노력이고 공이지, 기적이 있었던 게 아니라는" 메시지를 담고 있다는 서술은, 자식의 성취 이면에 존재하는 부모의 헌신과 사랑을 조명하며, 수필에 잔잔하고 진한 감동을 더한다. 이는 곧 작가가 삶에서 체득한 보편적 진실, 곧 '사랑은 희생을 품고 자란다'는 깨달음을 조용히 전달하는 문학적 울림으로 이어진다.

이 수필은 자식을 향한 무조건적인 사랑과 지지, 그리고 그를 통해 얻는 삶의 깨달음을 균형 있게 담아낸다. 작가는 아들의 독립적인 삶을 존중하면서도, "자식을 향한 엄마의 노심초사는 성인이 되어도 계속 이어진다"는 솔직한 고백을 통해 부모의 영원한 사랑을 드러낸다. 이는 독자에게 자녀 교육의 본질과 부모로서의 역할에 대한 깊은 성찰을 유도하며, 삶의 진정한 가치가 어디에 있는지를 다시금 생각하게 하는 울림을 준다.

제1부 『런던에서 온 머리핀』은 김미선 수필가가 지닌 섬세한 감수성과 깊이 있는 통찰력을 여실히 보여주는 부이다. 여행이라는 보편적인 소재를 통해 개인적인 경험을 보편적인 인간의 정서로 확장시키며, 낯선 환경 속에서 발견하는 삶의 아름다움과 인간적인 온기를 탁월하게 그려낸다. 작가는 사소한 일상 속에서도 의미를 부여하고, 이를 통해

내면의 성숙을 이루어가는 과정을 설득력 있게 제시한다. 특히 아들과의 관계를 통해 드러나는 따뜻한 시선과 타인에 대한 깊은 이해는 수필가로서 김미선 작가가 지닌 인간적인 매력과 문학적 가능성을 충분히 엿볼 수 있게 한다. 이 부의 수필들은 독자에게 삶의 소중한 순간들을 다시금 돌아보게 하고, 따뜻한 위로와 함께 깊은 사유의 시간을 선물한다.

2부. 『내 이름 줄리아』

『내 이름 줄리아』는 자아의 정체성과 삶의 인내, 그리고 관계 속에서 피어나는 깨달음을 주요 정조로 삼는다. 이 부는 작가 자신의 이름에 얽힌 이야기부터, 자연의 섭리에서 배우는 삶의 지혜, 그리고 인간관계의 복잡성과 갈등을 통해 내면을 성찰하는 과정을 담아낸다. 작가는 개인적인 경험과 사유를 바탕으로 보편적인 삶의 진리를 깊이 탐색하며, 이를 통해 독자에게 더욱 깊은 공감과 자기 성찰의 기회를 제공한다. 특히 이름이 지닌 상징성과 대나무의 인내를 통해 삶의 본질을 꿰뚫어보는 작가의 독자적인 시선과 은유적 문체가 돋보인다.

『내 이름 줄리아』

『내 이름 줄리아』는 작가 자신의 이름 '줄리아'에 얽힌 이야기를 통해 정체성의 형성 과정과 삶의 다양한 면모를 탐색하는 작품이다. 수필은 세례명으로 얻게 된 '줄리아'라는 이름이 미국 생활에서 점차 자신을 상징하는 이름으로 자리 잡아가는 과정을 흥미롭고 따뜻하게 풀어낸다. 특히, 고등학교 동창들이 '줄리아'라는 노래를 불러주며 자신을 반겼던 일화는 이름이 단순한 호칭을 넘어 개인의 역사와 추억, 그리고 관계의 흔적을 깊이 있게 담고 있음을 보여준다. 작가는 '써니', '명품님', '공주님' 등 타인이 자신을 부르는 다양한 이름들을 통해 타인의 시선이 자아 인식에 미치는 영향을 섬세하게 그려내며, 관계 속에서 끊임없이 변화하고 확장되는 자아의 다층적 모습을 조명한다.

수필 속에서 '줄리아'라는 이름은 작가에게 단순한 세례명을 넘어, 미국에서의 삶과 정체성을 상징하는 중요한 은유로 작용한다. 고향에서는 불리지 않던 이름이 미국에서 자주 불리게 된 것은, 이민자로서 새로운 환경에 적응하며 또 다른 자아를 형성해가는 과정을 암시한다. "샌드위치를 팔고 커피를 팔아"라는 솔직한 고백과 그에 대한 동창들의 놀라움은, 직업의 귀천을 따지지 않고 주어진 일에 묵묵히 최선을 다하는 작가의 강인한 삶의 태도를 잘 드러낸다. 이는 작가가 타인의 시선에 얽매이지 않고 자신의 길을 스스로 선택하며 살아가는 모습을 보여주며, 독자에게도 진정한 자아를 찾아가는 용기와 성찰의 계기를 일깨운다.

작가의 문체는 자신의 이름에 대한 애착과 삶에 대한 긍정적인 태도를 유쾌하고 진솔하게 담아낸다. "흐리거나 비가 오는 날이면 '써니 썬샤인(Sunny Sunshine)은 어디 갔냐'라고 농담을 하곤 했다"와 같은 문장은 작가의 밝고 유머러스한 성격을 엿보게 한다. 또한, "명품님이라 불리는 날은 내면을 고귀하고 아름답게 열심히 살아야겠다고 다짐하고 공주님이라고 불릴 땐 자신을 위해 아름답고 품위 있게 살아야겠다는 생각도 한다"는 문장은 타인의 긍정적인 시선을 내면화하여 자신을 더욱 발전시키려는 작가의 노력을 보여준다. 이 수필은 이름이 가진 의미를 통해 삶의 여정 속에서 형성되는 자아의 모습을 성찰하고, 관계 속에서 피어나는 소중한 인연의 가치를 강조한다.

『대나무의 인내』

『대나무의 인내』는 죽어가던 대나무를 살려내고 정성껏 돌보며 자라나는 과정을 통해, 삶의 진정한 인내와 끈기, 그리고 내면의 성숙이 가져오는 조용한 아름다움을 이야기하는 작품이다. 작가는 대나무의 생명력과 회복력을 오랜 시간에 걸쳐 관찰하며, 눈앞의 성과만을 좇는 현대인의 조급함과는 다른 자연의 섭리와 지혜를 사유 깊이 담아낸다. 특히 모죽(毛竹)이 5년 동안 땅속에서 아무런 성장 없이 뿌리를 내리다, 어느 순간 폭발적으로 성장하는 이야기는, 눈에 보이지 않는 자리에서 묵묵히 쌓아 올린 시간과 노력이 결국 큰 결실로 이어진다는 삶의 진리를 은유적으로 제시한다. 이는 수필 전체를 관통하는 성찰의 축이자, 독자로 하여금 인내의 시간에 깃든 의미를 다시 돌아보게 하는 조용한 울림으로 다가온다.

수필 속에서 '대나무'는 단순한 식물을 넘어, 굳건한 지조와 강직함, 그리고 비움으로써 더욱 강해지는 내면의 힘을 상징한다. "대나무를 잘라보면 텅 비었지만 어찌나 단단한 지 빨리 크고 높게 자리하기 위해 속을 비움으로써 더 강해지는 이치를 배운다"는 문장은 비움의 미학이 진정한 강함으로 이어진다는 작가의 통찰을 명확히 보여준다. 이는 외적인 성과나 물질적 풍요만을 추구하는 현대인에게 내면의 충실함과 꾸준한 노력이 얼마나 중요한지를 깨닫게 하는 강력한 메시지이다. 작가는 대나무의 인내를 통해 "튼튼한 내면을 키우지 않고 자기의 노력에 대한 성과만을 급하게 얻고자 빨리 인정을 받으려고 결과에만 급급" 하는 인간의 모습을 반성하며, 삶의 진정한 가치를 되묻는다.

작가의 문체는 대나무의 생명력을 섬세하게 관찰하고 이를 삶의 지혜로 연결시키는 서정적인 특징을 보인다. "손가락만 한 죽순이 돋아나 세월이 지나기까지 숨죽여 뿌리만을 길게 뻗어 자리를 잡아가며 당당하게 세상에 나올 때까지 내실을 튼튼하게 만든 것이다"와 같은 문장은 대나무의 성장 과정을 의인화하여 독자에게 깊은 인상을 남긴다. 또한, 소동파의 말을 인용하며 대나무의 정신적 가치를 강조하는 부분은 작가의 폭넓은 인문학적 소양을 엿보게 한다. 이 수필은 자연에서 얻는 영감을 통해 삶의 본질적인 인내의 미덕을 강조하며, 독자에게 조급함을 내려놓고 자신의 내면을 굳건히 다지는 삶의 태도를 권유한다.

제2부 『내 이름 줄리아』는 김미선 수필가가 자신의 삶과 주변의 자연을 통해 얻는 깊이 있는 성찰을 담아낸다. 작가는 이름이라는 개인적인 소재에서 보편적인 정체성의 문제를 탐색하고, 대나무의 인내를 통해 삶의 본질적인 가치인 끈기와 비움의 미학을 발견한다. 이 부에 실린 수필들은 작가의 섬세한 관찰력과 이를 문학적 언어로 승화시키는

탁월한 능력을 잘 보여주며, 독자로 하여금 자신의 삶을 돌아보고 내면의 성숙을 추구하게 한다. 김미선 수필가는 일상 속에서 마주하는 작고 소소한 존재들로부터 삶의 본질을 꿰뚫는 통찰을 이끌어내며, 일상과 사유의 경계를 문학으로 매끄럽게 연결시킨다. 그의 글은 삶의 진실에 한 걸음 더 가까이 다가가게 하는 힘을 지녔으며, 수필가로서의 깊이 있는 사유와 문학적 역량을 다시금 감동적으로 증명한다. 이 부의 작품들은 독자에게 삶의 의미와 가치를 재발견하는 소중한 기회를 제공하며, 그 울림은 오래도록 마음에 남는다.

제3부. 『시간에 흐르는 그리움의 꽃』

『시간에 흐르는 그리움의 꽃』은 시간의 흐름 속에서 피어나는 그리움과 이별, 그리고 인간관계의 복잡미묘한 감정들을 주요 정조로 삼는다. 이 부는 계절의 변화와 함께 찾아오는 내면의 사색, 사랑과 이별의 본질에 대한 탐구, 그리고 가족과 지인들과의 관계 속에서 얻는 깨달음을 섬세하게 그려낸다. 작가는 개인적인 경험을 바탕으로 보편적인 인간의 정서를 건드리며, 삶의 유한함 속에서 진정한 가치와 의미를 찾아가는 과정을 서정적으로 풀어낸다. 특히, 그리움과 사랑, 그리고 이별의 감정을 자연의 변화와 연결 지어 표현하는 작가의 시적인 문체가 돋보인다.

『가을속 낭만』

『가을속 낭만』은 계절의 변화, 특히 가을이라는 시공간 속에서 삶의 유한함과 이별, 그리고 사랑의 본질을 깊이 있게 사색하는 작품이다. 작가는 붉게 물들어가는 단풍과 바람에 흩날리는 낙엽을 통해 시간의 흐름과 이별의 필연성을 겸허하게 받아들이는 정서를 섬세하게 드러낸다. 이 수필은 단순한 계절의 감상을 넘어, 삶의 매 순간이 크고 작은 이별의 연속임을 깨닫고, 그 안에서 진정한 사랑과 겸손의 가치를 찾아가는 내면의 여정을 서정적으로 그려낸다. 나아가 그 감정의 결은 독자로 하여금 자신의 삶을 돌아보게 하고, 덧없음 속에서도 따뜻한 의미를 되새기게 하는 사색의 여백을 남긴다.

수필 속에서 '가을'은 단순한 계절을 넘어, 삶의 성숙과 이별, 그리고 깊은 사색의 시간을 상징하는 강력한 은유로 작용한다. "매일 이별하며 살고 있구나.~~" '서른 즈음'은 그런 마음이 들게 한다. 이별을 반복하며 산다. 어찌나 가슴 아픈 가사인지 몇 번을 읊어댄다"는 문장은 삶의 본질적인 슬픔과 그 속에서 피어나는 감성적 울림을 명확히 보여준다. 또한, "내가 가진 게 니무 없다 할지라도 그대여 가을 저녁 한때 낙엽이 지거든 물어보십시오 사랑이 왜 낮은 곳에 있는지를"이라는 시인의 인용은, 사랑이 높은 곳의 오만이 아닌 겸허하고 진실된 마음에서 시작됨을 강조하며 작품의 철학적 깊이를 더한다.

작가는 '가시나무 새'의 전설을 인용하여 사랑의 열정과 그 이면에 숨겨진 고통과 희생의 의미를 탐색한다. "가장 훌륭한 것은 위대한 고통을 치러야만 얻을 수 있다는 인내가 숨겨져 있는 교훈 같은 것이다"라는 문장은, 사랑이 단순한 감정을 넘어선 인내와 희생의 과정임을 은유적으로 표현한다. 이는 무모해 보일지라도 가장 절실한 순간의 사랑이 지닌 순수함과 간절함을 드러내며, 독자에게 사랑의 다양한 얼굴을 성찰하게 한다.

작가는 가시나무 새가 가슴을 찌르는 고통 속에서도 가장 아름다운 노래를 부른다는 신화를 통해, 진정한 사랑은 때로 자신을 희생하며 타인을 향한 순수한 헌신으로 완성된다는 통찰을 전한다. 그의 문체는 가을의 서정적인 분위기와 사랑에 대한 깊은 사색을 유려하게 연결시키며, 독자로 하여금 계절의 변화 속에서 삶의 의미와 감정의 온도를 다시금 되새기게 한다.

『눈물의 미사포』

『눈물의 미사포』는 가족 간의 깊은 상실과 트라우마, 그리고 시간이 흐른 뒤에야 비로소 마주하게 되는 치유와 이해의 과정을 섬세하고 진실하게 그려낸 작품이다. 작가는 시댁 조카가 건넨 미사포를 통해 16년 전 가족에게 닥쳤던 비극적인 사건과 그로 인한 아픔이 여전히 가족 구성원들의 마음속에 깊이 남아있음을 깨닫는다. 이 수필은 말로 다 할 수 없는 슬픔과 침묵 속에서 견뎌온 세월, 그리고 그 속에서도 희미하게 이어지는 가족의 끈을 서정적으로 풀어낸다.

수필 속에서 '미사포'는 단순한 종교적 상징을 넘어, 오랜 시간 동안 감춰져 있던 가족의 아픔과 슬픔, 그리고 뒤늦게 찾아온 위로와 이해를 은유하는 핵심적인 매개체로 작용한다. "머리에 써보니 모든 복잡한 감정이 미사포 안에서 16년의 세월을 방망이질했다"는 문장은 미사포가 지닌 상징적 무게와 그 안에 담긴 깊은 감정의 응어리를 생생하게 전달한다. 작가는 '가족병'이라는 표현을 통해 가족 구성원 각자의 아픔이 서로 연결되어 있음을 암시하며, 상실의 고통이 개인의 영역을 넘어 가족 전체에 미치는 영향을 깊이 있게 탐색한다.

작가의 문체는 슬픔과 그리움, 그리고 체념의 감정을 담담하면서도 진솔하게 표현하여 독자의 공감을 이끌어낸다. "잊고 살아야 세 자식을 공부시킬 수 있었던 무촌의 관계와 가슴에 묻고 살아도 절대 잊히지 않은 일촌의 자식"이라는 문장은 자식을 위한 희생과 그 이면에 숨겨진 부모의 아픔을 절절하게 보여준다. 또한, "누군가는 그랬다. 아픈 상실감은 극복한 게 아니라 그냥 견디며 사는 거라고. 나도 그녀도 그랬다"는 고백은, 감당하기 힘든 고통 앞에서 인간이 취할 수 있는 가장 현실적인 태도인 '견딤'의 미학을 드러내며 깊은 울림을 준다. 이 수필은 가족 간의 상처와 침묵, 그 속에서 피어나는 이해와 위로의 순간들을 통해 삶의 비극성과 동시에 인간적인 회복력을 보여주는 감동적인 작품이다
.

제3부 『시간에 흐르는 그리움의 꽃』

『시간에 흐르는 그리움의 꽃』은 김미선 수필가가 시간의 흐름 속에서 피어나는 그리움과 이별, 그리고 인간관계의 복잡한 면모를 탁월하게 그려낸 부이다. 작가는 계절의 변화를 통해 삶의 유한함과 이별의 필연성을 겸허하게 받아들이는 성숙한 자세를 보여주며, 사랑의 본질과 가족의 아픔을 깊이

있게 탐색한다. 특히, 상징과 은유를 활용해 내면의 복합적 감정을 섬세하게 표현하는 작가의 문학적 역량이 돋보인다. 이 부는 독자에게 삶의 아름다움과 슬픔, 그리고 관계의 소중함을 동시에 느끼게 하며, 깊은 사유와 정서적 울림을 선사하는 김미선 수필가의 가능성을 다시금 확인시켜 준다. 그의 문장은 마치 이슬 맺힌 나뭇잎처럼 투명하고, 낙엽 밟는 소리처럼 조용히 마음을 울린다. 감정의 결을 따라 흐르며, 독자의 내면 깊숙한 곳을 은근히 적셔 나간다.

제4부. 『일상 속 삶의 아름다운 무늬』

『일상 속 삶의 아름다운 무늬』는 일상 속에서 발견하는 삶의 의미와 깨달음, 그리고 자기 성찰의 과정을 주요 정조로 삼는다. 이 부는 글쓰기와 독서, 인간관계, 그리고 삶의 유한함 속에서 진정한 행복과 가치를 찾아가는 작가의 깊이 있는 사유를 담아낸다. 작가는 평범한 일상 속에서도 자신만의 철학과 소신을 발견하고, 이를 통해 삶의 아름다운 무늬를 직조해 나가는 과정을 섬세하고 진솔한 문체로 풀어낸다. 특히, 글쓰기라는 행위를 삶의 태도와 연결 지어 사색하는 작가의 시선이 돋보인다.

『글 고치듯 살아가는 일상』

『글 고치듯 살아가는 일상』은 글쓰기라는 행위를 통해 삶을 성찰하고 다듬어가는 작가의 깊이 있는 내면을 보여주는 작품이다. 작가는 눈 내리는 고즈넉한 아침 풍경 속에서 글을 고치고 명상하는 시간을 통해, 삶 역시 끊임없이 수정하고 보완해야 하는 과정임을 깨닫는다. 수필은 글쓰기가 단순한 재능이나 습관을 넘어, 자신을 돌아보고 삶의 방향을 올바르게 설정하는 중요한 태도임을 강조한다.

수필 속 '글 고치기'는 단순한 문학 행위를 넘어, 삶의 시행착오를 인정하고 끊임없이 자신을 다듬어가는 노력을 상징하는 강한 은유로 작용한다. "위대한 글은 없고 위대한 고쳐 쓰기만 존재한다는 말처럼 썼던 글을 고치기를 반복한다"는 문장은 글쓰기의 본질을 꿰뚫는 동시에, 삶 또한 완성된 상태로 주어지는 것이 아니라 지속적인 노력을 통해 다듬어진다는 작가의 철학을 보여준다. 헤밍웨이가 『무기여 잘 있거라』를 200번 고쳤다는 일화를 인용하며 글쓰기의 지난한 과정을 설명하고, 인내에 대한 은유로 제시한다.

작가의 문체는 글쓰기에 대한 진지한 태도와 삶에 대한 겸허한 성찰을 담담하고 유려하게 연결시킨다. "어떻게 글을 써서 내가 하고자 하는 생각을 독자에게 안겨줄 것인지 그들이 읽고 나의 글에 공감할 것인지 글 고치는 일에 신중해지고 소홀할 수밖에 없다"는 문장은 작가로서의 책임감과 독자와의 진정한 소통을 향한 노력을 보여준다. 또한, "글은 곧 인생이라는 생각으로 금방 써 내려간 글이라 할지라도 고치기를 반복하며 사람들 앞에 서기까지 절차탁마切磋琢磨 하며 많은 수정을 통해 완성한다"는 표현은 글쓰기가 곧 삶을 살아가는 태도와 일맥상통함을 강조하며 깊은 울림을 준다. 이 수필은 글쓰기를 통해 삶의 의미를 탐색하고, 끊임없이 자신을 다듬어가는 성숙한 인간의 모습을 보여주는 감동적인 작품이다.

『써니의 편의점』

『써니의 편의점』은 작가가 26년간 운영했던 편의점을 통해 만난 다양한 사람들의 삶과 그 속에서 발견하는 인간 모습, 그리고 이민자로서의 삶의 애환을 진솔하고 따뜻한 시선으로 그려낸 작품이다. 작가는 편의점이라는 작고 닫힌 공간 속에서 매일같이 스쳐가는 얼굴들, 반복되는 일상 속의 사소한 사건들을 통해 삶의 희로애락과 인간 군상의 다채로운 면모를 섬세하게 포착한다.

이 수필은 단순한 직업 이야기를 넘어, 한 공간에서 오랜 시간 몸을 담그며 사람들과 나눈 눈빛과 숨결, 그 교감 속에서 얻은 삶의 지혜와 통찰을 담아낸다. 그 기록은 곧 일상의 평범함이 지닌 비범한 울림을 일깨우며, 독자에게 삶을 바라보는 새로운 눈을 건넨다.

수필 속에서 '써니의 편의점'은 단순한 상업 공간을 넘어, 작가가 삶의 현장에서 만난 수많은 인연과 그들의 이야기를 담아내는 '사랑방'이자 '인생 극장'을 상징한다. "26년 운영하던 사랑방 같은 가게이고 써니를 부르던 사람들이 모여 사는 아파트에서 도움이 필요한 지 묻던 손님들도 기억에 머문다"는 문장은 편의점이 작가에게 단순한 일터가 아닌, 삶의 중요한 부분이었음을 보여준다.

로또로 행복해하는 손님부터 우울증으로 삶을 포기하는 사람, 그리고 고양이를 버린 사람 등 다양한 인간 군상의 이야기는 편의점이 곧 삶의 축소판임을 은유적으로 드러낸다.작가의 문체는 편의점에서 만난 사람들의 이야기를 생생하고 때로는 담담하게 그려내며, 삶의 비극과 희극을 동시에 포착하는 능력을 보여준다. "정신적인 문제는 자살로 이어져 세상에 없는 손님들, 젊어서 만나 나이 들어 죽을 때까지 보던 사람들도 있었다"와 같은 문장은 삶의 어두운 단면을 직시하면서도, "써니 덕분에 참 맛있고 행복했던 시간들이었다"는 손님의 카드 내용은 따뜻한 인간미를 느끼게 한다. 특히, 한국 김치와 짜파구리를 외국인들에게 소개하며 한국 문화를 알리는 부분은 이민자로서의 자부심과 따뜻한 나눔의 정신을 보여준다.

이 수필은 오랜 시간 한자리를 지키며 사람들과 교감해온 작가의 깊은 이해와 포용력을 드러낸다. 편의점이라는 공간을 통해 삶의 다양한 얼굴을 마주하고, 그 속에서 얻는 깨달음을 진솔하게 풀어낸다. "아픔도 슬픔도 기쁨도 보며 즐겁기도 했고 동병상련 같은 마음으로 긴 시간을 보냈다"는 고백은 작가가 타인의 삶에 얼마나 깊이 공감하고 함께했는지를 보여주며, 독자에게도 삶의 현장에서 피어나는 인간적인 유대의 소중함을 강조한다.

제4부 『일상 속 삶의 아름다운 무늬』

김미선 수필가는 일상이라는 가장 평범한 공간 속에서 삶의 비범한 의미와 숨은 아름다움을 섬세하게 포착해내는 탁월한 능력을 보여준다. 글쓰기라는 행위를 통해 자신을 성찰하고 삶을 다듬어가는 작가의 깊이 있는 내면과, 편의점이라는 삶의 최전선에서 만난 다양한 인간 군상에 대한 따뜻한 시선과 깊은 통찰이 곳곳에서 빛난다. 이 수필들은 삶의 고단함과 이민자로서의 외로움 속에서도 긍정적인 태도를 잃지 않고, 매일을 성실히 살아가며 끊임없이 자신을 성장시키고 타인과 진심으로 소통하려는 작가의 강인한 의지를 생생하게 드러낸다.

그녀의 글은 단지 기록을 넘어, 감정의 결을 섬세하게 직조하는 한 편의 서사로 읽히며, 독자에게는 삶을 다시 바라보게 만드는 새로운 감각과 사유의 지평을 열어준다. 김미선 수필가는 일상 속에서 발견한 작고 소중한 가치들을 통해 독자에게 삶의 의미를 되새기게 하고, 평범함 속에서도 스스로의 삶을 아름답게 짜올릴 수 있다는 희망과 따뜻한 위로를 조용히 건넨다.

제5부. 『영혼에 속삭이는 언어』

『영혼에 속삭이는 언어』는 봉사와 나눔, 그리고 자연과의 교감을 통해 삶의 진정한 의미와 영혼의 평화를 찾아가는 과정을 주요 정조로 삼는다. 이 부는 타인에 대한 따뜻한 시선과 가족에 대한 깊은 사랑, 그리고 자연 속에서 얻는 지혜를 섬세하게 그려낸다.

작가는 개인적인 경험을 바탕으로 인간의 존재 가치와 삶의 유한함 속에서 피어나는 희망을 탐색하며, 이를 통해 독자에게 깊은 감동과 자기 성찰의 기회를 제공한다. 특히, 봉사 활동을 통해 얻는 보람과 자연과의 교감 속에서 발견하는 삶의 아름다움이 돋보이는 부이다.

『예일대학 봉사』

『예일대학 봉사』는 작가가 25년간 참여해온 예일대학 봉사 활동을 통해, 타인에 대한 사랑과 나눔의 가치, 그리고 한국인으로서의 정체성을 되새기는 과정을 담아낸 작품이다. 작가는 아름다운 가을날의 예일대학 캠퍼스에서 한국 입양아들과 그들의 외국인 부모를 위한 봉사를 하며, 단순한 도움을 넘어선 깊은 인간적 교감과 보람을 경험한다. 이 수필은 봉사라는 행위가 주는 내면의 풍요로움과, 뿌리를 찾아주려는 양부모의 따뜻한 마음에 대한 깊은 이해를 보여준다.

수필 속 '예일대학 봉사'는 단순한 자원봉사를 넘어, 사랑과 나눔의 실천이자 한국인 정체성을 잇는 소중한 연결고리를 상징한다. 김밥·불고기·잡채 강의를 통해 한국 음식을 알리고, 한복을 입고 절하는 법을 가르치는 행위는 문화유산을 전수하며 입양아들의 뿌리를 찾아주려는 작가의 따뜻한 마음을 은유한다. "미국 부모님들이 음식과 전통문화에 관심을 가지는 건 자식으로 키우겠다는 큰 마음뿐 아니라 한국인이라는 뿌리를 잊지 않게 가르치고 인정해 주고 싶은 마음인 것 같았다"는 문장은 양부모의 사랑과 헌신을 감동적으로 보여주며, 독자에게 진정한 사랑의 의미를 되새기게 한다.

작가의 문체는 봉사 활동을 통해 얻는 내면의 기쁨과 감동을 진솔하고 따뜻하게 담아낸다. 특히, 태어난 지 얼마 되지 않은 아이를 강보에 싸서 안고 온 미국 부부를 묘사하며 "어느 부성도 자식 앞에서는 조그만 생명을 안고 곁에서 지켜주겠다는 아름다운 인간적인 모습이 있을 것이다"라고 표현하는 부분은 작가의 섬세한 관찰력과 깊은 인간애를 엿보게 한다.

또한, 입양아들이 겪는 정체성의 혼란과 그들이 건강하게 성장하기를 바라는 작가의 간절한 마음은, 봉사가 진정한 사랑의 실천임을 강조한다. 이 수필은 나눔과 봉사를 통해 얻는 삶의 의미와, 타인에 대한 따뜻한 시선이 가져오는 내면의 풍요로움을 감동적으로 전달한다.

『제주 바당』

『제주 바당』은 작가의 고향 제주도와 그곳에 사는 어머니, 그리고 먼저 떠난 오빠에 대한 그리움과 상실감을 담아낸 작품이다. 작가는 제주 바다의 푸른 물결과 파도 소리를 배경으로, 해녀는 아니었지만 어머니의 강인한 생애를 회상하며, 삶을 견디고 일궈낸 모정의 깊이를 되새긴다. 그리고 그로 인한 아픔과 애틋함을 섬세하게 그려낸다. 특히 고향을 떠나 있는 이로서 느끼는 정서적 단절감과 다시 찾은 고향에서의 감정적 회복은, 독자로 하여금 자신의 뿌리와 가족의 의미를 다시금 성찰하게 만든다. 이 수필은 고향에 대한 향수와 죽음이라는 피할 수 없는 이별 앞에서 느끼는 인간적인 고뇌와 안타까움을 진술하고도 서정적으로 풀어낸다.

수필 속에서 '제주 바당(바다)'은 단순한 고향의 풍경을 넘어, 어머니의 강인한 삶과 가족과의 소중한 추억, 그리고 이제는 다시는 돌아갈 수 없는 유년의 시간과 과거에 대한 그리움을 상징하는 강력한 은유로 작용한다. "바다에서는 욕심을 부리면 위험하고 숨을 잘못 고르거나 내쉬는 해녀들의 숨비 소리는 생과 사의 갈림길이라 할 만큼 바닷속은 무서운 곳임에 틀림없다"는 문장은 삶의 고단함과 위태로움을 은유적으로 드러내는 동시에, 그 위험 속에서도 삶을 버텨내려 했던 어머니의 지극한 강인함과 생의 의지를 진실하게 부각시킨다. 어머니가 깊은 바닷속에서 캐어낸 소라는 단순한 해산물을 넘어, 가족을 위한 헌신과 절절한 사랑, 그리고 자신을 온전히 내어준 희생의 결정체로서 읽히며, 독자에게 감동과 긴 여운을 남긴다.

작가의 문체는 고향과 가족에 대한 애틋한 그리움과 상실감을 담담하면서 "어머니의 머릿속에는 온통 큰 아들의 존재만을 애써 기억해 내시는 것 같다"는 문장은 치매를 앓는 어머니의 안타까운 모습과 그 속에서도 자식을 향한 변치 않는 사랑을 보여준다. 특히, 먼저 떠난 오빠에 대한 그리움과 어머니에게 진실을 말할 수 없는 고뇌는 작품에 깊은 슬픔과 비극성을 더한다. "갑자기 이년 전 심장마비로 돌아가신 오빠가 진정 간질하게 그립다. 진실을 말할 수 없으니 괴롭고 과연 자식을 품 안에 묻을지언정 알리는 게 낫지 않았을까 하고 생각한다"는 고백은 죽음 앞에서 인간이 느끼는 무력감과 후회를 솔직하게 드러내며 깊은 울림을 준다. 이 수필은 고향과 가족이라는 보편적인 소재를 통해 삶의 아름다움과 비극성, 그리고 사랑과 상실의 복합적인 감정을 탁월하게 그려낸다.

『영혼에 속삭이는 언어』는 김미선 수필가가 봉사와 나눔, 그리고 자연과의 교감을 통해 삶의 진정한 의미와 영혼의 평화를 찾아가는 과정을 깊이 있게 탐색하는 부이다. 작가는 타인에 대한 따뜻한 시선과 가족에 대한 애틋한 사랑을 바탕으로, 삶의 고난과 상실 속에서도 희망을 잃지 않고 내면의 성숙을 이루어가는 강인한 모습을 보여준다. 특히, 봉사 활동을 통해 얻는 보람과 자연의 섭리에서 배우는 지혜를 섬세하고 서정적인 문체로 풀어내어 독자에게 깊은 감동과 자기 성찰의 기회를 제공한다. 김미선 수필가는 이 부의 작품들을 통해 인간 존재의 가치와 삶의 아름다움을 재발견하게 하며, 수필가로서의 깊이 있는 사유와 문학적 역량을 다시금 확인시켜 준다.

제6부. 『영혼에 올린 삶의 샘』

『영혼에 올린 삶의 샘』은 삶의 본질적인 문제인 자유와 권태, 그리고 인간 존재의 고독과 현대 사회의 감시 속에서 진정한 자아를 찾아가는 과정을 주요 정조로 삼는다. 이 부는 개인의 내면적 갈등과 외부 환경의 제약 속에서 삶의 의미를 탐색하고, 자연과 예술을 통해 영혼의 위안을 얻는 작가의 깊이 있는 사유를 담아낸다. 작가는 때로는 철학적인 질문을 던지며 삶의 다양한 측면을 조명하고, 이를 통해 독자에게 깊은 성찰과 공감을 이끌어낸다. 특히, 삶의 아이러니와 인간 본연의 모습을 담담하면서도 시적인 문체로 풀어내는 작가의 시선이 돋보인다.

『자유와 권태』

『자유와 권태』는 휴양지에서의 단조로움과 일상 속에서 느끼는 권태를 통해, 인간이 진정으로 갈망하는 자유의 본질적 의미를 탐색하는 작품이다. 작가는 샌디에이고에서의 여유로운 휴식이 오히려 내면의 공허와 권태로 다가왔던 경험을 통해, 단순한 환경의 변화가 곧 자유를 의미하는 것은 아니라는 사실을 깨닫는다.

이 수필은 '엄마'라는 오랜 역할에서 벗어나 자아로서의 홀로서기를 시도해야 하는 중년 여성의 내면적 갈등과 불안, 그리고 삶의 반복 속에서 진정한 자유와 내적 성숙을 찾아가는 과정을 진솔하고 섬세하게 그려낸다. 작가는 외적 평온이 내면의 평화를 보장하지 않는다는 역설을 통해, 독자에게 진정한 해방은 어디서 오는가에 대한 질문을 던진다. 이 작품은 여성의 생애 주기와 자아 탐색의 속에서 깊은 공감과 여운을 남긴다.

수필 속에서 '권태'는 단순한 지루함을 넘어, 삶의 단조로움 속에서 인간이 느끼는 내면의 공허함과 자유에 대한 갈망을 상징하는 은유로 작용한다. "시골에서 보는 초록색 풀과 푸르른 바다와 하늘이 아름다우리 만치 간절한 자연 속 소박한 것들도 매일 보면 권태를 느낄 수 있을 거다"라는 문장은 아름다운 자연조차도 반복되면 권태로울 수 있다는 인간 본연의 모습을 드러낸다.

이는 진정한 자유가 외부 환경의 변화가 아닌, 내면의 성숙과 자기 성찰을 통해 얻어짐을 암시한다. 작가는 "자유라는 건 반복되는 버거움과 단조로움 속에서도 익숙함에 소홀하지 않도록 자신에게 채찍질을 하며 성숙해질 때 얻어지는 것이다"라고 말하며, 자유가 끊임없는 노력과 인내의 결과임을 강조한다.

작가의 문체는 내면의 복잡한 감정과 철학적인 사유를 담담하고 유려하게 연결시킨다. "공자가 말한 세상일에 의혹이 없고 흔들림 없던 불혹의 나이도 지났고 하늘의 명을 깨달아 나아갈 길을 알게 되었다는 지천명의 나이에도 버겁다는 생각만 하고 살았다"는 문장은 삶의 연륜 속에서도 여전히 마주하는 고뇌와 성찰의 깊이를 보여준다. 또한, "사람 관계에서도 적당한 거리의 신비감이 없고 감정상의 소통이 없이 살아온 세월의 무게에 익숙한 것이다"라는 표현은 현대인의 인간관계에 대한 통찰을 드러내며 독자의 공감을 이끌어낸다. 이 수필은 삶의 권태 속에서 진정한 자유의 의미를 탐색하고, 자신을 끊임없이 성숙해가는 인간의 모습을 보여주는 작품이다.

『현대의 감옥』

『현대의 감옥』은 현대 사회의 감시 시스템과 미디어의 영향 속에서 인간이 느끼는 통제와 자유의 상실감, 그리고 진정한 자아를 지키려는 노력을 탐색하는 작품이다. 작가는 감시 카메라와 미디어의 발달로 인해 개인의 삶이 끊임없이 노출되고 평가받는 현실을 '현대의 감옥'에 비유하며, 그 속에서 인간이 느끼는 정신적 피로감과 자유에 대한 갈망을 진술하게 풀어낸다. 이 수필은 기술 발전이 가져온 편리함 이면에 숨겨진 역설적인 상황과, 인간 본연의 존엄성을 지키려는 의지를 강조한다.

수필 속에서 '감시 카메라'와 '현대의 감옥'은 단순한 물리적 통제를 넘어, 현대 사회에서 개인이 겪는 정신적 구속과 자유의 상실감을 상징하는 강력한 은유로 작용한다. "카메라의 용도는 법을 어

기는 사람들을 잡기 위해 감시하지만 일반인들에게
도 정신적으로 우리들 의식을 위협하고 통제한다"
는 문장은 기술 발전이 가져온 양면성을 명확히 보
여주며, 개인의 삶이 끊임없이 평가받는 현실에 대
한 작가의 비판적인 시선을 드러낸다. 제러미 벤담
의 파놉티콘과 토머스 매티슨의 시놉티콘을 언급하
며 현대 사회의 감시 체계를 설명하는 부분은 작가
의 폭넓은 지식과 이를 삶의 문제와 연결시키는 능
력을 엿보게 한다.

   작가의 문체는 현대 사회의 문제점을 직시하면서
도, 인간 본연의 가치를 지키려는 의지를 담담하고
설득력 있게 표현한다. "드러나도 감시당하고 감옥
에 있어도 감시당하는 불편한 현실과 단절하고 싶
어 현대인들은 자꾸 자연 속으로 들어가고 싶어 한
다"는 문장은 현대인의 스트레스와 자연으로의 회
귀 본능을 섬세하게 포착한다. 또한, AI의 발달로
인해 인간의 영혼마저 통제당할 수 있다는 우려는,
기술 발전이 가져올 미래에 대한 작가의 깊은 고민
과 경고를 담고 있다. "맑은 영혼과 나의 의식을
통제 당하지 않으려면 말이다"라는 마지막 문장
은, 인간으로서의 존엄성과 진정한 자유와 자아를
찾아가는 인간의 노력을 강조하는 작품이다.

   제6부 『영혼에 올린 삶의 샘』은 김미선 수필가
가 삶의 본질적인 질문과 현대 사회의 다양한 문제
들을 깊이 있고 사려 깊게 탐색하는 부이다. 작가
는 자유와 권태라는 인간의 내면적 갈등부터, 감시
와 통제라는 외부 환경의 제약에 이르기까지 폭넓
은 주제를 다루며, 그 속에서 진정한 자아와 영혼
의 평화를 찾아가는 치열한 내면의 여정을 섬세하

게 그려낸다. 특히 철학적인 사유와 개인적인 경험을 유기적으로 연결하고, 이를 시적이고 은유적인 문체로 풀어내는 작가의 문학적 역량과 내면의 깊이가 곳곳에서 돋보인다.

이 부의 수필들은 독자에게 삶의 의미와 가치를 재발견하게 하며, 현대 사회를 살아가는 인간으로서 마주하는 고뇌와 고독, 그리고 그 속에서 피어나는 희망과 존재의 온기를 깊이 있게 성찰하게 한다. 김미선 수필가는 이 부의 작품들을 통해 삶의 복잡한 무늬를 이해하고, 침묵 속에서 영혼의 샘을 길어 올리는 탁월한 통찰력을 보여준다. 그 문장은 마치 사색의 정원을 걷듯 고요하고 단단한 울림을 전한다.

총평: 삶의 지층을 꿰뚫는 영혼의 언어

　김미선 수필가의 첫 수필집 『런던에서 온 머리핀』은 6개의 부를 통해 작가 개인의 삶이 지닌 다채로운 무늬와 그 속에서 길어 올린 깊이 있는 사유의 정수를 응축한다. 이 수필집은 단순한 개인의 기록을 넘어, 보편적인 인간의 정서와 삶의 본질을 탐색하는 문학적 여정으로 독자에게 깊은 공감과 울림을 선사한다. 각 부는 여행과 가족, 자아의 정체성, 그리움과 상실, 일상의 의미, 그리고 자유와 고독이라는 독립적인 주제 의식을 가지면서도, 삶의 유한함 속에서 진정한 가치와 의미를 찾아가는 작가의 끊임없는 성찰로 유기적인 흐름을 이룬다.

　작가는 『런던에서 온 머리핀』에서 아들과의 교감을 통해 여행이 단순한 물리적 이동을 넘어 내면의 성장을 가져오는 과정임을 보여주며, 『기적을 만든 노만 김(Norman Kim)』에서는 자식의 성공 뒤에 숨겨진 끈질긴 노력과 부모의 헌신적인 사랑을 조명한다. 『내 이름 줄리아』에서는 이름이 가진 의미를 통해 자아의 정체성을 탐색하고, 『대나무의 인내』에서는 자연의 섭리에서 배우는 비움과 인내의 미학을 강조한다. 『눈물의 미사포』를 통해 가족 간의 깊은 상실과 침묵 속에서도 이어지는 유대감을 절절하게 그려내며, 『글 고치듯 살아가는 일상』에서는 글쓰기라는 행위를 삶을 다듬어가는 태도와 연결시키는 깊은 통찰을 보여준다. 또한, 『써니의 편의점』에서는 삶의 현장에서 만난 다양한 인간 군상에 대한 따뜻한 시선과 이민자로서의 애환을 진솔하게 풀어낸다. 『제주 바당』에서는 고향과 가족에 대한 애틋한 그리움을, 『현대의 감옥』에서는 현대 사회의 감시와 통제 속에서 진정한 자유를 갈망하는 인간의 모습을 담아낸다. 이처럼 각 수필은 작가 개인의 경험에서 출발하여 보편적인 삶의 진리를 향해 나아간다.

김미선 수필가의 문체는 간결하면서도 시적인 은유와 상징이 풍부하게 녹아들어 있으며, 잔잔한 서사적 운율은 독자로 하여금 글의 흐름에 자연스럽게 동화되도록 이끈다. 특히, "가장 훌륭한 것은 위대한 고통을 치러야만 얻을 수 있다는 인내가 숨겨져있는 교훈 같은 것이다"(『가을속 낭만』)와 같이 삶의 진리를 응축한 문장들은 독자에게 깊은 사유의 여운을 남긴다. 또한, "어쩌면 그 조그만 머리핀 하나가 뭔데 하고 간과하고 무시할 수도 있었는데 박스를 열어보니 예쁜 종이에 소중하게 싸서 카드와 함께 보낸 머리핀을 보니 큰 감동이었다"(『런던에서 온 머리핀』)와 같은 섬세한 묘사는 사소한 것에서 큰 의미를 발견하는 작가의 독자적인 시각을 잘 보여준다. 그의 글은 삶의 고단함과 슬픔을 외면하지 않으면서도, 그 속에서 피어나는 희망과 인간적인 온기를 놓치지 않는 따뜻한 시선을 견지한다.

이 수필집은 단순한 회고나 기록을 넘어, 상처와 고통, 사랑과 용서, 이별과 그리움의 결을 따라 삶의 본질에 다가서는 여정이다. 글 속에서 작가는 조용히 삶의 바닥을 내려다보며, 그 속에 숨은 슬픔의 조각과 기쁨의 불빛을 한 올 한 올 길어 올린다. 그러한 문장들은 독자에게 단순한 공감 그 이상, 삶을 다시 바라보게 하는 성찰의 거울이 되며, 잊고 있던 감정의 결들을 서서히 일깨운다. 이 수필집은 독자에게 잔잔한 위로와 함께 삶의 복잡한 무늬를 이해하고, 영혼의 샘을 길어 올리는 깊이 있는 문학적 체험을 선사할 것이다. 나아가 그것은 치열하게 살아낸 시간 속에서 피어난 내면의 진실, 그리고 인간다움에 대한 신뢰를 다시금 되살려주는 아름다운 증언으로 오래도록 남을 것이다.

김미선 수필집
런던에서 온 머리핀

초판인쇄 2025년 08월 10일
초판발행 2025년 08월 15일

지은이 김미선
펴낸곳 문예출판
경기도 부천시 원미구 소사로 327번길 44
      Mobile : 010-4870-9870
      E-mail : 1947kjk@navercom
ISBN: 979-11-88725-19-9(03800)